I0628703

Veröffentlicht von
DREAMSPINNER PRESS

5032 Capital Circle SW, Suite 2, PMB# 279, Tallahassee, FL 32305-7886 USA
www.dreamspinnerpress.com

Dies ist eine erfundene Geschichte. Namen, Figuren, Plätze, und Vorfälle entstammen entweder der Fantasie des Autors oder werden fiktiv verwendet. Ähnlichkeiten mit lebenden oder verstorbenen Personen, Firmen, Ereignissen oder Schauplätzen sind vollkommen zufällig.

Malen nach Zahlen
Urheberrecht der deutschen Ausgabe © 2021 Dreamspinner Press.
Originaltitel: Paint by Number
Urheberrecht © 2021 Andrew Grey
Original Erstausgabe. September 2020
Übersetzt von Nora Lys.

Umschlagillustration
© 2020 Kanaxa
Umschlagbild
© 2021 L.C. Chase
http://www.lcchase.com
Die Illustrationen auf dem Einband bzw. Titelseite werden nur für darstellerische Zwecke genutzt. Jede abgebildete Person ist ein Model.

Deutsche ISBN. 978-1-64108-351-5
Deutsche eBook Ausgabe. 978-1-64108-350-8
Deutsche Erstausgabe. Dezember 2021
v 1.0

Gedruckt in den Vereinigten Staaten von Amerika.

ANDREW GREY
MALEN
NACH
ZAHLEN

Für Karen Rose. Als ich ihr von Alaska erzählt habe, erwiderte sie, dass ich eine Geschichte schreiben müsse, die dort spielt. Daher ist all das hier ihr Verdienst. Und für Dominic, dessen Unterstützung nie nachlässt.

1

DEVON STARR stand an der Wand der Galerie und stieß einen erleichterten Seufzer aus. Die Eröffnung seiner neuen Ausstellung schien gut zu laufen. Er hatte mit jedem geplaudert, und die Begeisterung war förmlich greifbar gewesen. Den roten Aufklebern auf den Stücken nach zu urteilen, hatte er viele seiner Arbeiten verkauft. Das war der wahre Anlass der ganzen Übung, auch wenn anscheinend niemand außer Roz, der Galeriebesitzerin und Managerin, darüber reden wollte. Nein, stattdessen hatte er den ganzen Abend darüber gesprochen, woher die Inspiration für ein Werk stammte oder was er auf dem Bild hatte einfangen wollen. Einige Kenner hatten bereits eine Vermutung gehabt, was Devon ihrer Meinung nach durch seine Kunst ausdrücken wollte und wollten nun wissen, ob sie damit richtig lagen.

Viele Leute hatten sich leise unterhalten. Ihre Gespräche waren äußerst interessant. „Wir sollten einfach kaufen und damit gleich von Anfang an dabei sein. Die Werke sind schnell weg und alle seine Arbeiten steigen im Wert." Daraufhin eilten sie zu einem der Galeriemitarbeiter und wenige Minuten später erschien ein roter Punkt auf dem Bild ... und ein Teil von Devons Seele flog zum Höchstbietenden davon.

Na gut, vielleicht hatte es früher gestimmt, dass ein Stück von ihm in jedem Bild steckte, aber in den letzten Jahren ... Devon hatte es nicht einmal bemerkt, bis es zu spät gewesen war. Seine Seele schien in sich selbst zusammengeschrumpft zu sein. Die Werke an diesen Wänden stellten gute Kunst dar, enthielten jedoch – anders als seine älteren Stücke – kein Teil von ihm. Vielleicht war das aber auch nur ihm selbst bewusst.

„Gut gemacht", stellte Roz fest, die gerade angeflattert kam, ein Glas Weißwein in der Hand. Devon wandte sich kurz ab. Als er sie wieder anschaute, stand das Weinglas auf einem Tisch und sie fuhr fort: „Allein heute Abend haben wir bereits die Hälfte der Bilder verkauft, und es kommen nachher noch Leute, die an den restlichen interessiert sind." Devon stimmte in ihr Lächeln ein.

„Danke. Das ist toll.". Seine Energiereserven waren leer und mussten dringend wieder aufgeladen werden. Hier in New York bedeutete das, die nächsten zwei Tage zu schlafen, um danach die nächsten Projekte in Angriff zu nehmen.

„Roz." Andy, ihr Assistent und rechte Hand, erschien leise neben ihnen. „Oh, hallo Devon." Sie schüttelten sich die Hände. „Da gibt es etwas, das ihr beide sehen solltet." Er deutete mit dem Kopf Richtung Büro, ging voran und schloss die Tür hinter ihnen. Andy deutete auf einen großen Monitor. „Das hier habe ich aus

1

Gefälligkeit bekommen, aber es wird morgen erscheinen." Er drehte den Monitor so, dass Devon die Kritik lesen konnte.

„Die neueste Ausstellung von Devon Starr, der die New Yorker Kunstszene erst vor vier Jahren im Sturm erobert hat, wirkt ... einfallslos. Die Werke sind technisch gut, lassen aber an Schwung fehlen und springen einen nicht von der Leinwand an wie seine früheren Stücke. Seit seiner ersten Vernissage bin ich ein Fan seiner Bilder, die mich umgehauen haben. Doch seine jüngsten Stücke haben eine kleine Bauchlandung hingelegt." Der Artikel ging mit einem Überblick der Ausstellung weiter und Devon sprang zum Ende. „Devon Starrs Arbeiten sind immer noch gut, und gute Kunst ist es wert, an die Wand gehängt zu werden. Großartige Kunst berührt jedoch die Seele ... und genau die fehlt hier."

Roz wurde bleich und Devon bekam nur noch schwer Luft. Nicht dass der Kritiker unrecht hatte, aber seine Schwächen lagen jetzt offen vor der ganzen Welt. Und obwohl er wusste, dass es stimmte, tat es doch weh. „Was sollen wir jetzt machen?", fragte er, während sein Magen rumorte.

„So viel wie möglich verkaufen und nach vorne schauen", erklärte Roz.

Devon ertrug es nicht, noch länger auf die Wörter zu starren. Sie fingen an, in seinen Augen zu schmerzen. Das letzte bisschen seines Durchhaltevermögens schien wie ein schnell fließender Bach davonzuströmen, und er war nicht in der Lage, es zu stoppen. „Ich brauche einen Drink. Vielleicht besser eine ganze Flasche Jack." Er scherzte nicht. Das heftige Verlangen überrollte ihn mit der Wucht eines Güterzugs. Er bemühte sich durch die Nase ein- und den Mund wieder auszuatmen.

„Devon, ich ..." Roz umklammerte fest seine Hände. „Das ist keine Lösung."

Devon seufzte. „Natürlich ist es das. Das sind die ersten Bilder, die ich stocknüchtern gemalt habe. Vielleicht gelingt es mir nur betrunken, die Energie und den Teil meiner Seele anzuzapfen, den diese Leute von mir haben wollen." Seine Hände zitterten.

Andy holte einen Stuhl und dirigierte ihn darauf.

„Nein. Ist es nicht. Das ist ein kleiner Rückschlag. Du brauchst lediglich etwas Zeit, damit die Inspirationen wieder zu dir finden." Roz hatte sanft die Hand auf seine Schulter gelegt. Devon spürte die Berührung wie durch Nebel und Watte, als würde die Schulter nicht zu seinem Körper gehören. „Andy, bringst du Devon bitte nach Hause? Hier gibt es heute nichts mehr zu tun." Roz kam um den Stuhl herumgelaufen und stellte sich vor ihn. „Das war die Meinung einer Einzelperson. Die Leute heute Abend haben die Bilder alle geliebt. Bitte denk daran, ehe du etwas Unüberlegtes tust", bat Roz. Tiefe Sorgenfalten hatten sich in ihr Gesicht gegraben.

Tief Luft holend hievte sich Devon vom Stuhl hoch. „Ich komme schon klar", versicherte er ihr ... und sich selbst. Seinen hart erkämpften Sieg gegen die Flasche würde er nicht wegen einer einzigen Kritik verloren geben. Er hatte hart für das hier gekämpft, und dieser Krieg würde den Rest seines Lebens andauern. Zu manchen Zeiten wurde er viel näher an die Verteidigungslinien geführt als zu anderen, und jetzt gerade befanden sich die Hunnen direkt vor dem Tor und schlugen es fast kaputt. Doch es hielt und Devon würde dafür sorgen, dass das so blieb. „Bring mich einfach nach Hause."

Roz sah nicht überzeugt aus, aber Devon war müde und musste etwas essen. Er folgte Andy aus der Galerie hinaus, die Hintertreppe hinab. Auf dem Parkplatz stand ein weißer Hyundai. Das Auto hatte definitiv schon bessere Tage gesehen, aber Devon stieg ein und ließ Andy die chaotische Sixth Avenue hinauffahren und dann links in seine ruhige Straße im Village abbiegen. „Bist du sicher, dass du klarkommst?"

„Ja. Ich komme klar", versicherte er sowohl Andy als auch sich selbst. Das würde er. Die Hunnen befanden sich bereits auf dem Rückzug, und je klarer er denken konnte, umso mehr verstärkte er seine Verteidigung.

Devon stieg aus dem Auto, bedankte sich bei Andy und winkte ihm zum Abschied.

Als er tief die Nachtluft einatmete, musste er von dem Geruch fast husten. Das hier war New York. Er wäre jede Wette eingegangen, dass er selbst mit verbundenen Augen und Ohrstöpseln durch die bloße Geruchskombination aus Müll, Pisse und Menschen genau sagen konnte, wo er sich befand. Er schob den deprimierenden Gedanken beiseite und machte sich auf den Weg zum kleinen Feinkostgeschäft an der Ecke. Da sie gerade schließen wollten, eilte er hinein, holte sich ein Sandwich und ein paar Salate, bezahlte und lief zu seinem Wohnhaus. Dort angekommen, stieg er die Stufen zu seinem zweigeschossigen Apartment Schrägstrich Studio hoch. Nachdem er aufgeschlossen und die Rolltür zur Seite geschoben hatte, zog er sie wieder zu und schloss sich ein.

Aus dem Kühlschrank holte er sich eine Limo, setzte sich an den Tisch und begann automatisch zu essen. Devon wusste, dass er die Bewegungen vollkommen mechanisch ausführte, und das schon seit einer ganzen Weile. Statt zu leben, hatte er einfach nur existiert. Er musste dringend aus seinem Schneckenhaus herauskriechen und wieder am Leben draußen teilnehmen. Draußen bedeutete jedoch Clubs, tanzen und saufen, saufen, saufen.

Musste er sich tatsächlich halb tot trinken, um seine Kunst produzieren zu können – diese eine Sache, durch die er sich lebendig und wertvoll fühlte? Das war die verdammte Frage und dem Kunstkritiker Martin-wie-auch-immer nach zu urteilen, lautete die Antwort: Ja.

Der Gedanke jagte ihm eine Höllenangst ein, ergab jedoch Sinn. Wie er sich während des Essens immer wieder sagte, spiegelte das jedoch nur die Meinung einer einzigen Person wider.

Nachdem er die Verpackungen weggeworfen hatte, begab sich Devon ins Badezimmer. Er stieg aus seinen Galerieklamotten und stellte sich unter die Dusche, wo er versuchte, den Gestank des Versagens und der Frustration abzuschrubben. Er schien jedoch für immer an ihm haften zu bleiben. Irgendwann gab er auf, drehte das Wasser ab, trocknete sich ab und schaltete alle Lampen aus. Im einzigen anderen, vom ansonsten offenen Loft abgetrennten Raum, stieg er ins Bett. Durch die raumhohen Fenster des Hauptraums drangen tagsüber die verschiedensten Arten natürlichen Lichts herein. Jetzt jedoch ließen sie das nächtliche Glühen der Stadt ein, das Schlaf für ihn unmöglich gemacht hätte. Doch sobald er sich in seinem dunklen Schlafzimmer befand, übermannte ihn glücklicherweise das Vergessen. Allerdings nur kurz.

IM GEGENSATZ zu Devons Hirn herrschte in der Stadt eine unnatürliche Stille. Drei Uhr morgens, und er wanderte durch das Loft, strich unruhig wie ein eingesperrter Tiger hin und her und wusste nicht, was er tun sollte. Normalerweise hätte er gemalt, doch die verdammte Kritik ließ ihn nicht los, und die Vorstellung, einen Pinsel in die Hand zu nehmen, ängstigte ihn zu Tode. Daher ließ er alles, wo es war, und tigerte einfach weiter unruhig auf und ab.

Devon schloss die Augen und versuchte, ein passendes Bild heraufzubeschwören – irgendetwas, das ihm zu einer Inspiration verhalf. Er stand vor seinen auf die Straße hinausgehenden Fenstern, doch kein Bild erschien. Die Quelle, die die Gefühle seiner Seele hervorgesprudelt hatte, schien versiegt zu sein. Devon wusste, dass es sogar noch schlimmer stand und seine Seele verhungert und gestorben war. Eine andere Erklärung gab es nicht.

Vielleicht war er einfach fertig und die Gabe – wie viele Menschen es nannten – verschwunden. Vielleicht war sie wirklich aus einer Flasche gekommen. Und falls das zutraf, gab es sie nicht mehr und Devon würde ohne klarkommen müssen.

Ein einzelner Schlag erklang an seiner Tür und hallte wie ein Gong durch das Loft. Devon ging hinüber und schloss sie auf. „Verdammt, schläfst du eigentlich auch mal irgendwann?", wollte er wissen, während er zurücktrat.

Eine Tüte in einer Hand, eine Kiste Cola in der anderen, kam sein Freund Stephen hereinspaziert. „Ich habe die Kritik gesehen und mir gedacht, dass du vor diesen Fenstern stehen und dich fragen würdest, was du jetzt tun sollst." Stephen ähnelte einem Sonnenstrahl und genau das brauchte Devon jetzt. „Ich habe Mint Chip und Mississippi Mud Eis mitgebracht. Also setz dich auf deinen Hintern, dann stopfen wir uns damit voll, bis wir ins Zuckerkoma fallen und in einer völlig neuen Welt erwachen."

Devon ließ sich aufs Sofa plumpsen. „Hast du schon wieder *Sex and the City* geguckt?" Er griff nach dem Becher Mint Chip Eis und nahm den Deckel ab.

Stephen holte Löffel aus der Küche und öffnete dann mehrere Getränkedosen. „Sei nicht so gehässig. Ich biete dir einen Ritualtrank und Trost, also mach kein Theater." Er schnappte sich das dunkle Schoko-Karamell-Eis und nahm neben ihm Platz. „Für dich habe ich koffeinfreie Cola gekauft. Ich hatte Angst, dass das Koffein nach dem ganzen Zucker ansonsten unsere Köpfe explodieren lässt."

Devon schüttelte nur den Kopf. „Was macht das schon? Wenn das verdammte Teil explodiert, muss ich keine Kritiken mehr darüber lesen, wie fantasielos ich doch bin."

Stephen nahm einen großen Löffel voll und stellte den Becher dann auf den Tisch. „Du beschwerst dich seit Monaten, dass du dich leer fühlst und hast trotzdem weitergemalt. Jetzt, wo es jemand anspricht, bläst du Trübsal und wirst zum Schwarzmaler." Schnell schnappte er sich den Eisbecher, bevor Devon danach greifen konnte. Nachdem sie jeder noch einen Löffel gegessen hatten, tauschten sie die Geschmacksrichtungen. „Du hast also gerade eine harte Zeit. Ja und? Finde etwas, das dich inspiriert, geh raus und mal es. Du bist erfolgreich und hast Geld, also verschwinde verdammt noch mal aus der Stadt, mach einen Ortswechsel und such' dir etwas, das deine Seele wieder auflädt."

Es klang so einfach. Devon nahm einen Löffel voll von der Schokoladeneiscreme und schloss angesichts des intensiven Karamellgeschmacks mit einem verzückten Aufstöhnen die Augen. „Das sagst du so einfach." Er trank einen Schluck Cola. „Es ist fast wie im College. Weißt du noch?"

„Ja, nur dass ich am Ende nicht zu dir ins Bett steigen werde, du morgen früh nicht total geknickt aufwachen wirst, während mein Hintern von dem Schlagstock zwischen deinen Beinen verdammt wund ist." Stephen gluckste. „Habe ich schon mal gemacht, und das hätte fast unsere Freundschaft zerstört."

Devon stimmte in das Lachen ein. „Ich bezweifle, dass mein Schwanz etwas damit zu tun hatte. Es lag eher daran, dass wir dachten, wir wären verliebt und tatsächlich versucht haben, ein Paar zu sein." Mann, was für ein absolutes Desaster. Devon liebte Stephen von ganzem Herzen, aber sie waren in keinster Weise dazu bestimmt, sich ineinander zu verlieben.

„Je mehr wir uns bemüht haben, desto schlimmer wurde es."

„So schlecht waren wir gar nicht", erwiderte Devon gereizt. Er fühlte sich schikaniert.

„Du hast so laut geschnarcht, dass du damit hättest Tote aufwecken können", beschwerte sich Stephen.

„Ich hatte eine Nasenscheidewandverkrümmung, die inzwischen behoben ist, vielen Dank auch. Und vergiss nicht, dass du im Schlaf redest." Dieses Spiel konnte man auch zu zweit spielen.

„Und du hast nie etwas aufgehoben. Das Zimmer im Studentenwohnheim war schon ohne deinen Hindernisparcours aus dreckigen Unterhosen klein genug."

„Und du hast äußerst pedantisch darauf geachtet, was wohin gehört." Stephen schob seine Unterlippe zu einem Schmollmund vor, der süß ausgesehen hätte … vor zehn Jahren.

„Nur, damit ich die Sachen finden konnte, ohne erst alles auseinandernehmen zu müssen", konterte Devon.

„Trotzdem ist es dir gelungen, mindestens dreimal in der Woche den Schlüssel zu verlieren." Stephen grinste. „Ja, es gab durchaus Gründe, warum es mit uns nicht geklappt hat. Doch sobald wir diese ganze Paarsache gelassen haben ... und ich zu meinem eigentlichen Zimmergenossen zurückgezogen bin, hat sich alles wieder normalisiert."

„Abgesehen von deiner unnatürlichen Faszination für meinen Schwanz", stieß Devon grinsend hervor.

Stephen verdrehte die Augen. „Na gut. Eine Sache hat immer funktioniert. Im Bett lief es mit uns großartig." Im Laufe der Jahre hatten sie die Freunde mit gewissen Vorzügen-Nummer ein paar Mal gemacht, und es hatte funktioniert. Nichts Langfristiges, keine Verpflichtungen, nur ein Abend mit einem Freund, der mit großartigem Sex endete. Ja, diesen Teil hatten sie im Griff gehabt. Den Rest ... überhaupt nicht.

Devon nahm noch einen Bissen und stieß ein Gähnen aus. „Wir sollten das Zeug wegräumen und schlafen gehen. Willst du nach Hause?" Müdigkeit machte sich breit.

Als Stephen den Kopf schüttelte, stellte Devon das Eis ins Gefrierfach und Stephen und er gingen ins Bett.

Es war schön, nicht alleine zu sein. Schon bald darauf drehte sich Stephen um und schlief ein. Devon folgte kurz darauf.

SEIN MUND fühlte sich an, als hätte er die ganze Nacht durchgesoffen. Devon schmatzte mit den Lippen und kletterte vorsichtig aus dem Bett, um Stephen nicht zu wecken. An der Schlafzimmertür stoppte er, schaute zurück und musste lächeln. Sein Freund schlief tief und fest und Devon fragte sich zum millionsten Mal, warum sie es einfach nicht hinbekamen.

Dann aber rollte sich Stephen herum und furzte lautstark. In sich hineinlachend machte sich Devon auf den Weg ins Badezimmer. Da hatte er seine Antwort.

Nach dem Zähneputzen kam er sich wieder wie ein Mensch vor. Er rasierte sich und ging zurück ins Schlafzimmer, wo er sich leise anzog und dann den Raum verließ, damit Stephen so lange schlafen konnte, wie er wollte.

Vor den riesigen Fenstern wartete Arbeit auf ihn: eine Staffelei mit Leinwand. Er betrachtete sie, um sie dann kopfschüttelnd herunterzunehmen. Das Bild ähnelte denen in der Ausstellung und musste aussortiert werden. Er überlegte, ob er Stephen malen sollte, verwarf jedoch auch diese Idee. Es gab nichts, das er tun wollte, nichts, das ein Feuer in seinem Bauch entfachte und ihn etwas fühlen ließ.

„Gammel einfach ein paar Tage herum und schau Fernsehen", schlug Stephen vor, als er in Unterhose, sich den Hintern kratzend, aus dem Schlafzimmer kam.

„Du weißt schon, dass du einen festen Freund oder sogar einen Ehemann haben könntest, wenn du dich nicht immer wie ein lange verheirateter Hetero benehmen würdest?"

Stephen streckte ihm den Mittelfinger entgegen und widmete sich dann seinem Becher Kaffee. „Arsch."

„Vielleicht, aber ich kratze mich nicht, als hätte ich einen verdammten Tripper." Als Devon sich vom Fenster abwandte, musste er mehrmals blinzeln. Plötzlich begann sein Telefon zu klingeln. Als er danach griff, erkannte er die 907, die Vorwahl von Zuhause. Die Nummer kam ihm jedoch nicht bekannt vor.

„Hallo?", meldete er sich skeptisch. Halb erwartete er einen Telefonverkäufer, der seine Nummer mit einer ihm vertrauten überdeckt hatte.

„Devon?", fragte eine Stimme, die er sofort wiedererkannte.

„Mrs. Fitzgerald? Oh, es ist schön, Ihre Stimme zu hören." Er schloss die Augen und die Bilder von Zuhause – das er vor Jahren aus emotionaler Notwendigkeit verlassen hatte – kehrten zurück.

„Süßer … Ich wünschte, ich hätte bessere Neuigkeiten. Es geht um deinen Dad." Sie klang so traurig, wie er es nie zuvor gehört hatte. Mrs. Fitzgerald war einer dieser Menschen, die von Tragödien verfolgt zu sein schienen. Dennoch machte sie jedes Mal einfach mit ihrer „morgen scheint wieder die Sonne" Einstellung weiter.

„Was ist mit ihm? Ich habe erst letzte Woche mit ihm gesprochen. Da war alles in Ordnung", erwiderte Devon, während langsam die Angst an ihm zu nagen begann.

„Es geht ihm nicht gut. Dein Dad hatte vor zwei Tagen einen leichten Schlaganfall. Er ist soweit okay. Der Arzt meint, wenn er sich ausruht und ausgewogen ernährt, wird er sich wieder erholen. Er sitzt den ganzen Tag lang alleine in der Hütte oder geht zum Trading Post, um dort zu essen und viel zu viel zu trinken. Das war der Auslöser. Ich weiß es. Dieses ganze schreckliche, fette Essen dort."

„Wo ist er jetzt?"

„Dein Dad liegt im Krankenhaus in Anchorage. In ein paar Tagen holen Joe und ich ihn ab. Sie wollen, dass er sich ausruht, sind sich aber sicher, dass er das nicht tun wird, sobald er wieder zurück in seinem Haus ist. Dazu kommt noch die Tatsache, dass sich der nächste Arzt 65 Kilometer entfernt in Wasilla befindet. Daher wollen sie erst sicherstellen, dass sein Gesundheitszustand stabil ist und er sich auf dem Weg der Besserung befindet. Natürlich kann er ein paar Wochen hier wohnen, aber ich wollte dir lieber mitteilen, was los ist. Himmel, der Kerl ist so stur wie ein Esel."

„Das erklärt, warum er nicht angerufen und mir gesagt hat, was passiert ist", stellte Devon leicht verstimmt fest.

„Ziemlich wahrscheinlich." Sie hielt inne und sagte etwas in den Hintergrund. „Besteht die Möglichkeit, dass du herkommst und bei ihm bleibst? Zumindest eine Zeit lang? Er braucht seine Familie. Joe und ich verstehen, wenn dir das zu viel ist. Schließlich nehmen dich dein Leben, der Erfolg und all das sehr in Beschlag." Die Worte hätten bissig klingen können, doch ihr Tonfall verriet das genaue Gegenteil.

7

Devon nahm sich ein paar Sekunden Zeit, sich in seiner Wohnung umzuschauen und seufzte. So leer und niedergeschlagen hatte er sich noch nie gefühlt. Nur der Gedanke an seine Freunde und Unterstützer – darunter Stephen und Roz –, die ihn liebten und ihm einen gehörigen Tritt in den Hintern versetzen würden, sollte er auch nur einen einzigen Tropfen trinken, hielt ihn davon ab, sich auf den Weg zum Schnapsladen zu machen und eine Flasche zu kaufen. Sie liebten ihn genug, um notfalls einzugreifen.

„Ich muss erst mal schauen. Mal sehen, was ich tun kann, in Ordnung?" Das war das Höchste. Unfähig einen klaren Gedanken zu fassen und völlig unterkoffeiniert, war er im Moment nicht zu mehr in der Lage. „Ich rufe Sie bis heute Abend zurück. Danke, dass Sie mir Bescheid gesagt haben."

„Natürlich sage ich dir Bescheid. Du gehörst zur Familie und er braucht dich. Der alte Sturkopf merkt es nur nicht."

„Danke." Er verabschiedete sich und legte auf.

„Was war das denn ... ein Anruf aus dem eisigen Norden? Mich würdest du nie dorthin bekommen. Ich würde mir nur meinen kleinen Hintern abfrieren und mir gefällt er ganz gut, da wo er ist." Stephen drehte sich tatsächlich um, um einen Blick auf seinen eigenen Hintern zu erhaschen. „Er wird doch nicht schlaff, oder? Es gibt nichts Schlimmeres als einen älter werdenden Mann, der nicht bemerkt, dass ihm der Hintern bald in der Kniekehle hängt."

„Reiß dich zusammen", forderte Devon ihn auf, als er die von Stephen angebotene Tasse Kaffee entgegennahm. „Mein Vater hatte einen leichten Schlaganfall. Er liegt im Krankenhaus, aber anscheinend geht es ihm soweit gut. Sie werden ihn bald entlassen." Er trank einen Schluck und fühlte sich von Sekunde zu Sekunde benommener.

„Soll ich dir bei den Reisevorbereitungen helfen? Ich kann während deiner Abwesenheit die Wohnung hüten."

Devon zuckte mit den Schultern.

„Komm schon, es ist dein Dad. Er braucht deine Hilfe." Stephen setzte sich Hüfte an Hüfte neben ihn. „Wenn mein Vater mir sagen würde, dass er meine Hilfe braucht ... tja, das wäre, wenn die Hölle zufriert. Nachdem ich mich aus meiner tiefen Ohnmacht wieder aufgerappelt hätte, würde ich für ihn da sein. Er ist schließlich mein Dad."

„Trotz eures jahrelangen Streits?"

„Klar. Dank Opa besitze ich einen Treuhandfonds. Dagegen kann Dad nichts mehr unternehmen. Außerdem, wenn er mich um Hilfe bitten müsste, wäre das für ihn, wie seinen Stolz und seine Eier gleichzeitig zu schlucken." Lachend warf Stephen den Kopf in den Nacken.

„Das habe ich mir gedacht."

„Ja okay, die Beziehung zu meinem Dad ist beschissen. Aber das ist bei deinem nicht so. Du liebst ihn. Also steig in ein Flugzeug, flieg verdammt noch mal nach Alaska und kümmere dich ein paar Wochen lang um ihn. Er hatte einen

8

Schlaganfall und hätte sterben können. Willst du immer nur übers Telefon mit ihm reden ...? Ich denke nicht."

Devon knurrte: „Das ist ... kompliziert."

„Ist es immer, aber irgendwie wird man damit fertig." Stephen zog sein Handy hervor. „Es gibt gleich morgen früh einen Flug ab LaGuardia. In Seattle steigst du um und fliegst weiter nach Anchorage." Er begann wie verrückt auf den Tasten herumzudrücken.

„Was machst du da?"

„Kaufe dir ein Ticket. First Class für alle Flüge, Baby." Er machte weiter.

„Okay. Ich habe einen Wagen in Anchorage für dich gemietet, mit dem du in diese winzige Stadt fahren kannst, in der dein Dad lebt. Und morgen früh wird dich ein Taxi direkt vor der Haustür abholen und zum Flugplatz bringen. Und jetzt ruf die nette Lady an, die dir Bescheid gesagt hat. Ich habe dir die Einzelheiten und die Reiseroute gemailt, damit du es an sie weiterleiten kannst." Stephen legte das Handy zur Seite und verschränkte die Arme vor der Brust.

„Warst du eigentlich immer schon so penetrant?", wollte Devon wissen.

„Ja. Penetrant ist mein zweiter Vorname." Er erhob sich vom Sofa und steuerte Devons Schlafzimmer an. „Wo bewahrst du deine Koffer auf? Unter dem Bett? Und besitzt du noch Kleidung für den eisigen Norden oder müssen wir shoppen gehen?" Mit einem erwartungsvollen Lächeln drehte er sich um. Der Mann liebte das Shoppen ebenso sehr, wie die Jungs zu Hause auf Sachen zu schießen.

„Ich habe jede Menge. Danke." Da er sich nicht aufhalten lassen würde, ging Devon mit. Es war einfacher, einen Wasserfall hinauf zu schwimmen, als sich gegen Stephen zu wehren, wenn der erst einmal ein Ziel vor Augen hatte. Nachdem Stephen sich im Schlafzimmer angezogen hatte, öffnete er den Schrank und begann Sachen hervorzuziehen. Mit mehreren Kleiderbügeln in der Hand, hielt er plötzlich inne.

„Warum hast du solche Angst, zurückzukehren?", stellte er die eine Frage, die Devon in all den Jahren ihrer Freundschaft nie beantwortet hatte. Es war ihm immer gelungen, der Frage auszuweichen. „Hast du den Star des Eishockey Teams verführt?"

Devon heulte auf. „Nein, ich habe mich in den örtlichen Sunnyboy verliebt."

„Und ..."

„Er hat meine Liebe nicht erwidert." Devon zuckte mit den Schultern. „Außerdem war er mein bester Freund. Und ein Hetero mit zwei Kindern und einer Exfrau. Vermutlich macht er gerade Ehefrau Nummer zwei den Hof. Doch das spielt keine Rolle. Ich bin über ihn hinweg." Wegen dem Mann, über den er nie hinweggekommen war, hatte er sich mehr als zehn Jahre ferngehalten.

„Wirklich?", fragte Stephen.

„Ja. Es ist zehn Jahre her, und er hat sein eigenes Leben. Obwohl das keine Rolle spielt. Craig ist hetero und ...

Stephen setzte sich auf die Bettkante. „Dahinter steckt mehr, als du mir erzählst. Sehr viel mehr. Bist du je mit Craig zusammengekommen? Ist dein Herz seinetwegen in eine Million winzige Stücke zersprungen?"

„Nein und nein. An dieser ganzen Herz-zerbrechen-Sache war jemand ganz anderer schuld. Jemand, der damals überhaupt nicht wusste, was ich für ihn empfinde." Er verlagerte sein Gewicht und kam zu dem Entschluss, dass er jetzt genauso gut auch noch den Rest erzählen konnte. „Jedenfalls ging danach alles den Bach runter."

Stephen beugte sich gespannt vor. „Wer war es?"

Devon schüttelte den Kopf. „Darum geht es ja. Es gab diese Gerüchte, und ich war ziemlich sicher, dass Enrique schwul ist, konnte aber doch nicht die Gerüchteküche der Stadt gegen ihn aufbringen. Außerdem war ich ein solches Wrack und hielt mich nicht gut genug für ihn. Dann wurde alles nur noch schlimmer." Oh Mann, diesen ganzen Mist zu erzählen, brachte ihn dazu, sich einen Drink zu wünschen.

„Tut mir leid. Ich …" Stephen verstummte.

Devon seufzte, als Bilder dieser dunklen Tage seine Erinnerung überschwemmten. Er kämpfte gegen die Dunkelheit an, die ihn zu übermannen drohte. „Ich rede nicht oft von meiner Mutter, aber das sollte ich." Die Erinnerungen trafen ihn hart, und er musste blinzeln. „Nach dem Scheiß mit Craig kamen in der Stadt Gerüchte auf, dass ich schwul sei. Eine Zeit lang war es echt übel, es gab eine Menge Getuschel und Eltern, die ihre Kinder nicht mehr aus den Augen ließen. Bis Mom dem ein Ende bereitete. Sie nahm es mit allen auf – einschließlich meines Dads – ganz der Champion, der sie immer war." Devon wischte sich über die Augen. „Wie du weißt, ist meine Mom kurz vor meinem Wegzug gestorben."

„Du hast erzählt, es wäre ein Autounfall gewesen", warf Stephen ein.

Devon nickte. Sein Sponsor bei den Anonymen Alkoholikern hatte ihm gesagt, dass er mit dem Auslöser seines Trinkens klarkommen müsste. Daher hatte er seine Geschichte zwar in einer Zusammenkunft geteilt, bis zu diesem Moment aber nirgendwo sonst. Er konnte den Herzschlag in seinen Ohren hören.

„Mom war zu einem Meeting der PFLAG – diese Organisation für Angehörige und Freunde von Schwulen und Lesben – gefahren. Sie wollte unbedingt begreifen, was ich durchmachte." Devon versuchte den Klumpen in seiner Kehle herunterzuschlucken, als der Verlust, den er gewöhnlich in Schach hielt, sich wie ein Tsunami aufbäumte. Mit tiefen Atemzügen stand er es durch. Obwohl ihn das Verlangen nach einem Drink überkam, akzeptierte er das Glas Wasser, das Stephen ihm in die Hand drückte. „Der Unfall passierte auf dem Rückweg." Mittlerweile hatte er begriffen, dass es nicht seine Schuld war. Doch der Verlust seiner Mutter und Heldin, die Gerüchte, Craig, all das war zu viel gewesen.

Und jetzt würde er sich zusätzlich zu allem anderen auch noch mit der ganzen zehn Jahre alten Last obendrauf auseinandersetzen müssen. Mann, er müsste lediglich die Reste seines ramponierten Herzens umschiffen und trocken bleiben. Dafür wäre ein verdammtes Wunder nötig.

2

DEVON HOLTE den Leihwagen am Flughafen in Anchorage ab und verließ die kleine Stadt. Wie erwartet hatte sich einiges verändert. Anderes, wie die das Tal umgebenden Berge, war dagegen gleich geblieben. Während der Fahrt durchdrang ihn ein Gefühl des Friedens, und er kam sich klein und ziemlich unbedeutend vor. Im Großen und Ganzen regierte an diesem Ort die Natur. Selbst in der Stadt mit all ihren modernen Komfort waren alle der Gnade von Mutter Natur ausgeliefert, und die konnte eine fiese alte Frau sein, wenn sie wollte.

Der Sommer schwand bereits, obwohl es erst Ende August war. Einige der höchsten Gipfel trugen jedoch permanent ihre weißen Kappen aus Schnee und Eis.

Bei dem Gedanken daran drehte er die Heizung auf und verließ die Stadt auf dem Freeway, der schnell erst zu einem vier-, dann zweispurigen Highway wurde, in Richtung Norden nach Willow. An der Eklutna Flats Ebene hielt er am Straßenrand an, um den bis zu den Knien im Wasser grasenden Elchen zuzusehen, die so viel wie möglich von den grünen Wasserpflanzen fraßen, um sich für den langen Winter eine Speckschicht zuzulegen. Während er sie beobachtete, dachte er an den Winter und fragte sich, ob er für ihn schon gekommen war.

„Oh Mann, ich bin widerlich rührselig. Das muss aufhören." Er stieg wieder in den Wagen und durchquerte Wasilla, um dann dem Parks Highway in Richtung der winzigen Stadt Willow und weiter nach Hause zu folgen.

Unterwegs nahm Devon die vertraute Landschaft in sich auf. In diesem Teil des Bundesstaates veränderte sich nur wenig. Die Natur beherrschte fast alles, und über weite Strecken reichte der dichte Wald bis fast an die Straße heran. Vielleicht brauchte er ja genau das: Die Chance, wieder eine Verbindung zu dem Land aufzubauen, um sich selbst zu erden.

In der Stadt – die nicht allzu sehr nach einer aussah – angekommen, verringerte Devon die Geschwindigkeit und bog an der vertrauten Abzweigung Richtung Gemeindezentrum und Bücherei ab. Nachdem er um die Ecke des dazugehörigen Parkplatzes zur Einfahrt seines Vaters gefahren war, parkte er unter den Bäumen und stellte den Motor ab.

Mrs. Fitz kam aus dem Blockhaus, um ihn zu begrüßen. „Ich kann dir gar nicht sagen, wie froh ich bin, dass du hier bist." Sie umarmte ihn heftig. Er schloss die Augen, atmete ihr leichtes Parfüm ein und erinnerte sich an die anderen Male, als sie ihn getröstet hatte. Die wichtigste Erinnerung stellte die nach dem Tod seiner Mutter dar.

„Es fühlt sich gleichzeitig gut und merkwürdig an, wieder zu Hause zu sein", stellte Devon leise fest.

„Komm rein. Wir haben ihn gestern nach Hause geholt. Joe sitzt gerade bei ihm. Dein Dad hat viel geschlafen, doch es scheint ihm besser zu gehen. Ich habe dafür gesorgt, dass Sue Wilson, eine Krankenschwester, jeden Nachmittag vorbeikommt und kurz nach ihm sieht."

„Danke."

Sie streichelte ihm über die Wange. „Das macht keine Umstände, Süßer. Jeder hier liebt deinen Vater. Du weißt doch, wie es hier läuft. Wir halten als Gemeinschaft zusammen, und dein Dad hat allen anderen hier mehr als genug geholfen." Sie griff in ihre Handtasche und zog einen kleinen Block hervor. „Rita Hastings … Du erinnerst dich bestimmt noch an sie und ihren Mann Ralph."

„Ja, er ist letztes Jahr gestorben. Dad hat mich angerufen, und es mir mitgeteilt." Genaugenommen erhielt er bei jedem Gespräch mit seinem Vater einen Bericht über jede einzelne Person in der Stadt. In gewisser Weise fühlte es sich an, als wäre er nie weg gewesen. Abgesehen von der Tatsache, dass ihm seine Fehler und sein Chaos nicht ständig ins Auge sprangen.

Mrs. Fitz nickte. „Sie macht gerade eine harte Zeit durch, und ich konnte mich noch daran erinnern, dass du nicht oft kochst. Das kann ich dir nicht verübeln, so leicht wie man sich in New York Essen bis an die Haustür liefern lassen kann. Na, jedenfalls hat Rita angeboten, ein paar Tage lang Essen für euch zu kochen. Nichts Aufwendiges, und sie wird es rüberbringen. Dann brauchst du dich um nichts zu kümmern. Sie kommt nicht mehr so oft raus wie früher und sie kocht immer noch, als würde Ralph noch leben. Du hilfst ihr damit also auch."

Devon musste grinsen. Er hätte wissen müssen, dass Mrs. Fitz alles regeln würde. „Und ja, meine Kochkünste haben sich seit damals tatsächlich nicht verbessert, als ich bei dem Versuch Pommes zu machen fast das Haus niedergebrannt hätte, weil ich vergessen hatte, das Gas auszudrehen." Innerhalb von Minuten war das kleine Fiasko in jedes Ohr am See gedrungen.

„Dein Dad hat eine Liste mit den Sachen angefertigt, die diesen Sommer erledigt werden sollen. Enrique will ebenfalls bei einigen davon helfen. Er ist ziemlich geschickt und hält große Stücke auf deinen Dad." Sie stieß einen Seufzer aus und schien im Kopf eine Liste durchzugehen. Dadurch bekam Devon die Möglichkeit, darüber nachzudenken, was er dabei empfand, seinen alten Freund wiederzusehen. Ihm hätte klar sein müssen, dass seine Rückkehr eine ganze Reihe Gefühle wecken würde, bei denen er nicht wusste, ob er jetzt schon … oder jemals … bereit war, sich damit auseinanderzusetzen.

„Danke für alles." Sie kümmerte sich meisterhaft darum, dass alles in ihrer kleinen Stadt funktionierte.

„Gern geschehen. Sorg einfach dafür, dass dein Dad wieder gesund wird." Sie tätschelte Devons Schulter.

Devon beschloss, seine Sachen später aus dem Wagen zu holen und begleitete Mrs. Fitz ins Haus. Sein Vater lag mit geschlossenen Augen auf dem Sofa. Der Fernseher war ausgeschaltet und in einem Stuhl in der Nähe saß Joe und las. Als Devon hereinkam, stand er auf, und sie umarmten sich. „Danke, dass Sie nach ihm schauen."

„Kein Problem", flüsterte Joe. Der große Mann mit den pechschwarzen Haaren und dem ausgeprägten Mittelmeerteint wirkte so weit im Norden etwas fehl am Platz. „Ich bin froh, dass es ihm besser geht." Er sammelte seine Sachen zusammen. „Clare, wir sollten jetzt nach Hause gehen, damit er sich ausruhen kann." Sie verließen das Blockhaus und Devon brachte die beiden zum Auto.

„In ein paar Stunden kommt das Essen. Ich habe Rita gebeten, leichte Gerichte zu kochen, aber wer weiß ..." Sie lächelte und Devon dankte ihr erneut.

Nachdem sie weg waren, holte Devon seine Taschen und brachte sie in sein altes Zimmer.

Das hatte sich verändert. Die Sachen aus seiner Kindheit waren verschwunden und der Raum wirkte bis auf die vertraute karierte Bettdecke jetzt ziemlich spartanisch. Beim Blick in den Schrank stellte er fest, dass einige seiner Sachen auf dem obersten Regalbrett verstaut worden waren. Eigentlich spielte es keine Rolle, er war schließlich nicht nach Hause gekommen, um in Erinnerungen zu schwelgen. So leise wie möglich packte Devon aus, setzte sich ins Wohnzimmer und sah seinem Vater eine Weile beim Schlafen zu.

„Oh hey", begrüßte ihn sein Dad sanft und begann sich aufzurichten. „Du bist da."

„Ja, ich bin vor einer Stunde angekommen. Mrs. Fitz hat sich um alles gekümmert." Er erhob sich und nahm neben seinem Dad Platz. „Wie geht's dir?"

„Ich fühle mich wie von einer Dampfwalze überrollt, aber es ist besser als gestern. Meistens schlafe ich und wenn ich wach bin, langweile ich mich schrecklich. Ständig fernsehen kann ich auch nicht." Zum Glück besaß sein Vater einen Satellitenanschluss, sodass er wenigstens Auswahl hatte.

„Das glaube ich. Möchtest du etwas trinken? Mrs. Fitz hat mir den Einnahmeplan für deine Tabletten gegeben."

Sein Vater meinte spöttisch lächelnd: „Diese Frau würde sich um alles und jeden rund um den See kümmern, wenn man sie ließe." Devon holte ihm ein Glas Saft und Wasser. Nachdem sein Vater beides ausgetrunken hatte, lehnte er sich wieder zurück. „Ich bekomme langsam Hunger. Kochst du? Muss ich die Feuerwehr vorwarnen?"

„Nein, Dad. Mrs. Fitz hat Rita gebeten, für uns zu kochen, und danach werden wir zwei alles weitere besprechen. Rita wird das Essen erst in ein paar Stunden rüberbringen, aber wenn du möchtest, hole ich dir ein paar Cracker und Käse."

„Klar." Er klang bereits schläfrig.

Devon ging ihm den Snack holen, und da er schon einmal dabei war, machte er auch gleich etwas für sich selbst.

„Hast du im Flugzeug gegessen?"

„Was man so Essen nennt."

Sein Dad nickte. „Plastikfraß. Von dem kommt mir nichts hier rein, das sag ich dir. Ich habe den Garten angelegt, und er entwickelt sich gut. Du kannst einen Blick drauf werfen und einiges pflücken. Es vielleicht Rita geben, wenn sie das Kochen übernimmt."

„Ich schaue ihn mir morgen an", entschied Devon. Hier war zwar erst Nachmittag, doch seinem Körper kam es nach dem langen Tag auf den Beinen bereits ziemlich spät vor. Er lehnte sich zurück und schloss die Augen. Geweckt wurde er später von einem leisen Klopfen an der Hintertür. Mithilfe der Armlehne drückte sich Devon hoch und öffnete die Tür. Vor sich sah er ein Gesicht aus seinen Erinnerungen, das sich in den letzten zehn Jahren nicht sehr verändert hatte. „Enrique", stellte Devon leise, mit leicht trockener Kehle fest. „Komm rein."

„Danke." Er trat einen Schritt zur Seite, um Rita vorbeizulassen, die gerade einen Obstkarton voller Geschirr hereintrug und auf dem Tisch abstellte. Devon bedankte sich bei ihr für das Kochen und bemühte sich um einen gleichgültigen Tonfall. Obwohl er diesen Mann das letzte Mal vor zehn Jahren gesehen hatte, schien Enrique immer noch der gleiche zu sein. Seine Augen waren noch genauso ausdrucksstark und das glatte schwarze Haar immer noch zum Zopf gebunden. Urplötzlich erwachten längst begraben geglaubte Gefühle wieder zum Leben. Vor seinem Wegzug hatte Devon nicht gewusst, wie er damit umgehen sollte und war jetzt immer noch genauso ratlos.

„Es ist schön, euch beide wiederzusehen", sagte er, hielt den Blick jedoch auf Enrique gerichtet.

„Ich habe gehört, dass du hier bist." Enrique war nie ein Mann vieler Worte gewesen. „Gut, dass du hergekommen bist und dich um deine Familie kümmerst." Als Devon die ihm entgegengestreckte Hand ergriff, konnte er sich nicht erinnern, Enrique schon einmal berührt zu haben.

Danach umarmte er vorsichtig Rita. Obwohl sie klein und ein wenig zerbrechlich wirkte, blickten ihre Augen noch genauso entschlossen wie immer.

„Habt ihr Hunger?", fragte Devon die beiden, während er das Geschirr herausholte und den Auflauf zum Aufwärmen in den Ofen stellte. Zumindest das konnte er tun. „Sieht so aus, als hätten wir reichlich." Er hob die Salatschüssel aus der Kiste und stellte sie auf den Tisch. „Mehr als Dad und ich essen können."

Enrique zögerte und schien zu überlegen, blickt dann aber zu Rita. „Ich muss zurück in den Trading Post. Aber danke. Rita, du kannst gerne bleiben, dann hole ich dich später ab."

„Ich muss auch nach Hause, aber ich wollte dich unbedingt sehen." Sie umarmte Devon erneut.

Enrique ging zur Tür und während Devon ihn dabei beobachtete, vergaß er völlig, was er gerade hatte tun wollen. Erst als sich die Tür hinter Enrique schloss, brach der Zauber und er erinnerte sich wieder daran, das restliche Geschirr herauszuholen. Er zog sich einen der Stühle heran und setzte sich, während er

15

darauf wartete, dass das Essen wieder warm wurde. Es musste nicht allzu lange im Ofen bleiben, doch die Pause gab ihm Zeit, seine Gedanken schweifen zu lassen.

So lange er denken konnte, war Enrique für Devon ein Mysterium gewesen. Nach der Erkenntnis, dass er lieber Jungs als Mädchen mochte und geglaubt hatte, dass das bei Enrique vielleicht auch so wäre, hatte er versucht, dessen Aufmerksamkeit zu erlangen. Allerdings hatte Devon das Gleiche bei Craig gedacht und man sah ja, wie das ausgegangen war. Am besten, Devon behielt seine Gefühle für sich. Wenn es seinem Dad wieder so gut ging, dass er alleine klarkam, würde er seine Sachen packen, zurück nach New York fliegen und versuchen, sein Leben wieder zusammenzusetzen.

„Bist du bereit fürs Essen?", fragte er seinen Vater, als der Timer losging. Er füllte etwas von dem Thunfisch-Nudel-Auflauf auf einen kleinen Teller, fügte noch etwas Salat hinzu und brachte alles zu seinem Vater, der langsam zu essen begann.

Eigentlich hatte Devon vorgehabt, am Tisch zu essen – dem gleichen, an dem sein Dad und er während seiner Kindheit viele Mahlzeiten zu sich genommen hatten – aber vielleicht war es so am besten. Daher füllte er noch einen Teller für sich selbst und nahm auf dem Stuhl in der Nähe Platz.

„Wie läuft's in New York?"

„Ziemlich gut, Dad." Es gab keinen Grund, auf seine neuesten Enttäuschungen einzugehen. Er nahm einen Bissen von dem Auflauf, ohne wirklich etwas zu schmecken, was vermutlich gut war. Der Auflauf war zwar nicht schlecht, entsprach aber bei weitem nicht dem, was er normalerweise aß. Einfaches Essen. Darüber würde er sich allerdings keinesfalls beschweren und für seinen Vater schien es okay zu sein. Zumindest aß er. „Wie geht es dir? Hast du Schmerzen?" Er stellte den Teller beiseite, beugte sich vor und stand dann auf, um die Kissen zu richten, damit es sein Dad bequem hatte.

„Keine Schmerzen. Ich bin es nur leid, ständig müde zu sein", meckerte er. „Ich will nach draußen, alles Mögliche machen." Nach ein paar Bissen schob er den Teller zur Seite. „Und du solltest auch noch etwas anderes tun, während du hier bist, als dich um mich zu kümmern und im Haus herumzusitzen. Schlimm genug, dass einer von uns drinnen gefangen ist, da müssen das nicht beide sein."

„Dad, ich bin hier, um dir zu helfen, wieder auf die Beine zu kommen, damit du wieder Fenster und Treppen reparieren kannst … und alles, was du sonst noch hier tust." Sein Vater war der Mann für alles am See.

„Ich werde viel schlafen", stellte Devons Dad klar und griff langsam nach einem Glas. „Könnte ich wohl noch etwas Salat haben? Die Ärzte meinten, ich soll jede Menge Gemüse und so Zeug essen. Weniger Fleisch." Er verdrehte die Augen, schien den Rat aber zu beherzigen. Devon holte ihm das Gewünschte, goss ein leichtes Dressing aus dem Kühlschrank darüber und reichte seinem Vater den Teller. Für sich selbst nahm er auch noch etwas.

„Noch irgendwas? Mehr zu trinken?"

Sein Vater schüttelte den Kopf. „Ich habe nachgedacht. Wir haben in der Bücherei eine Art Kunstzentrum eingerichtet. Es gibt viele Kinder in der Gegend, und es werden mehr. Warum gehst du nicht hin und schaust, ob du Malkurse oder ähnliches geben kannst? Sie können deine Hilfe brauchen, und du würdest nicht die ganze Zeit hier rumsitzen. Geh einfach rüber." Er deutete in die Richtung, aß auf, stellte den Teller auf den ramponierten Holzcouchtisch und zog die Decke hoch. Dann schaltete er ein Basketballspiel im Fernsehen ein, gähnte und war kurz darauf eingeschlafen. Mit einem Seufzer aß Devon auf. Dann kümmerte er sich um das Geschirr und die Reste, schaltete das Licht aus und ging nach draußen. Eigentlich hätte er todmüde sein müssen, aber seine Gedanken schienen in alle möglichen Richtungen gleichzeitig zu schweifen.

Die Luft war frisch und sauber und der Himmel leuchtete in allen Farben, als er den Weg von der Eingangstür hinunter zum kleinen flachen See einschlug. Am Ufer stehend blickte er über das Wasser zu den am Horizont aufragenden Bergen. In der Ferne erhob sich unglaublich majestätisch der schneebedeckte Denali.

„Früher dachte ich, der Berg gehört mir."

Devon drehte sich um, als Craig mit zwei Jungen hinter sich auf dem Pfad Richtung Bücherei erschien. Durch die Bäume konnte man einen Van schimmern sehen. „Ich auch. Vielleicht hat er ja uns allen gehört." Als er einen Schritt auf Craig zuging, zog der ihn zu seiner Überraschung in eine Umarmung.

„Das hier ist Joey; der Jüngere heißt Billy."

Devon begrüßte die beiden.

„Jungs, das ist Devon Starr, Onkel Charles' Sohn und ein berühmter Künstler", erklärte Craig lächelnd. Devon fiel wieder ein, dass genau dieser Ausdruck sein Teenagerherz zum Flattern gebracht hatte.

„Wie geht es Onkel Charles?", fragte einer der Jungen.

„Onkel Charles ruht sich gerade aus."

„Oh", Joey senkte den Kopf. Die beiden waren das Ebenbild ihres Vaters.

„Wir haben ihm einen Cupcake mitgebracht", sagte Billy.

Devon nickte. „Dann geht rein und gebt ihn ihm. Ich bin sicher, er wird sich wahnsinnig freuen, euch zu sehen." Die Kleinen waren echt süß. Auf Craigs Nicken hin rannten sie wieder den Pfad hoch.

„Seid vorsichtig und lasst ihn nicht fallen", rief Craig. „Sie lieben deinen Dad. Ich hoffe, es macht dir nichts aus, dass sie ihn Onkel Charles nennen … Manchmal sagt Billy sogar Opa zu ihm." Er drehte sich zum See und schaute aufs Wasser. Devon folgte seinem Beispiel.

„Das stört mich überhaupt nicht." Näher würde sein Dad dem Großvater-Sein wahrscheinlich nie kommen. „Es ist ja nicht so, dass ich ihm jemals Enkel schenken werde."

„Natürlich könntest du das, du musst nur die richtige Frau treffen", widersprach Craig.

Devon sah ihn an und räusperte sich. „Das werde ich nie. Vielleicht treffe ich eines Tages den richtigen Mann. Allerdings gibt es dann keine Ausstattung zum Kinderkriegen, daher …" Er ließ den Gedanken in der Luft hängen. „Bist du jetzt geschockt?"

Craig seufzte. „Nein. Ich dachte nur, vielleicht … aber ich wollte nicht einfach fragen." Er begann zu lachen. „Oh Mann, manchmal fällt es einem am schwersten, über die einfachsten Dinge zu reden." Er richtete den Blick wieder aufs Wasser, beobachtete, wie das Licht verblasste und der See ein paar Sekunden rot aufflammte, bevor es sich erneut veränderte und es dunkler wurde.

Devon überlegte, ob er mit Craig über das Geschehene reden sollte, darüber, welche Auswirkungen es gehabt hatte und immer noch hatte. Doch das wäre gemein und sinnlos. Er musste die Verantwortung für seine Taten und sein Leben übernehmen. Außerdem waren sie inzwischen älter, und das Ganze zehn Jahre her. Es wurde Zeit, einen Schlussstrich unter den ganzen Mist zu ziehen und einen Neustart zu versuchen. Schließlich befand sich der ganze Ballast nur in seinem Kopf, und was brachte ihm das?

Aus der Hütte drang glückliches Gelächter.

„Und, gibt es jemanden in deinem Leben?", wollte Craig wissen.

„Nicht wirklich." Er besaß die Angewohnheit, sich in Männer zu verlieben, die er nicht haben konnte. Zwei Beweise dafür bildeten der neben ihm stehende Mann und der, der vor einer Stunde das Essen gebracht hatte. „In Sachen Liebe hatte ich nie viel Glück."

„Ich auch nicht", brummte Craig. „Ich würde gerne wieder heiraten, aber die Jungs kommen an erster Stelle. Ich war vor kurzem mit jemandem zusammen, aber das hat nicht funktioniert."

„Was ist mit Jeanie? Wo ist sie?", wollte Devon wissen.

„In Seattle. Ich glaube, sie ist glücklich. Das Leben hier oben war zu rau und trostlos … ihre Worte. Sie wollte … etwas anderes."

„Und die Jungs sind den Sommer über bei dir?"

Craig nickte. Lächelnd schaute Devon in Richtung Hütte, aus der gerade die beiden grinsenden Jungen herauskamen. „Onkel Charles schläft", erklärte Billy mit übertriebenem Flüstern.

„Wir sollten ihn sich ausruhen lassen und wieder fahren", beschloss Craig. Devon nickte zustimmend. „Wir sehen uns bestimmt wieder. Vielleicht Samstag im Trading Post. Dort gibt es jetzt immer Livemusik, und da gehen alle hin."

„Ich überleg's mir", erklärte Devon, winkte den Dreien zum Abschied und beobachtete durch die Bäume, wie sie weggingen. Nachdem alles wieder im Van verpackt war, fuhren sie los, und Devon schaute wieder aufs Wasser. Das war schmerzlos und überraschend einfach gewesen. Kein Herzschmerz oder schreckliche Qualen. Craig war glücklich und hatte zwei Söhne. Vielleicht würde diese Reise in emotionaler Hinsicht leichter als gedacht werden, und er wäre umsonst zehn Jahre lang weggeblieben.

Devon drehte sich um und folgte dem Weg um den See. Als die Sonne weiter sank und langsam kühle Abendluft um ihn herum aufstieg, wünschte er, er hätte eine Jacke mitgenommen. Trotzdem ging er weiter in Richtung Bücherei, in der ein paar Lichter brannten.

Er schaute, ob dort irgendetwas vor sich ging und bemerkte durch die Fenster eine Bewegung. Devon folgte den Weg zur Tür, zog sie auf und beschloss, denjenigen, der sich hier befand, zu begrüßen. „Hallo, ich bin's, Devon!", rief er, um niemanden zu erschrecken. Als er eintrat, kam gerade Enrique um die Ecke eines Bücherregals gebogen.

Himmel. Er war so atemberaubend attraktiv. Vielleicht nicht im herkömmlichen Sinne, mit seinem ausgesprochen runden Kopf, der Mähne aus dickem, glatten Haar und der mehrfach gebrochenen Nase. Seine dunklen Augen ließen die Abgründe erahnen, die Enrique für sich behielt. Devon fand sie faszinierend. Sein Herz schlug bei seinem Anblick etwas schneller und er musste krampfhaft schlucken.

Devon wusste, dass er sich eigentlich für die Störung entschuldigen und besser höflich die Bücherei verlassen sollte. Er könnte sogar behaupten, dass sein Dad ihn brauchte. Stattdessen ging er, ohne darüber nachzudenken, einen Schritt nach vorne.

„Was treibt dich her? Ich bereite gerade einen Kurs vor."

„Ich bin zufällig draußen vorbeigelaufen und habe das Licht gesehen." Er fragte sich, was zum Teufel er sagen sollte. „Dad meinte, dass ihr jetzt Kunstunterricht anbietet."

Enriques Grinsen erreichte fast seine Augen. „Das tun wir." Dann machte er kehrt und bedeutete Devon, ihm zu folgen. „Diesen Raum hier hinten hatten wir immer schon. Früher wurde er für Hörbücher benutzt, doch inzwischen gibt es das meiste online, sodass der Platz frei wurde. Also haben wir ihn abgetrennt und einen Gemeinschaftsraum daraus gemacht. Ich habe ein Kunstprogramm für Kinder ins Leben gerufen. Vor allem, um ihnen die Kunst und Ausdrucksweise der Ureinwohner beizubringen."

„Du bist Künstler?" Das hatte Devon nicht gewusst. Als er den Raum betrat, war er mit einem Mal umgeben von Zeichnungen, Bildern und einem Meer aus Farben. Er wusste gar nicht, wohin er zuerst schauen sollte. Dann jedoch wurde sein Blick wie magisch von einem auf dem Regal in der Ecke sitzenden Vogel aus Ton angezogen.

„Nicht wirklich. Aber es sind Kinder. Meistens erzähle ich ihnen Geschichten, die mir der Mann, den ich als meinen Großvater betrachte, erzählt hat. Außerdem malen wir Bilder und arbeiten mit Ton und so." Devon war sich ziemlich sicher, dass Enrique sein Können herunterspielte, was seine Neugier nur noch weiter weckte. Und seine Skepsis wurde belohnt, als er die eingeritzten Initialen *E.S.* am Rand des Vogels entdeckte: Enrique Salazar.

19

„Der ist wunderschön." Obwohl es ihm in den Fingern juckte, berührte er ihn nicht. Schon allein die Struktur war faszinierend, doch wirklich atemberaubend fand er, dass der Rabe während des Schreitens eingefangen worden war. Abwesend nickte er, während tief in seinem Inneren für wenige Sekunden ein Teil von ihm erwachte. „Es ist wichtig, dass alle Kinder erfahren, dass diese Gegend über eine Geschichte und Überlieferung verfügt, die lange zurückreicht in eine Zeit, bevor Menschen mit meinem Aussehen hierherkamen." Devon hätte liebend gerne Enriques Geschichten gehört. „Vielleicht könnte ich ja kommen und zuhören?"

„Morgen um zwei. Es findet jeden Samstag statt. Jeder ist willkommen. Die Dinge, die wir lehren, sind auf die Kinder ausgerichtet, aber Kunst kennt kein Alter."

„Dem kann ich nur voll und ganz zustimmen." Devon drehte sich wieder um und bemerkte, dass Enrique ihn beobachtete. „Das ist wunderschön."

„Würdest du gerne Kurse geben, solange du hier bist? Mit Sicherheit hätten eine Menge Leute Interesse." Draußen verschwand langsam das Licht. Es würde zwar nicht allzu lange dunkel bleiben, aber in den nächsten Wochen würden die Tage definitiv kürzer und die Nächte viel länger werden.

„Das lässt sich arrangieren. Werde ich mit dir zusammenarbeiten?"

Enrique nickte. „Ja. Vielleicht nächsten Dienstag. Ich sage allen Bescheid. Wenn du vorher in den Trading Post kommst, können wir besprechen, was du unterrichten willst."

In Devons Nacken brach Schweiß aus und sein Mund wurde trocken. Urplötzlich überkam ihn das Bedürfnis nach einem Drink. Mit ziemlicher Sicherheit befand sich die nächstgelegene Gruppe der Anonymen Alkoholiker in Wasilla oder Anchorage. Er würde nachsehen müssen. „Können wir uns bei meinem Dad treffen?" Er holte tief Luft und befahl dem Verlangen, zu verschwinden. „Ich …" Er hatte gelernt, dass er ehrlich über seine Bedürfnisse sprechen musste. „Ich bin trockener Alkoholiker. Seit zwei Jahren jetzt. Ich trinke nicht und …"

„Ich verstehe", erwiderte Enrique. „Dann komme ich zu deinem Dad." Nach kurzem Zögern fügte er hinzu: „Andere Leute befinden sich in der gleichen Situation." Er wandte den Blick nicht von Devon.

„Du?", fragte er leise, woraufhin Enrique nickte.

„Manchmal stehe ich hinter der Bar und mixe den Leuten Drinks, trinke aber selber nie einen." Er zuckte mit den Schultern. „Ich rede mir ein, dass ich den Geschmack nicht mag. Dass ich Walrosspisse oder so was serviere." Er strahlte. „So stehe ich es durch."

„Warum tust du das?", fragte Devon.

„Weil ich mir damit meinen Lebensunterhalt verdienen muss. Wenn einem der Laden gehört, tut man, was man tun muss, damit er läuft. Ich habe eine echt gute Barkeeperin, doch so wie wir alle hat auch sie ihre Probleme. Daher muss ich manchmal für sie einspringen. Das letzte Mal war echt übel, aber ich habe

20

es geschafft." Er schlang die Arme um sich. Devon verstand. Das hatte er in den letzten zwei Jahren unzählige Male selber getan.

„Ich weiß nicht, ob ich das könnte. Meistens vermeide ich Situationen, in denen es Alkohol gibt. Manchmal geht das nicht, aber dann stelle ich sicher, dass es dort etwas gibt, das ich trinken kann." Außerdem *dachte* er unglaublich oft ans Trinken. „Der Gedanke ist immer in meinem Kopf."

„Ja, ich weiß." Enrique schaltete das Licht aus und sie verließen den Kunstraum. Nachdem er die Tür hinter ihnen geschlossen hatte, gingen sie gemeinsam zum Haupteingang. „In meinem auch. Aber ich weigere mich, ihn gewinnen zu lassen. Der Alkohol und mein Verlangen danach hatten lange Zeit die Kontrolle über mein Leben übernommen. Ich sehe meine Eltern und den Rest meiner Familie nicht mehr, seit sie weiter in den Süden gezogen sind und wegen meines Verhaltens und …"

„Ja. Man fragt sich, wie viel davon, wer du bist, dem Schnaps zu verdanken ist und was wirklich du bist", vervollständigte Devon den Satz. Enrique nickte. „Ich bin noch dabei, das herauszufinden."

„Ich auch." Enrique zog die Tür auf und Devon trat in die Nacht hinaus. Auf dem Parkplatz vor der Bücherei brannte eine Laterne und durch die Bäume konnte man das Licht aus der Hütte schimmern sehen. „Vermutlich werde ich das den Rest meines Lebens tun."

Dem konnte Devon zustimmen. Zu den Dingen, die er hatte lernen müssen, gehörte auch, dass ihn das den Rest seines Lebens begleiten würde. Vielleicht würde es im Laufe der Zeit leichter werden, jedoch nie ganz verschwinden. „Ja." Er fragte sich jedoch immer noch fast ständig, ob er, als er mit dem Trinken aufgehört hatte, gleichzeitig einen Deckel auf seine Seele gelegt hatte. Das war die eine Million Dollar Frage, auf die es keine schnelle Antwort gab. „Bis morgen." Er wandte sich Richtung Hütte. „Ich muss zurück und nach Dad schauen, ihm ins Bett helfen. Aber komm einfach irgendwann rüber. Wir können eine Unterrichtsstunde ausarbeiten, und du kannst Dad besuchen. Ich weiß, dass es ihm gefallen würde." Mit einem Winken ging Devon los.

Als er das Haus betrat, schlief sein Vater. Nach einem Blick auf den Medikationsplan holte Devon ein Glas Wasser und einen kleinen Snack. „Dad", sagte er sanft, „du solltest ins Bett gehen." Die Augen seines Vaters öffneten sich. „Du musst etwas essen und deine Tabletten nehmen."

Sein Vater aß die Cracker mit etwas Käse, trank das Wasser und nahm die Tabletten. Dann stand er vom Sofa auf und schlurfte langsam in sein Schlafzimmer. „Gute Nacht, Junge. Ich bin froh, dass du hier bist." Devon schaltete das Licht aus, ging ins Badezimmer und machte sich auf den Weg in sein eigenes Zimmer. Dort angekommen ließ er sich ins Bett fallen, schlief jedoch nicht sofort ein. Vor seinem Auge erschien immer wieder ein gewisses Gesicht, bis er schließlich zu müde wurde, um noch länger wach zu bleiben.

3

DER WILLOW Trading Post befand sich seit Jahrzehnten am gleichen Ort, allerdings hatte Enrique das Innere umgestaltet. In einer Stadt dieser Größe, in der es nicht einmal ein Stoppschild gab, diente der Trading Post als Laden, Restaurant, Bar und sogar Hotel. Enrique gefiel der Gedanke, dass sein Geschäft den Stadtmittelpunkt bildete. Zusätzlich lieferte er die grundlegenden Dinge des täglichen Bedarfs aus. Die Highways rauf und runter gab es Raststätten und Handelsposten, die ihr jeweiliges Gebiet in der Wildnis von Alaska versorgten, und für diesen kleinen Teil des Hinterlandes war er zuständig.

„Musst du heute noch irgendwo hin?", fragte Angie, als er die monatliche Buchhaltung erledigt hatte. Große braune Augen blickten ihm aus dem runden Aleuten-Gesicht entgegen, während sie ihr glattes pechschwarzes Haar hinter die Ohren schob.

Enrique starrte sie mit dem speziellen Blick an, den er einsetzte, wenn sie dabei war, ihre Nase in seine Angelegenheiten zu stecken. „Ich habe eine Besprechung." Angie war eine nette Frau, aber sie konnte den Mund nicht halten, und Enrique wollte nicht, dass sich jemand ständig in seine Angelegenheiten einmischte. Die Leute am See schienen sowieso die meiste Zeit aufeinander zu hocken. Ihm war das zu dicht.

„Fährst du wie geplant nach Anchorage?"

„Soll ich was für dich abholen?"

Enrique reichte ihr eine Liste. „Hier ist außerdem eine Bestellung für den Gastronomiegroßhandel in der Northern Lights. Könntest du da auch vorbeifahren? Die Kühlboxen für die Tiefkühlware stehen hinten." Er wollte aufstehen, doch sie schüttelte abwehrend den Kopf.

„Ich weiß, wo sich alles befindet. Ich fahre um vier los und werde morgen früh zurück sein. Das Gefrorene hole ich zuletzt, damit du dir keine Sorgen machen musst." Grinsend verdrehte sie die Augen. Dieses Gespräch hatten sie schon früher geführt. „Jetzt geh zu deiner Besprechung. Viel Spaß." Sie zwinkerte.

Enrique beschloss, sie zu ignorieren. Manchmal ging sie ihm echt auf die Nerven.

Er legte die Bücher zur Seite, schloss das Büro ab und schnappte sich sein Notebook und die Unterlagen über das Kunstprogramm. Mit großen Schritten verließ er den Trading Post, ging zu seinem Auto und fuhr den kurzen Weg zu Charles' Hütte.

Zu seiner Überraschung begrüßte ihn Charles an der Tür. „Ich bin mit Devon verabredet."

„Er ist unten am See und sollte in einer Minute zurück sein." Er winkte ihn hinein und Enrique folgte ihm. Charles ging zwar nur schlurfend, doch es tat gut, ihn auf den Beinen zu sehen.

„Geht's dir besser?"

„Ja. Ich vermute allerdings, dass meine Energie in einer Stunde aufgebraucht sein wird. Aber immerhin bin ich auf den Beinen." Er zog einen Stuhl unter dem Tisch hervor.

„Soll ich dir nicht lieber auf einen bequemeren Sitzplatz helfen? Devon und ich können uns hier unterhalten, wenn du möchtest." Enrique führte Charles zu dem gemütlichen Lehnstuhl. Dem leisen Seufzer nach zu urteilen, hätte er die Anstrengung nicht sehr viel länger ausgehalten.

Devon trat durch die Eingangstür direkt ins Wohnzimmer und holte seinem Vater ein Glas Wasser, bevor Enrique und er sich an den Tisch setzten. „Ich dachte daran, über das Licht zu sprechen und darüber, wie es sich verändert. Die Leute könnten etwas Einfaches malen, zum Beispiel den Himmel über dem See. Für die Kinder vielleicht etwas nicht allzu Schweres. Die Erwachsenen könnten mehr in die Tiefe gehen. Was hältst du davon?"

Enrique nickte zustimmend. „Aber behandle die Kinder auf keinen Fall herablassend."

„Natürlich nicht. Das ist Kunst. Sie muss die Gefühle der jeweiligen Person ausrücken."

Er grinste und blickte zu dem bereits eingeschlafenen Charles. „Vermutlich benutzen wir Acrylfarbe und ähnliches."

„Ja. Auf Wasserbasis. Sollten auch Jüngere Interesse haben, haben wir noch Vorräte." Er lächelte. „Ich habe überlegt, dass dein Kurs nächsten Dienstag beginnen könnte. Das verschafft mir genügend Zeit, Werbung zu machen." Enrique freute sich über die Möglichkeit, da er normalerweise ganz alleine mit den Kindern arbeitete. Die Energie in Devons Augen war fesselnd und attraktiv.

Er musste diese Gedanken unbedingt von sich schieben. Das hier war das ländliche Alaska. Wie würden alle um den See herum die Neuigkeit aufnehmen, dass er auf Männer stand? Allerdings wussten es die meisten Leute vermutlich schon, so wenig Geheimnisse, wie es hier gab. Letzten Endes wäre es wahrscheinlich gar keine allzu große Sache. Die einfache Wahrheit lautete, dass er sich selbst nicht traute. Dass er bis zu seinem Absprung jahrelang die Lösung in einer Flasche gesucht hatte, hatte dazu geführt, dass er viele Dinge über sein Leben und seine Entscheidungen infrage gestellt hatte – nicht zuletzt seinen Männergeschmack.

Trotzdem brachte ihn Devon dazu, Dinge zu wollen. Wie seine Augen tanzten, wenn er vom Malen redete … sein Geruch, wenn er neben ihm saß, das Bein vor Energie bebend. Devon war erfüllt davon. Selber erkannte er es vielleicht nicht, doch es war offensichtlich. Obwohl eine Art abschwächender Dunst über dieser Energie lag, konnte Enrique sie im ganzen Raum sehen und spüren. Diese Energie wirkte wie ein Magnet, zog ihn an und versprühte ihre Magie auf den

Mauern, die er aufgebaut hatte, um mit dem Wenigen, das von ihm noch intakt war, die Tage überstehen zu können.

„Entschuldige …" Ihm wurde bewusst, dass Devon weitergeredet hatte, während er in seinen eigenen Gedanken gefangen gewesen war und kein Wort mitbekommen hatte.

„Ich sagte, dass wir kleine Leinwände brauchen werden. Ich muss diese Woche sowieso noch nach Anchorage, dann hole ich sie gleich ab."

„Wir bekommen Gelder für das Zentrum, daher …"

Devon schüttelte den Kopf. „Ich werde sie und noch einige andere Materialien spenden. Ich finde die Idee großartig, und mir gefällt die Vorstellung, dass die Menschen hier ihre eigene Kunst erschaffen. Ich wünschte, wir hätten in meiner Kindheit solche Programme gehabt."

„Ich auch. Allerdings habe ich meine Kunst von meinem Großvater gelernt. Er brachte mir die Geschichten seines Volkes bei und war außerdem ein begabter Künstler. Daher zeigte er mir, was er wusste." Das war eine großartige Zeit gewesen. Doch dann war der alte Mann gestorben und alles hatte sich geändert. Der Antrieb für sein Leben hatte sich geändert. „Was ich jetzt tue, tue ich für ihn, damit er stolz ist."

„Arbeitest du auch mit anderen Materialien außer Ton?", wollte Devon wissen.

„Ja. Vielleicht zeige ich es dir eines Tages. Die Stücke sind sehr persönlich." Enrique hatte sie noch nie zuvor jemandem gezeigt. Sie waren nur für ihn selbst und den Mann bestimmt, den er als seinen Großvater betrachtete, Opa Kallik. „Wie auch immer, ich denke, das, was du planst, wird großartig." Er erhob sich, um zu gehen. Noch länger zu bleiben, hieße die Versuchung herauszufordern.

„Ich habe Sorbet im Gefrierfach", sagte Devon. „Und ich kenne Dad. Er liebt es. Wenn wir es uns teilen, isst er vielleicht ein bisschen."

Enrique beugte sich über den Tisch. „Er isst nicht?"

„Nicht viel. Zum Mittagessen ein halbes Sandwich und gestern Abend ein kleines Abendbrot. Ich habe gehofft, dass sein Appetit wiederkommt, damit er kräftiger wird, aber er scheint nicht hungrig zu sein." Devon stand auf und holte einige Schüsseln und eine Packung Himbeersorbet. Es sah lecker aus und als Devon ihm eine Schüssel reichte, konnte Enrique nicht anders.

„Als Kind war das meine Lieblingssorte. Dad hatte immer welches im Gefrierschrank."

Devon brachte seinem Vater eine Schüssel und nachdem er den Rest wieder in das Gefrierfach geräumt hatte, setzte er sich zu Enrique an den Tisch.

„Wie lange bleibst du?", fragte Enrique. Er wollte die Zeitspanne erfahren, während der er stark sein und Devons Anziehungskraft widerstehen musste.

Damals, in ihrer Jugend, war es viel einfacher gewesen. Enrique hatte nicht gewusst, wer er war und was er wollte. Seine Gedanken waren ein einziges Chaos gewesen. Nur die mit seinem Großvater verbrachte Zeit hatte sich richtig angefühlt.

Devon Starr war nett zu ihm gewesen, ein guter Mensch. Damals hatte Enrique seine Gefühle für ihn nicht verstanden und sogar für falsch gehalten.

Wie er inzwischen wusste, war das, was er gefühlt hatte, in Ordnung gewesen, doch damals war eine andere Zeit und er eine andere Person gewesen.

„Ein paar Wochen vermutlich. Hängt davon ab, wie gut es Dad geht. Ich will erst sicher sein, dass er sich auf dem Weg der Besserung befindet."

Das konnte Enrique verstehen. „Musst du nicht zurück zu deiner Arbeit, den Galerien und so? Charles hat uns allen erzählt, dass du eine große Ausstellung hattest und deine Werke äußerst gefragt sind." Enrique rechnete damit, dass Devon ihm alles darüber erzählen würde, doch stattdessen schien er auf einmal ganz weit weg zu sein.

„Erfolg kommt und geht und im Moment befinde ich mich am Anfang eines absteigenden Asts." Devon schob den Rest seines Desserts weg. Die Lage musste echt übel sein, wenn der Mann dafür auf die leckere Näscherei verzichtete. „Meine letzte Ausstellung war ausgesprochen farblos. Die meisten Stücke haben sich verkauft, aber die Kritiken waren gemischt und ich kann nachvollziehen, warum. Ich weiß nur einfach nicht, wie ich das wieder hinkriegen soll."

Enrique überlegte ein paar Minuten, während er aufaß. Dann erhob er sich und bedeutete Devon, ihm zur Tür zu folgen. Er wartete nicht ab, ob er ihm folgte, sondern zog die Tür auf und ging hinaus.

Devon trat nach ihm nach draußen und folgte Enrique den Weg zum Wasser hinab. „Willst du mir etwas sagen, das mein Dad nicht hören soll?"

Enrique stieß einen Seufzer aus und deutete mit dem Finger nach vorne. „Schau mal. Mein Großvater hat gesagt, bei fehlender Inspiration oder fehlendem Fokus, solle man einfach hierherkommen und den Blick schweifen lassen. Wo sonst auf der Erde gibt es einen solchen See, Seetaucher, die über das Wasser hinweggleiten und darunter wie verrückt paddeln? Und über all das wacht der Gott der Berge und beobachtet von dort alles." Enrique zog Devon näher ans Wasser und stellte sich hinter ihn. „Schließ die Augen."

„Wie soll ich denn dann alles sehen und in mir aufnehmen?"

Kurz überlegte Enrique, ob er ihm einen Schlag versetzen sollte. „Tu es einfach. Schau mit deiner Seele und deinem Herzen. Lausche dem Atem der Natur im Wind und lass ihn zu dir sprechen. Wir nutzen unsere Augen für alles, setz also einfach mal den Rest von dir ein." Er atmete tief ein und wartete, dass Devon seinem Beispiel folgte. „Lass einfach alles davon wieder zu einem Teil von dir werden."

„Ich weiß nicht, ob ich das kann", flüsterte Devon. „Wenn ich früher hierhergekommen bin, habe ich all das gespürt. Aber dann … habe ich getrunken … immer. Was, wenn das, was ich gespürt habe, in Wirklichkeit nur der Schnaps war und ich innerlich so leer bin, wie ich mich jetzt fühle? Was, wenn es nicht mehr gibt?" Er drehte sich um. „Ich arbeite, ich sehe mir an, was ich tue, aber ich verspüre nichts."

„Aber was löst Gefühle bei dir aus?", fragte Enrique. „Das musst du herausfinden und nutzen." Die Antwort war so einfach für ihn. Er zog seine Inspiration und Kraft immer aus dem See, der Natur und den dort lebenden Tieren. „Ich weiß, dass mein Geist mit diesem Ort und den Menschen hier verbunden ist. Würde ich ihn verlassen, ich würde vertrocknen und dahinwelken. Ich fahre manchmal an den Ozean, um eine Verbindung zu ihm und den Bergen herzustellen, damit sie zu mir sprechen können. Dann komme ich hierhin und lasse mich von dem See und dieser Aussicht nach Hause rufen."

„Ich weiß es nicht. Das ist das Problem."

Enrique zuckte mit den Schultern. Am liebsten hätte er Devon eine Ohrfeige gegeben, doch er beherrschte sich. „Dann finde es heraus. Inspiration und Nahrung für deine Seele kommt nicht einfach so mit einem „Hallo, da bin ich" durch die Tür marschiert. Du musst danach suchen. Es ist wie mit der Suche nach Visionen." Mit diesen Worten wandte er sich um, ließ Devon am See stehen und ging davon. Als er die Hütte betrat, war Charles aufgestanden und stand am Fenster. Er begegnete Enriques Blick, seufzte und setzte sich in den Sessel.

„Er sucht nach etwas. Ich glaube nicht, dass er weiß, wonach. Das ist eines der härtesten Dinge, wenn du Kinder hast. Du siehst, dass dein Kind verletzt ist und kannst nichts dagegen tun. Devon muss seinen eigenen Weg finden. Ich würde ihm wirklich gerne helfen, aber ich kann nicht."

Das verstand Enrique. Für ihn war der Weg so leicht, aber vielleicht war das lediglich sein Weg und in Devons Zukunft führte tatsächlich ein ganz anderer. Vielleicht hatten sie auch den gleichen Weg, aber man gelangte nicht so leicht zu dessen Anfang, wie sie beide das gerne hätten.

„Er wird seinen Weg finden", meinte Enrique. „Einfach, weil er es unbedingt will."

„Hoffentlich hast du recht", sagte Charles, lehnte sich zurück und schloss die Augen. Enrique kümmerte sich um das Geschirr, blickte dann auf seine Uhr und begab sich auf die Suche nach Devon.

Er stand immer noch an der gleichen Stelle am See. „Ich versuche immer noch zu sehen, was du siehst", erklärte er, als Enrique bei ihm ankam.

„Tu das nicht. Sieh einfach, was du siehst und fühl, was du fühlst. Mehr kannst du nicht tun. Du kannst nicht durch meine Augen sehen oder mit meinem Herzen fühlen. Dafür hast du deine eigenen Augen und dein eigenes Herz. Löse ihre Fesseln und lass sie schweben." Er wünschte, er könnte länger bleiben. „Ich muss zurück in den Trading Post, bevor meine Aushilfe geht. Aber wir sehen uns morgen beim Kunstunterricht der Kinder." Er klopfte Devon auf die Schulter und genoss das Gefühl der Muskeln unter seiner Hand.

„Ja, bis morgen." Als Devon davonging, blieb Enrique noch stehen, voller Hoffnung, dass Devon sich zu ihm umdrehen würde. Schließlich ging er zu seinem Auto und fuhr zurück zur Arbeit in den Trading Post.

ENRIQUE WAR extrem aufgeregt. Er wollte den Kindern die Geschichten seines Adoptivopas erzählen und danach sollten sie etwas daraus malen. Trotz der Einfachheit des Projekts liebten sie es. Enrique fragte sich, ob sie wegen des Malens oder der Geschichte kamen. Aber das spielte eigentlich keine Rolle.

„Guten Tag", begrüßte ihn Devon lächelnd, als er den Raum betrat.

„Du wirkst glücklicher", stellte Enrique fest und hoffte, dass Devon etwas von dem, wonach er suchte, gefunden hatte.

„Ich freue mich auf deine Geschichte." Sein Lächeln verblasste und Enrique wurde klar, dass Devon noch genauso verloren war wie am Tag zuvor. Das hätte ihn nicht überraschen sollen. Das, was Devon fühlte, ließ sich nicht so leicht wieder in Ordnung bringen. Diese Art Zweifel und der Gewissenskampf, den er anscheinend führte, brauchten Zeit. Das hätte Enrique wissen müssen, anstatt zu erwarten, Devon mit einem weisen Spruch aus seiner Krise reißen zu können.

„Setz dich hin, wo du willst", forderte er ihn auf.

Devon setzte sich an einen der Tisch ganz hinten, ohne die Kunstmaterialien zu berühren. Die Kinder kamen miteinander redend herein und nahmen Platz. Enrique kannte sowohl sie alle als auch ihre Eltern. In dieser kleinen Stadt kannte jeder jeden und passte auf ihn auf. Er wusste auch, dass sein Kunstunterricht den Eltern eine Verschnaufpause von ihren Kindern ermöglichte. Die meisten würden auf einen Drink oder einfach nur um unter Leute zu kommen in den Trading Post hinübergehen und Zeit mit anderen Erwachsenen verbringen.

Bei Enriques „okay" wurde es still im Raum.

„Erzählst du uns heute wieder eine Geschichte von Raven?", wollte einer der Jungen wissen. Die hörten sie immer am liebsten. Der Rabe Raven gehörte zu den wichtigsten Figuren in den athabaskischen Überlieferungen und es gab viele Erzählungen über seine Schlauheit und seinen Mut. Als Kind hatte einer der Freunde seines Vaters, Opa Kallik, ihm diese Geschichten erzählt. Enrique war genauso fasziniert davon gewesen wie diese Kinder heute.

„Wie wäre es mit der, in der Raven den Wal besiegt?", fragte er. Unter allgemeiner Zustimmung und zur allgemeinen Freude erzählte er die Geschichte, wie es Raven mithilfe seiner Schlauheit gelungen war, einen Wal zu besiegen, der ein Dorf terrorisiert hatte. Man hätte eine Stecknadel zu Boden fallen lassen können. Hauptsächlich richtete Enrique seine Worte jedoch an Devon, voller Hoffnung, der Mann würde etwas daraus mitnehmen können. Enrique mochte die Handlung und fügte möglichst viel Drama hinzu, um die Kids zu unterhalten. „In Ordnung. Da ihr jetzt die Geschichte kennt, könnt ihr euch nun Papier und Buntstifte holen." Ein paar Minuten lang demonstrierte er, wie man Raven und einen Wal malte. Dann ließ er es die Kinder selbst versuchen.

„Du malst sehr gut", lobte Devon den neben ihm sitzenden Joey, Craigs ältesten Sohn. Der Junge schien leichte Bewegungs- und Koordinationsprobleme zu haben. Sie lächelten sich an. Joey hatte offensichtlich Talent und konnte gut zeichnen, benötigte aber anscheinend mehr Zeit als die anderen.

„Aber der Flügel ist falsch", erklärte Joey. Gemeinsam „reparierten" sie ihn, während Enrique durch den Raum schritt.

„Erzähl uns noch eine Geschichte", bat ein Mädchen.

„Ihr kennt die Regeln. Ich erzähle euch eine Geschichte, dann zeichnet ihr sie." Enrique war jedoch leicht zu überreden und begann mit einer weiteren Geschichte über Raven. Die Kinder hatten die Raven Kriegergeschichte zwar schon einmal gehört, doch während sie mit gebeugten Köpfen an ihren Bildern arbeiteten, erzählte er sie noch einmal. Anschließend ertappte Enrique sich dabei, wie er hinüber zu Devon ging, der an einem eigenen Bild arbeitete.

Ohne darüber nachzudenken, beobachtete er, wie abstrakte Versionen von Raven und dem Wal auf dem Papier erschienen. Licht und Farbe sprangen förmlich aus dem Blatt. Enrique störte ihn nicht und beobachtete fasziniert, was als nächstes auftauchen würde.

„Das sieht aber nicht wie die Geschichte aus", stellte Joey fest, doch Devon hob kaum den Blick von seinem Werk.

„So sehe ich die Geschichte, wenn ich die Augen schließe. Man muss Sachen nicht formgetreu malen. Ich versuche zu malen, was mir die Geschichte bedeutet und welche Gefühle sie in mir auslöst. Sieh mal: jede Menge Farben, weil Raven gewonnen hat und mich das glücklich macht." Er arbeitete weiter und schon bald versammelten sich auch die anderen Kinder um ihn und schauten zu. Sie gaben keinen Ton von sich, was bei Acht- bis Zehnjährigen extrem selten war. Sie drängelten sich, um etwas sehen zu können und beobachteten, wie das Bild von Minute zu Minute mehr Gestalt annahm. Enrique konnte ebenfalls nicht wegschauen, als das Wasser mithilfe von tieferen Blau- und Schwarztönen stürmischer wurde, durchbrochen an den Stellen, an denen das Weiß des Blattes durchschien. Die Bewegung wirkte atemberaubend. Nach einer Weile hob Devon den Kopf und schien erst jetzt zu bemerken, dass alle um ihn herumstanden.

„Geht wieder an eure Arbeit und lasst Mr. Devon das hier machen", befahl Enrique sanft. Er wusste, dass er sich besser ebenfalls daran halten und Devon alleine lassen sollte, doch das fiel ihm schwer. Devon schien ihn magisch anzuziehen und Enrique wusste, dass er das überwinden musste. Es spielte keine Rolle, dass Devons Intensität und Fokus ihn fesselten wie das Wasser in dem Gemälde ... und das war so anziehend wie ein Magnet. Der Mann blieb nur ein paar Wochen und Enrique würde sich nicht in seinen Orbit ziehen lassen. Doch egal wie oft er sich auch befahl, Abstand zu halten, es zog ihn zu dem anderen Mann hin.

„Aber ich möchte das lernen", erklärte Joey ernst. „Das ist so schön."

„Das kannst du. Es dauert etwas. Zuerst musst du die einfachen Sachen zeichnen können. Danach kannst du lernen, wie man schattiert und Farben hinzufügt, damit sie ineinander übergehen", erwiderte Devon mit sanfter Stimme und alle Köpfe drehten sich zu ihm.

„Wie?", fragte Joey.

Als Devon lächelnd aufstand, folgten ihm alle Blicke im Raum, einschließlich Enriques. „Seht ihr die Fenster? Es ist ein schöner Tag. Welche Farbe haben die Wolken?"

„Weiß?", antwortete Helena schnell.

„Wirklich? Schaut genau hin und berichtet mir, welche Farben ihr erkennt", forderte Devon sie auf. „Was seht ihr wirklich?"

„Grau", meinte Joey. „Und vielleicht gelb. Außerdem etwas blau … und weiß."

„Ganz genau. Wenn ihr also eure Wolken malt, nehmt all diese Farben, so wie es die Natur macht. Nichts besteht nur aus einer einzigen Farbe, nicht einmal der Himmel. Ist er einfach nur blau?"

„Es sind viele verschiedene Blautöne", antwortete Helena grinsend, als hätte sie es jetzt verstanden.

„Ja, genau. Und jetzt schaut euch den See an. Er ist nicht einfach nur blau, sondern an manchen Stellen auch schwarz, am Rand, wo sich die Pflanzen spiegeln, sogar grün. Versucht bei euren Bildern alle Farben hinzuzufügen, die ihr seht." Devon nahm ein neues Blatt und begann den See zu malen. Er arbeitete schnell, die Stifte flogen nur so über das Papier, wurden dann auf den Tisch fallengelassen, damit der nächste hier und dort noch etwas hinzufügen konnte. Gefesselt beobachtete Enrique, wie auf dem Blatt durch schmale Striche der See vor dem Fenster entstand. „Was meint ihr? Wollt ihr es versuchen?"

Die Kinder nickten eifrig und kehrten auf ihre Plätze zurück. Enrique gab ihnen neue Blätter und sie fingen an zu zeichnen. Er stand fasziniert neben Devon, der weiter an dem See arbeitete. Mit einem Mal, so schnell wie er angefangen hatte, legte Devon die Stifte hin und erhob sich. Das Blatt ließ er auf dem Tisch liegen.

Gemeinsam halfen sie den Kindern, nahmen sich Zeit für jedes einzelne, um Tipps zu geben. Enrique hatte immer geglaubt, dass sich die Kinder im eigenen Tempo weiterentwickeln würden, doch nachdem Devon mit ihnen gearbeitet hatte, verbesserten sich ihre Bilder sprunghaft, und sie setzten die Farben raffinierter ein.

„In Ordnung. Vergesst nicht, eure Bilder mit nach Hause zu nehmen und die Stifte wieder in die Kisten zu legen", beendete Enrique den Unterricht. Alle folgten der Bitte und gingen mit ihren Kunstwerken hinaus auf den Parkplatz zu ihren Eltern.

Enrique stellte sicher, dass jeder seine Bilder hatte und sicher nach Hause kam. Als er damit fertig war und zum Aufräumen in den Raum zurückkehrte, war Devon verschwunden. Nur seine Zeichnungen lagen immer noch auf dem Tisch.

Vorsichtig hob Enrique jede hoch, betrachtete sie, legte sie dann beiseite und räumte zu Ende auf. Nachdem er das Gebäude abgeschlossen hatte, ging er hinüber zum Trading Post.

Da das Wetter gut war, hatte er geplant, sich nach der Arbeit an ein paar von Charles' Aufgaben zu machen. Die ganze Zeit über ging ihm jedoch Devon nicht aus dem Kopf. Er fragte sich, warum er einfach seine Zeichnungen liegen gelassen hatte. Vielleicht hatte er sich aber auch gar nichts dabei gedacht. Sie waren schön, aber er hatte sie nicht mitgenommen.

Enrique bemühte sich, nicht zu viele Gedanken daran zu verschwenden. Er hatte schließlich einiges zu erledigen und musste noch zu Devons Vater.

Als er gerade loswollte, rief Rita an, die wissen wollte, ob er zufällig zu Charles fahren würde. „Mein Bein schmerzt heute echt schlimm. Ich glaube nicht, dass ich fahren kann."

„Natürlich. Ich wollte sowieso rüber und mir sein Dach anschauen."

Enrique fragte sich, warum Mrs. Fitz und Rita sich zusammengetan hatten, um für Charles und Devon zu kochen. In seinen Augen war das eine merkwürdige Kombination. Er wunderte sich immer noch, als er bei Rita hielt und an ihre Tür klopfte. Sie öffnete mit einem Lächeln. „Das Essen ist fertig." Da begriff er plötzlich: Durch die Zubereitung des Essens kam sich Rita nützlich vor. Trotz der Schmerzen lächelte sie. So lief das in ihrer Gemeinde.

„Das ist toll." Er ging hinein und setzte sich wie damals in seiner Kindheit – wenn sie gerade eine Ladung ihrer berühmten Haferkekse gebacken hatte – an ihren Küchentisch,

Nachdem er die Kiste auf dem Stuhl neben sich platziert hatte, stellte er die Auflaufform und eine andere Schüssel, die einen Salat zu enthalten schien, hinein. Enrique hob den Deckel des grünen Desserts und schloss ihn dann wieder. „Ich habe vor, am Wochenende angeln zu gehen und werde dir etwas von meinem Fang vorbeibringen. Dann kannst du etwas davon für Charles und Devon zubereiten und hast auch etwas für dich selbst."

Breit lächelnd klatschte Rita in die Hände. „Das wäre toll. Ich habe gerade ein neues Rezept bekommen." Enrique freute sich, dass er sie glücklich machen konnte.

„Dann sehen wir uns morgen. Soll ich noch irgendetwas besorgen?"

„Nein, alles gut." Sie goss ihnen beiden eine Tasse Tee ein und Enrique unterhielt sich noch eine Weile mit ihr, um ihr Gesellschaft zu leisten. Danach trug er die Teller zur Spüle, verabschiedete sich und machte sich auf den Weg zu Charles.

Er brachte das Essen hinein und stellte die Form zum Erwärmen in den Ofen. „Wo ist Devon?"

Charles erhob sich aus dem Stuhl, in dem er gelesen hatte. „Ich habe keine Ahnung. Nachdem er von der Bücherei zurück war, wollte er spazieren gehen. Seitdem habe ich ihn nicht mehr gesehen." Charles holte Besteck hervor. „Komm und iss mit mir. Es ist bestimmt reichlich."

Enrique verspürte Enttäuschung, weil Devon nicht hier war. Gerade als er behaupten wollte, wieder loszumüssen, kam Devon durch die Eingangstür gestiefelt. Seine Schultern waren nicht mehr so hochgezogen und seine Haut nicht mehr so blass: Sonne und Wind hatten ihre Arbeit getan. Mit leuchtenden Augen kam er zu ihnen. Fast umgehend begannen die Schmetterlinge in Enriques Bauch wild umherzuflattern.

„Ich schaue nur kurz nach dem Dach. Dann muss ich zurück in den Trading Post", erklärte Enrique, hin- und hergerissen zwischen dem Wunsch zu bleiben und dem Wissen, dass es besser wäre, einfach zu verschwinden. Er holte die Leiter aus dem Schuppen und lehnte sie an die Hauswand. Dann stieg er hinauf und überprüfte die Stelle, an der das Eis im Winter einigen Schaden angerichtet hatte. Er stieg wieder hinunter, holte einige Schindeln aus dem Auto und besserte die beschädigte Stelle schnell aus. Danach entfernte er die Leiter und verstaute wieder alles.

Enrique bemühte sich sehr, die Schmetterlinge zu beruhigen. Er überlegte, ob er einfach wieder zurück zur Arbeit fahren sollte. Allerdings wäre es unhöflich, sich nicht zu verabschieden. Daher klopfte er und steckte den Kopf ins Haus. „Ich fahre wieder los."

„Willst du wirklich nicht bleiben? Rita hat mehr als genug gemacht", sagte Devon und kam zu ihm.

In Enrique tobte ein Kampf, doch am Ende zog er einen Stuhl hervor und setzte sich, während Devon das Essen auf den Tisch stellte. Der Nudelauflauf bestand aus Hackfleisch und Tomaten, übergossen mit Käse. Enrique sagte nichts, aber Charles hatte einen Schlaganfall gehabt und musste kalorienärmer und frischere Sachen essen. Das hier entsprach einem erneuten Schlaganfall in Form eines Auflaufs. Dennoch schmeckte es nicht schlecht. Vielleicht könnte er Rita einiges aus dem Garten geben, damit die Gerichte gesünder wurden.

„Du hast deine Bilder in der Bücherei liegen lassen", sagte Enrique.

Devon zuckte nur mit den Schultern. „Das waren nur Kritzeleien, die den Kindern helfen sollten." Er nahm sich eine kleine Portion Auflauf und Salat und begann langsam zu kauen. Dem abwesenden Blick nach befand er sich irgendwo anders. Enrique hätte gerne gewusst, was Devon dachte. Das Licht, das während des Kunstunterrichts hell geleuchtet hatte, war wieder so schwach wie zuvor. Er tauschte einen Blick mit Charles, der jedoch nur mit den Schultern zuckte und noch ein paar Bissen aß, bevor er die Gabel ablegte.

„Ich denke, ich lege mich jetzt hin." Er nahm sein Glas Wasser mit und schlurfte durch den Flur, um dann die Schlafzimmertür hinter sich zu schließen.

Devon beobachtete, wie er verschwand. „Das ist alles, was er macht. Jeden Tag vom Schlafzimmer ins Wohnzimmer gehen."

„Vielleicht sollten wir etwas mit ihm unternehmen. Hinauf zum Hatcher Pass fahren. Von dort hat man eine großartige Aussicht, und die Fahrt dorthin ist schön. So würde er mal aus dem Haus kommen, selbst wenn er nicht aus dem Auto steigt. So hätte er mal einen Tapetenwechsel." Enrique konnte nicht fassen, was er da vorschlug. Drei Stunden gemeinsam in einem Auto mit Devon zu verbringen, würde schwierig werden, aber schließlich war es nur Charles zuliebe. Das redete er sich zumindest ein.

„Keine schlechte Idee."

„Wir könnten auch ein paar Malutensilien mitnehmen und eine Weile malen", schlug Enrique vor. „Ich wollte etwas ..."

Devon stieß ein tiefes Knurren aus. „Ich weiß, du meinst es gut, aber bitte, dräng' mich nicht. Ich weiß noch nicht, was ich tun werde, aber es wird alles zu seiner Zeit passieren." Er seufzte und seine Schultern sackten noch tiefer hinab.

Enrique zögerte und musterte Devon, als würde er nach der Lösung für ein Rätsel suchen. „Wir könnten nächsten Sonntag fahren. Wenn du nicht willst, brauchen wir die Malutensilien nicht mitzunehmen. Es soll ein Wettersystem einziehen, sodass es ein paar Tage lang nass wird, doch Sonntag sollte es wieder klar sein." Die Betonung lag auf *sollte*. Das Wetter hier war ausgesprochen unvorhersehbar. Die Berge erschufen ihr eigenes Wetter und taten, was sie wollten.

„Ich schaue mal, ob ich ihn überreden kann."

„Wir könnten direkt nach dem Gottesdienst aufbrechen und ein Picknick mitnehmen", schlug Enrique vor. Devon zuckte leicht zusammen, widersprach jedoch nicht. Enrique war kein religiöser Mensch, aber spirituell veranlagt. Der sonntägliche Gottesdienstbesuch besaß für ihn eine ganz eigene persönliche Spiritualität. Dabei spielten die Worte des Geistlichen keine Rolle. Ihm ging es um die Gemeinschaft und die Chance mit den Geistern der vor ihm Gegangenen in Verbindung zu treten.

„Es hat sich vermutlich nicht allzu viel dort oben verändert", meinte Devon.

Enrique schüttelte den Kopf. „Die Goldminen sind immer noch da. Vor ein paar Jahren hat sich der Staat dazu durchgerungen, bessere Zäune aufzustellen, um die Leute davon abzuhalten, hineinzugehen. Aber das ist auch schon alles." Er liebte es dort oben. „Ich kenne ein paar tolle Angelstellen. Dorthin könnten wir deinen Dad mitnehmen. Ich weiß, dass er Angeln liebt, auch wenn er dabei auf einem Stuhl an der Böschung sitzt."

Devon nickte. „Es tut ihm nicht gut, die ganze Zeit nur hier drinnen zu bleiben." Er biss sich auf die Unterlippe und trommelte mit den Fingern lautlos gegen den Tisch. „Lass uns das machen", stimmte er schließlich zu. „Ich denke, es wird Spaß machen, und es ist lange her, dass ich dort war." Er nickte bestätigend und Enrique fragte sich, ob er gerade versuchte, sich selbst zu überzeugen.

„Dann sorge ich für das Essen." Er lächelte und stand auf. „Ich muss zurück zum Trading Post und dort nach dem Rechten sehen. Ich komme morgen wieder und bringe das Essen vorbei. Das wird allerdings nur eine kurze Stippvisite, weil ich danach sofort zurück zur Arbeit muss." Die Samstagabende bildeten für ihn die härteste Zeit der Woche. Normalerweise schaute dann jeder irgendwann im Trading Post vorbei, und es gab jede Menge Geselligkeit und Alkohol.

„Danke." Devon erhob sich ebenfalls und begleitete ihn zur Tür. „Ich weiß sehr zu schätzen, was du alles für Dad und mich tust. Das ist echt nett von dir." Mit diesen Worten öffnete er die Tür und hielt sie so, dass Enrique ganz dicht an ihm vorbei musste. Als er stoppte und sich umdrehte, befand sich Devon direkt neben ihm. Sie standen so nah, dass er den süßen Atem roch, den leichten Geruch nach

Schweiß und Mann wahrnahm, der die Luft um ihn erfüllte. Er musste sich sehr anstrengen, um nicht tief einzuatmen, und diesen Geruch einfach in dem Teil seines Gehirns zu speichern, an dem er ihn für immer festhalten konnte.

Devon Starr war ein toller Mann und schien ebenso stark wie verletzlich zu sein. Obwohl er gerade unter massiven Selbstzweifeln litt, nahm er sich dennoch Zeit für Kinder, die ansonsten nie die Möglichkeit bekommen hätten, von jemandem wie ihm unterrichtet zu werden. Daher wusste Enrique, dass Devon ein gutes Herz besaß, und das war das Wichtigste.

Ein Auto fuhr in die Einfahrt und zerstörte den Zauber, der Enrique einige Sekunden länger als nötig hatte stehen bleiben lassen. Er räusperte sich, entfernte sich ein paar Schritte von der Hütte und eilte dann zu seinem Auto. Mit einem Winken begrüßte er im Vorbeigehen Craig und seine beiden Söhne.

Er musste zurück in die vertraute Umgebung des Trading Posts. Es kam ihm vor, als hätte sich der Boden unter seinen Füßen in Sand verwandelt, den das Wasser des Sees wegzuschwemmen drohte. Der Trading Post war sein Zuhause, und dort würde er sich auf sicherem Boden befinden.

„Du bist spät wieder zurück", stellte Angie fest, als er hinter die fast voll besetzte Bar glitt und die Leute auf den Stühlen grüßte. Eine seiner Regeln besagte, dass ganz egal, um wen es sich bei dem Gast handelte, es in seinem Trading Post keine Fremden gab. Wenn ein Tourist hereinspaziert kam, wurde er wie ein Dorfbewohner behandelt. Er wollte, dass sich die Menschen willkommen fühlten. Die Besucher sollten einen Geschmack des echten Alaskas und der hier lebenden Menschen bekommen. Nachdem er alle begrüßt hatte, schaute er in der Küche nach dem Rechten, bevor er sich zu Angie gesellte und an die Arbeit machte. Wenn er beschäftigt war, hatte er wenigstens keine Zeit, an Devon Starr zu denken.

4

FRÜH AM Sonntagvormittag stand Devon am See, während sein Vater noch schlief. Die auf das Wasser scheinende Sonne sandte Lichtkristalle nach oben, die fast blind machten und auf dem fast spiegelglatten See unglaublich schön aussahen. Sein Dad hatte erfreut auf die Aussicht reagiert, aus der Hütte zu kommen. Devon rechnete jedoch beinahe mit einem Rückzieher in letzter Minute. Er wusste nicht warum, es war einfach ein Bauchgefühl.

„Willst du den ganzen Tag lang aufs Wasser starren?", rief sein Vater von der Türschwelle.

„Nein", erwiderte er und drehte sich um, machte jedoch keine Anstalten zurück zum Haus zu gehen. Eine Minute später knirschten Schritte über Blätter und Gestrüpp.

„Warum stehst du dann hier?", wollte sein Dad beim Näherkommen wissen. „Was ist los?"

„Solltest du hier draußen sein?"

Sein Vater verdrehte genervt die Augen. „Das sind gerade mal fünfzehn Meter. Der Quacksalber meint, dass ich Bewegung brauche. Daher denke ich, dass es in Ordnung ist, die paar Schritte auf meinem eigenen Grundstück zu laufen. Noch bin ich nicht tot." Fast rechnete Devon mit einer Ohrfeige seines Vaters. Lächelnd wandte er sich wieder ab. Schön, dass die Streitsucht seines Vaters langsam zurückkam. „Du hast meine Frage nicht beantwortet. Und versuch bloß nicht wieder abzulenken. Ich schaffe es allemal, dich zum Abkühlen in den See zu schubsen."

Der Hauch von Fröhlichkeit brachte ihn zum Grinsen. Die Drohung war alt und sein Vater hatte sie nur einmal wahr machen müssen … als Devon mit vierzehn versucht hatte, seine Grenzen auszutesten.

„Ich weiß es nicht, Dad." Er schaute ihn an. „Enrique meint, dass ich hier nach Inspiration suchen sollte. Ich schaue und hoffe, dass etwas kommt, aber ich empfange nichts. Ich laufe schon eine Weile auf Reserve und wünsche mir die ganze Zeit, dass irgendetwas … egal was … eine Idee entzündet." Er schluckte krampfhaft. „Ich habe schon lange keine mehr gehabt und frage mich, ob ich die wirklich guten Ideen nur dem Alkohol zu verdanken habe und …" Der Schlag gegen die Schulter tat nicht weh, kam aber überraschend. „Hey." Er rieb über die Stelle.

„Das ist das Dümmste, das ich je gehört habe. Der Alkohol hat überhaupt nichts damit zu tun. Es ist dein eigener verdammter Kopf, der dir im Weg steht.

Hör endlich auf, dir so viele Gedanken zu machen und lass diesen verdammten 60 Zentimeter über deinem Hintern hängenden Klumpen aus dem Spiel."

Er drehte sich um und ging langsam zur Hütte zurück. „Jetzt musst du dir über Schlimmeres Gedanken machen. Es ist an der Zeit, sich für die Kirche fertigzumachen und jeder in der Stadt wird sich auf dich stürzen wollen."

„Ich wollte hierbleiben und …"

„Den Teufel wirst du tun. Wenn du nicht gehst, werden sich alle auf *mich* stürzen und wissen wollen, wie es dir geht. Da mache ich nicht mit. Beweg also deinen Hintern hier rein. Duschen, rasieren, Schuhe an und los. In einer halben Stunde müssen wir fahren. Und lass das Trauerkloßprogramm. Das zieht mich echt runter … dabei hatte ich gerade erst einen Schlaganfall." Sein Dad war sich offensichtlich nicht zu schade, seine Krankheit gegen Devon einzusetzen.

„Ich meine es ernst, Dad." Er verstand es einfach nicht.

„Ich auch." Er stoppte und schlurfte zurück zu Devon. „Inspiration entsteht nicht in den Augen. Das weiß sogar ich. Du hast immer mit dem Herzen gemalt. Genau von dort stammten die Lust und die Leidenschaft. Der Schnaps hat überhaupt nichts damit zu tun. Wie ich schon gesagt habe: Dein Kopf steht dir im Weg."

„Ich wünschte, es wäre so einfach. Schließlich weiß ich, wie ich meinen Kopf abschalten kann", spottete Devon.

Sein Dad trat näher. „Denk nicht einmal daran, nicht eine Sekunde. Als du noch getrunken hast, habe ich mir unentwegt Sorgen gemacht." Sein Blick war stahlhart. „Bin ich stolz auf deine Arbeit und dein Erreichtes? Natürlich. Doch wenn du niemals wieder malen solltest, aber trocken bleibst, bin ich auch stolz, falls du beschließt, Müll zu sammeln. Mit dem Trinken aufzuhören, hat mehr Mut und Kraft erfordert als alles, was du je zuvor getan hast. Ich will nicht, dass du wieder damit anfängst. Denk nicht mal daran."

Devon musste schlucken. Himmel. So hatte sein Vater noch nie mit ihm gesprochen. „Du bist stolz auf mich?"

Er zog ihn in eine Umarmung. „Ich bin immer stolz auf dich gewesen, Devon. Du besitzt eine Gabe, von der ich nicht mal träumen kann. Du siehst die Welt mit anderen Augen als der Rest von uns. Also mal einfach, was du siehst und was dein Herz glücklich macht. Es wird umwerfend werden." Mit diesen Worten ließ er ihn los und holte tief Luft. „Und jetzt los, bevor wir noch zu spät kommen." Dieses Mal schaffte sein Dad den ganzen Weg zurück zum Haus.

Devon folgte ihm. Es hatte keinen Sinn, ihm zu widersprechen und vielleicht hatte er ja recht. Vielleicht musste Devon einfach alles eine Weile ruhen lassen, damit sich seine Gedanken beruhigen konnten und er wusste, was er zu tun hatte.

Drinnen duschte Devon und zog etwas anderes als Jeans an. Nachdem auch sein Vater fertig war, fuhr Devon mit ihm die Hauptstraße runter zur kleinen Kirche. Dorthin gingen alle und da der Ort gewissermaßen konfessionslos war, ging das für Devon in Ordnung.

Er geleitete seinen Vater in die Kirche und half ihm, sich auf eine der Bänke im Vorraum zu setzen. Devon machte sich Sorgen, weil er bereits erschöpft wirkte, doch sobald er saß und die Kinder und die Hälfte der Menschen zu ihm kamen, um mit ihm zu reden, wurde er munter und lächelte. Vielleicht musste er einfach unter Menschen kommen, statt den ganzen Tag nur drinnen zu hocken.

„Guten Morgen Devon", ertönte Enriques Stimme hinter ihm.

Auch ohne sich umzuschauen wusste Devon, dass er es war. Sein Herzschlag beschleunigte sich leicht und trotz der Kühle im Raum brach in seinem Nacken Schweiß aus, als Enriques berauschender Duft in seine Nase drang. Langsam drehte Devon sich um und schaute ihn an.

„Es ist alles für unseren Nachmittag draußen vorbereitet."

Devon nickte. „Es wird bestimmt großartig. Dad freut sich schon darauf."

Ein Flüstern in der Nähe erregte seine Aufmerksamkeit. Devon hatte vergessen, dass er hier wie unter einem Mikroskop betrachtet werden würde. Keine drei Meter von ihm entfernt löste sich eine Gruppe Frauen auf, darunter Mrs. Fitz, die Rita zu ihrem Platz führte. „Was soll das?", fragte Devon, als eine Gruppe Männer, von denen einige in ihre Richtung starrten, schließlich wegging.

Enrique zuckte nur mit den Schultern. „Wer weiß? Die Menschen reden gerne. Da es hier nicht viel zu tun gibt, reden sie ununterbrochen."

Als die Orgel einsetzte, bewegten sich alle als Gruppe langsam in den Altarraum. Dort nahmen sie auf Kirchenbänken Platz, die schon seit über fünfzig Jahren in Gebrauch waren. Sein Vater hatte Devon erzählt, dass nach dem Entschluss der Stadt, dass sie eine Kirche brauchten, alle zusammengekommen waren, sich um Baumaterial gekümmert, Pläne ausgearbeitet und gemeinsam das Gebäude gebaut hatten. Der Name seines Dads befand sich auf der Gründertafel im Vestibül, da er als Kind zusammen mit seinem Vater mitgeholfen hatte. Sein Dad und er gingen zu der gleichen Kirchenbank, auf der er während seiner gesamten Kindheit gesessen hatte. Devon schob sich zuerst hinein, dann folgte sein Dad und danach, direkt am Gang, Enrique.

Alle unterhielten sich leise. Devon zwang sich, weiter nach vorne zu schauen, als das Flüstern hinter ihm weiterging. „Vielleicht war das eine schlechte Idee", meinte er zu seinem Dad.

„Über irgendwas müssen sie schließlich reden und du bist lange weg gewesen. Deine Rückkehr ist was Neues. Nimm es einfach hin."

Die Musik wurde lauter, die Gespräche leiser und der Gottesdienst begann. Devon konnte sich nicht daran erinnern, je zuvor mit einer derartigen Freude eine Stunde lang einem Prediger gelauscht zu haben.

„DEVON," BEGRÜSSTE ihn Mrs. Fitz nach dem Gottesdienst und umarmte ihn ebenso wie viele weitere Menschen. „Wie lebst du dich ein? Du weißt ja, dass du jederzeit rüberkommen kannst." Sie tätschelte seine Schulter. Rita schloss ihn ebenfalls in ihre Arme, bevor sie Mrs. Fitz nach draußen folgte.

„Wie läuft's?", fragte Craig – mit seinen Söhnen neben sich – lächelnd. „Hat dich der Wichtigtuerexpress bereits um den Verstand gebracht?" Devon verspürte Dankbarkeit. „Ich fahre nächsten Donnerstag mit den Jungs zum Angeln und habe mich gefragt, ob du vielleicht Lust hast mitzukommen. Du auch Enrique. Wir haben jede Menge Platz."

„Danke", erwiderten sie wie aus einem Mund.

„Wie ich gehört habe, gibst du am Dienstag eine Kunststunde", meinte Craig. „Mann, du bist mutiger, als ich dachte."

„Hä?" Worum zur Hölle ging es hier? „Die Stunde ist ausgebucht." Zumindest hatte ihm Enrique das gemailt. Er hatte keine Ahnung, wo die Gefahr liegen könnte.

„Genau. All diese Damen haben sie belegt." Craig klopfte ihm mitfühlend auf die Schulter. „Lieber du als ich, Kumpel."

„Ich verstehe echt nicht, was dieses ganze Geschwätz soll", meinte Devon mit erhobener Stimme, damit die anderen es auch hörten. Und tatsächlich warfen ihm einige Leute verlegene Blicke zu und verließen die Kirche.

„Gut gemacht", lobte Craig und trat hinaus. „Kommt Jungs, wir müssen nach Hause zum Essen. Verabschiedet euch von Mr. Devon." Das Lächeln hatte Devon nicht vergessen, aber mit Erleichterung stellte er fest, dass es kein Kribbeln mehr in seinem Bauch auslöste.

„Tschüss", sagten die beiden, während der Jüngere schnell zu ihm gelaufen kam, um ihn zu umarmen. „Kann ich auch Kunstunterricht nehmen?"

„Natürlich kannst du das. Komm einfach irgendwann vorbei, dann machen wir beide zusammen Kunstunterricht." Er schien es ernst zu meinen, und Devon würde es ihm nicht abschlagen. „Dein Bruder und du könnt beide kommen, wenn du willst."

„Danke."

„Komm, Joey. Wir müssen nach Hause. Du auch Billy. Steigt ins Auto." Craig lächelte und sie verließen die Kirche.

Devon sah ihm nach.

„Wir sollten ebenfalls los", meinte sein Dad. „Ich möchte mich umziehen und eine andere Jacke holen, bevor wir aufbrechen." Er ging zum Auto, kletterte hinein und ließ das Fenster herunter.

Devon wandte sich erst um, als Craig vom Parkplatz fuhr.

„Was läuft da zwischen euch?", wollte Enrique wissen.

„Craig und ich sind Freunde", antwortete Devon abwesend, während er versuchte, sich über seine Gefühle klarzuwerden. Ein Großteil seines Rückzugs war Craig und Enrique geschuldet gewesen. Jetzt aber verbrachte er Zeit mit Letzteren und empfand fast nichts außer Freundschaft für Ersteren. Er fragte sich, warum er überhaupt weggeblieben war, und was genau er vermisst hatte.

37

„Es ist mehr", stellte Enrique fest. Devon schaute ihn an, wich jedoch beim Anblick der Gewissheit in seiner Miene zurück. Ein paar Sekunden fühlte er sich nackt und entblößt und verspürte den Wunsch, sich zu bedecken.

„Vielleicht", gestand er. „Ich sollte Dad nach Hause bringen. Sollen wir uns dort treffen und von dort losfahren?" Er musste unbedingt das Thema wechseln. Bei der Vorstellung, einen ganzen Nachmittag mit Enrique zu verbringen, mit lediglich seinem Vater als Puffer dazwischen, überkam ihn urplötzlich Nervosität.

Enrique nickte schweigend und marschierte zu seinem Wagen. Devons Blick folgte ihm. Er wünschte sich jedoch, das nicht getan zu haben, als ihm auffiel, dass ihn die alten Männer aus der Kirche beobachteten. Merkwürdigerweise wusste er nicht, wer sie waren. Er stieg in den Mietwagen und fuhr seinen Dad zurück nach Hause.

„Du musst dieses Teil schnell nach Anchorage zurückbringen. Du kannst meinen Wagen nehmen. Dann sparst du Geld."

„Ich werde morgen hinfahren." Er wusste nicht, wer mitkommen würde, um den Wagen seines Dads zu fahren, aber es dürfte nicht allzu schwer werden, jemanden zu finden. Vielleicht musste Mrs. Fitz ja in die Stadt.

Sie hielten und sein Dad stieg aus und verschwand im Haus. Nachdem Enrique hinter ihm geparkt hatte, führte Devon ihn ins Wohnzimmer und ging sich dann umziehen.

Kurz darauf trug er wieder Jeans, und sie machten sich in Enriques altem Truck auf den Weg. Sein Dad saß in der Mitte. Nachdem sie links auf den Highway abgebogen waren, folgten sie ihm eine Weile, um schließlich die Abzweigung zum Pass zu nehmen. Fast sofort passierten sie einen Wald aus Strommasten. Auf einem davon befand sich ein riesiges Nest. „Das gibt es immer noch?"

„Ja. Die Fischadler kommen jedes Jahr wieder. Diesen Frühling hatten sie Küken", erklärte sein Dad. Devon konnte sich wieder an jede Kurve erinnern. Als Kind war er sie so oft gefahren. „Erinnerst du dich?"

„Ja. Tue ich, Dad", antworte Devon, während er die veränderte und dennoch vertraute Landschaft vor dem Fenster betrachtete.

Enrique sagte nichts, doch als er abbog, trafen sich ihre Blicke. Devon fragte sich, was der umwerfende Mann wohl dachte. Er hatte keinen blassen Schimmer. Enrique war ein stilles Wasser und gab für gewöhnlich nicht viel von seinen Gedanken Preis. Das hatte Devon immer schon fasziniert und verunsichert. Nicht, dass er das Recht gehabt hätte, danach zu fragen, aber es hatte Zeiten gegeben, da hätte er es gerne getan.

Der Truck holperte die sich hinauf schlängelnde Bergstraße hinauf. Der zunächst dicht neben der Straße fließende Fluss entfernte sich wieder, das Flussbett wurde tiefer, bis sie schließlich abbogen und ihn hinter sich ließen. Die Bäume in Stadtnähe wichen Büschen, bis es weiter oben nur noch Tundragras und Flechten gab. „Bist du sicher, dass es dir gut geht?" Sie befanden sich zwar nicht sehr weit oben, doch er wollte nicht, dass sein Dad Atemnot bekam.

„Ich komme hierher, seit du Windeln getragen hast. Mir geht's gut", erwiderte sein Dad grinsend. Sie fuhren weiter, bis sich die Straße durch ein langes Tal wand, an dessen Seiten grasbedeckte Berge aufragten. Aus den Überresten einiger alter Minen flossen taubes Gestein und Erde herab.

„Daran erinnere ich mich noch", erklärte Devon. Als Enrique am Straßenrand hielt, öffnete er die Tür, stieg aus und zog seine Jacke über. Die Sonne schien zwar, aber es wehte ein eisiger Wind. Das bekam er allerdings kaum mit. Er war vollauf damit beschäftigt, sich umzuschauen und zu fragen, warum er jahrelang nicht an diesen Ort gedacht hatte.

„Ich wusste, du würdest dich erinnern", sagte Enrique, während er die Heckklappe öffnete, Korb und Kühlbox heraushob und sie am Ende der Ladefläche abstellte.

Devon nickte und musste über Enriques Versuch, ihm zu helfen, lächeln. Er setzte sich auf die Heckklappe, und sein Dad und Enrique folgten seinem Beispiel. Dabei versuchte er, sich daran zu erinnern, wie viele Stunden er gemeinsam mit seinem Vater genauso verbracht hatte: irgendwohin zu fahren – wobei das Ziel keine Rolle spielte – um sich dann hinzusetzen und das Picknick zu verspeisen. Mit einem tiefen Ausatmen ließ er die Spannung aus seinem Körper entweichen.

„Ich werde beim Wagen bleiben", erklärte sein Dad, nachdem sie aufgegessen hatten. Enrique schob die Kühlbox zurück ins Auto und verstaute den Rest hinter dem Sitz in der Fahrerkabine. „Ihr Jungs könnt los und alles erkunden."

Er seufzte auf, lächelte jedoch und machte einen zufriedenen Eindruck. Fast rechnete Devon damit, ihn bei ihrer Rückkehr schlafend im Truck zu finden. Doch solange er glücklich war …

„Lass uns losgehen", forderte ihn Enrique auf.

„Wohin?", wollte Devon wissen, während er Enrique im gleichen zügigen Tempo folgte.

„Da rauf." Er zeigte nach oben. „Dort führt ein Pfad nach oben. Ich liebe die Aussicht." Schon begann er einen der Gebirgsausläufer hinaufzuklettern. Zuerst hielt ihn Devon für verrückt, doch sie kletterten immer höher und der Talboden entfernte sich immer mehr. Obwohl die von Tundragras bedeckten Gipfel nicht sonderlich hoch oder steil waren, fand er den Aufstieg gleichzeitig anstrengend und beschwingend.

„Machst du das oft?", fragte Devon, während er anhielt und versuchte, wieder zu Atem zu kommen.

„Das letzte Mal bin ich mit sechzehn hier raufgeklettert. Weißt du noch? Craig hat mich herausgefordert, also habe ich es gemacht." Enrique stoppte, der Wind zerzauste sein Haar.

„Ach, stimmt ja. Du hattest damals die Grippe und bist nicht mitgekommen." Er grinste. „Ich hab's gemacht, aber er hat gekniffen." Enrique wartete, bis Devon ihn eingeholt hatte. Gemeinsam setzten sie den Aufstieg fort und kamen ihrem Ziel langsam, aber stetig näher. „Ist etwas zwischen euch passiert?"

„Was meinst du?", fragte Devon und hielt an.

Enrique kletterte jedoch weiter und Devon beeilte sich, ihm zu folgen. „Es herrscht eine merkwürdige Stimmung zwischen euch. Das spüre ich jedes Mal, wenn ihr aufeinandertrefft."

Devon verdrehte die Augen und setzte seinen Weg fort. „Bist du inzwischen Hellseher oder so was?"

„Nein", Enrique stoppte erneut. Sie befanden sich inzwischen kurz vor dem Gipfel. Um nicht kneifen zu müssen, weigerte Devon sich, vorher nach unten zu schauen. „In seiner Nähe bist du mit einem Mal total angespannt. Du lächelst zwar und sagst die richtigen Dinge, aber du bist trotzdem angespannt."

Devon stöhnte auf. „In der Highschool war ich in ihn verliebt." Das hatte er noch nie zuvor jemandem gestanden. „Ich weiß, dass ich echt dumm bin, aber so war es halt."

„Bist du deshalb weggegangen und nie zurückgekommen? War das der Grund?"

„Ja. Zum Teil. Ich habe die ganze Zeit gehofft, dass Craig mich bemerkt und feststellt, dass er mich ebenfalls liebt. Und ich glaube, das hat er auch. Allerdings nicht so, wie ich es mir gewünscht habe. Das hat mich aus dem Gleichgewicht gebracht." Er schaute hoch.

„Weiß Craig das?", fragte Enrique leise.

Devon nickte. „Das war damals echt Mist. Als er Jeanie begegnet ist, wusste ich, dass er sich nie auf diese Art für mich interessieren würde. Craig ist hetero."

Enrique zog zweifelnd die Augenbrauen hoch – was gleichzeitig auch verdammt sexy wirkte – und strich sich das windzerzauste Haar aus dem Gesicht. Urplötzlich schoss Devon durch den Kopf, wie sich dieses Haar wohl auf seiner Haut anfühlen würde. Der eisige Wind störte nicht länger, weil ihm in mehr als einer Hinsicht warm wurde.

„Was willst du damit sagen?", fragte er und schluckte, um seine trockene Kehle zu befeuchten.

„Lediglich, dass es Gerüchte gibt, dass Craig möglicherweise sowohl auf Männer als auch auf Frauen steht." Er wandte sich ab und Devon tat es ihm nach.

„Tja, gut für ihn", kommentierte Devon schulterzuckend. Als Enrique sich zu ihm umdrehte, wies sein Gesicht den gleichen verwirrten, sexy Ausdruck auf. „Ja. Ich war seinetwegen lange total aufgewühlt, warum sollte es allen anderen da besser gehen." Es war scherzhaft gemeint, doch vielleicht mochte Enrique Craig ja. Oh Gott, hoffentlich nicht. Selbst wenn Craig bisexuell sein sollte, das bedeutete nicht, dass er jemals eine *Beziehung* mit einem anderen Mann eingehen würde. Devon atmete erleichtert aus, froh, dass dieser Zug für ihn längst abgefahren war.

„Du liebst ihn also nicht mehr?", fragte Enrique zögernd. Seine Worte wurden fast vom Wind davongetragen.

„Nein." Was für eine riesige Erleichterung, ehrlich antworten zu können. „Er hat inzwischen sein eigenes Leben und das dreht sich um seine Söhne. So sollte es sein. Sie haben alles verdient, das er ihnen geben kann. Das werde ich ihm nicht versauen. Meine Gefühle von damals sind unerheblich. Schließlich hat Craig nicht versucht, mich zu verletzen. Dass ich das selbst getan habe und meine Erwartungen Schuld an der ganzen Sache waren, musste ich erst erkennen. Die Anonymen Alkoholiker haben mir geholfen, es durchzustehen." Er lächelte.

„Hast du damals angefangen zu trinken?", wollte Enrique wissen.

Devon nickte. Zumindest hielt er das für den Hauptgrund. Beim Versuch, sein gebrochenes Herz zu ertränken, war am Ende sein ganzes Ich mitgerissen worden. Er wartete auf weitere Fragen, doch Enrique nickte lediglich. Das in seinen Augen sichtbare tiefe Verständnis, raubte Devon fast den Atem.

„Du auch?", fragte er. Enrique drehte sich um und kletterte weiter. Da er nicht mit einer Antwort rechnete, fuhr er fort: „Danach habe ich mich geschämt … für das Trinken, für meine Gefühle … alles. Dazu kam, dass sich meine Werke gut zu verkaufen begannen, und es sich anbot, einfach in New York zu bleiben und alles hinter mir zu lassen." Noch ein paar Schritte, dann stand er neben Enrique auf dem Gipfel. „Aber das habe ich nicht. Die Probleme sind mir gefolgt, wurden größer und betrafen Mist, mit dem ich mich nicht befassen wollte. Nach einer Weile war es leichter, einfach zu bleiben, daher habe ich das getan." Erst lange Zeit und einen fast völligen Zusammenbruch später, hatte er es geschafft, mit dem Trinken aufzuhören. Manchmal fragte er sich, ob es das wert gewesen war. Das passierte jedoch meistens, wenn er in Selbstmitleid versank und auf gar keinen Fall, wenn man auf dem scheinbar höchsten Punkt der Erde stand.

Enrique nickte. „Unerwiderte Liebe ist wirklich scheiße", stimmte er leise zu. Der Wind trug seine Worte sofort davon. Devon rückte näher zu ihm und legte ihm die Hand um die Taille, damit sich Enrique nicht einsam fühlte.

Obwohl die Berührung intimer als die meisten Gesten war, fühlte sie sich richtig an, und er zog Enrique dichter an sich, während der Wind um sie herum wehte. „Ich habe so viele Jahre verschlafen, den Kopf vernebelt vom Alkohol …" Er wusste nicht, wie er seine Empfindungen in Worte fassen sollte und verstummte. Was er sagen wollte, klang nicht einmal in seinem eigenen Kopf richtig. Daher drehte er sich um und ließ den Blick über die vor ihm liegende wilde – sich bis zum Horizont aus Bergen und Tälern erstreckende – Welt schweifen.

„Schau mal", forderte ihn Enrique auf, als sich die Wolken direkt vor ihnen teilten und der Denali aus seinem Mantel aus Wolken spähte, um über alles zu regieren. Devon hielt den Blick starr darauf gerichtet, nahm den Anblick in sich auf und bewegte sich auch nicht, als Enrique sich ein paar Schritte aus seiner Umarmung entfernte und dem höchsten Gipfel Nordamerikas näherte, der über 6.000 Meter in die Wolken ragte.

Vorsichtig verlagerte Devon das Gewicht. Mit einem Mal sah er es direkt vor sich. Enriques Haar flog im Wind, die Augen blitzten voller Entschlossenheit und Wut. Devon wusste nicht, woher die Wut kam, bis er dem Blick hinab ins Tal zu einer braunen Narbe in Flussnähe folgte. „Eine Bergbaugesellschaft?"

„Ja. Sie glauben, hier lässt sich so viel Gold abbauen, dass es sich bezahlt macht. Dabei schaden sie nur dem Wasser und veranstalten flussabwärts eine Sauerei. Sie sind verpflichtet, ökologisch verantwortlich zu handeln …" Er verdrehte die ausdrucksvollen Augen. „Sehen sie denn nicht die Schönheit dieses Ortes? Nein. Sie wollen nur an das, was sich unter der Oberfläche befindet. Um es zu bekommen, zerstören sie alles drumherum."

„Haben sie denn die Genehmigung erhalten?"

„Das hier soll zum Test ihrer Methoden dienen. Aber schau mal, was sie bereits angerichtet haben." Ein paar Sekunden lang stampfte er wütend um den Gipfel herum. „Komm. Wir müssen wieder nach unten und nach Charles sehen. Sei vorsichtig. Nach oben gelangt man viel einfacher als nach unten. Achte auf deinen Halt und lass es langsam angehen."

Enrique begann mit dem Abstieg, doch Devon blieb, wo er war. Vor seinem inneren Auge begannen langsam Bilder zu entstehen. Am liebsten wäre er auf die Knie gesunken und hätte den Göttern für die Gnade gedankt, die sie ihm zuteilwerden ließen. Er wusste noch nicht, wie sich auf Leinwand darstellen ließe, was ihm sein Geist vorgab. Die Inspiration war jedoch da und sein Herz beteiligt. Er blickte zum immer kleiner werdenden Enrique hinab, während der Wind um ihn herum wehte. Devon begann vorsichtig hinabzusteigen und bemühte sich, sich nicht vom Wind umwehen zu lassen. Enrique hatte recht: Der Abstieg war definitiv schwieriger. Wenn er fiel und herabrollte, würde er erst unten zum Stillstand kommen. Und obwohl das Tundragras weich aussah, traf das nicht zu. Der Boden darunter war steinhart, und er würde den ganzen Weg abwärts immer wieder aufschlagen.

Plötzlich rutschte sein Fuß weg und er plumpste auf den Hintern. Der Ruck durchfuhr seinen ganzen Körper. Ein paar Sekunden blieb er regungslos sitzen, bevor er wieder aufstand und weiter nach unten stieg. Enrique wartete auf ihn und als Devon bei ihm ankam, griff er nach dessen Arm, damit sie den Rest des Weges gemeinsam bewältigen konnten. Unten angekommen ließ Enrique Devons Arm sofort los. Augenblicklich vermisste Devon die Berührung. Als er ihn anschaute, bemerkte er überrascht, dass Enrique ihn ebenfalls ansah. Beim Blick in die dunkelbraunen Augen vergaß Devon alles um sich herum, wusste nicht mehr, wo er sich befand und dass sein Dad nur dreißig Meter entfernt war.

Verdammt, Enrique zog ihn an wie ein Magnet. Er beugte sich vor, langsam schlossen sich seine Lider, seine Lippen teilten sich.

„Jungs …" Die Stimme seines Vaters durchbrach den Nebel, der ihn fast übermannt hätte. Sein Vater besaß ein einmaliges Timing. Seufzend trat er einen Schritt zurück. Er hatte kein Recht, Enrique zu küssen. In ein paar Wochen – wenn sein Dad wieder auf den Beinen war – würde er abreisen. Etwas mit ihm anzufangen, egal wie sehr Enrique ihn auch faszinierte, wäre für keinen von ihnen eine gute Idee.

Warum schien nichts zu funktionieren und mussten alle seine Beziehungen nur so verdammt kompliziert sein? Wahrscheinlich war es am besten, sich gar nicht erst darauf einzulassen, einfach zu tun, weswegen er gekommen war und danach wieder nach Hause zu fahren.

Er schaffte es, sich das so lange einzureden, bis Enrique die Wagentür öffnete, sich dagegen lehnte und sein Blick eine kurze Sekunde lang Devons traf. Mit einem Mal galten Vorsicht und Logik nichts mehr. Devon war ein Mann der Leidenschaft. Der Künstler in ihm musste seinem Herzen folgen, und er wusste genau, was es wollte.

„Geht's dir gut, Charles?", fragte Enrique.

„Ja. Ich habe ein paar Minuten ein Nickerchen gemacht. Allerdings glaube ich, dass ich wieder zurück nach unten muss." Er lehnte sich erschöpft zurück.

Devon ging zur Rückseite des Trucks und vergewisserte sich, dass sich alles an Ort und Stelle befand. Dann rutschte er in die Mitte des Sitzes, neben seinem am Fenster sitzenden Dad. „Bekommst du schlecht Luft?"

Sein Dad nickte. Als Devon gegen Enriques warmen Körper gedrückt wurde, schien ihn dessen Energie zu durchströmen.

Die Rückfahrt verlief genauso holprig, aber dieses Mal rieb er gegen Enrique und ihre Schultern stießen immer wieder gegeneinander. Enriques Geruch umgab ihn, wurde dann vom Wind durchs Fenster geweht und wieder ersetzt, wenn sie langsamer wurden. Diesem interessanten Lied und Tanz konnte Devon sich hingeben, ohne sein Herz oder das, was nach Meinung seines Kopfes richtig war, infrage zu stellen.

Das hieß natürlich immer noch nicht, dass Enrique Interesse an ihm hatte. Klar, sie hätten sich fast geküsst, aber die ganze Sache hätte auch etwas anderes sein können. Devon hatte schon mehrfach Leute falsch interpretiert. Jahrelang war das der Fall gewesen. Bei jeder freundschaftlichen Geste hatte er geglaubt, sie würde zu mehr führen. Enrique war – zumindest früher – ein Freund, ein guter Freund und sie waren dabei, wieder Freunde zu werden. Das wollte Devon nicht zerstören. Und selbst wenn er das Risiko einging, war Enrique an dieses Land und diesen Ort gebunden, und Devon musste zurück nach New York. Obwohl er hier aufgewachsen war, betrachtete er es nicht mehr als sein Zuhause. Sein Leben befand sich in der Stadt.

„Wenn ihr Lust auf eine Pause habt, im Trading Post gibt es Eiscreme", bot Enrique an.

„Danke. Aber ich bringe Dad lieber nach Hause. Du musst bestimmt noch etwas erledigen ..." Er hoffte, Enrique würde erwidern, dass er den Rest des Tages freihatte. Er nickte jedoch nur und schwieg. Devon kam es vor, als hätte er eine Gelegenheit verpasst. Da die Kraft seines Vaters jedoch definitiv nachließ, konnte er nicht nachhaken.

Enrique setzte sie beide ab und fuhr nach dem Abschied davon, vermutlich zum Trading Post. Devon führte seinen Vater hinein und half ihm, sich in den Sessel zu setzen. Dann nahm er ebenfalls Platz.

„Hast du vor, den ganzen restlichen Nachmittag hier zu sitzen und mir beim Schlafen zuzusehen?", meckerte sein Vater. Mit einem Knurren stand Devon auf. „Tu was. Stell dich an den See und sinniere meinetwegen vor dich hin. Ich brauche meine Ruhe. In den nächsten Stunden werde ich schon nicht abtreten."

„Dad, manchmal bist du eine echte Nervensäge."

„Dann ist es echt nett, dass du vorbeigekommen bist."

Sein Vater schloss die Augen und Devon ging in sein Zimmer, holte sein Laptop hervor und rief die Website von Amazon auf.

Um das Beste aus dem machen zu können, das er im Moment im Kopf hatte, benötigte er mehrere Dinge. Er verspürte das drängende Gefühl, dass es ihm entgleiten würde, wenn er es nicht schnell auf die Leinwand brachte.

Er gab seine Bestellung auf, inklusive der für den Kunstkurs benötigten Materialien. Glücklicherweise verfügte er als Prime-Mitglied über den Gratis-Lieferung-am-nächsten-Tag-Vorteil. Hier in Alaska bedeutete das für gewöhnlich zwar etwas länger, doch der normale Versand konnte Wochen dauern. Nachdem alles erledigt war, schloss er den Laptop und hörte, wie Regen auf das Dach prasselte. Da er nichts anderes zu tun hatte, holte er sein Tablet hervor, öffnete die Leseapp und beschloss, sich eine Weile in ein Buch zu vertiefen.

Das gehörte zu den Dingen, an die er sich erst gewöhnen musste. Hier draußen gab es nur begrenzte Unterhaltungsmöglichkeiten. Er hätte auch ein Video auf dem Laptop schauen können, aber ein wenig Ruhe würde ihm guttun. Vielleicht hatte sein Dad ja nach dem Essen Lust, sich etwas anzuschauen.

DIE RUHE erstreckte sich über Stunden, und er wurde erst herausgerissen, als es an der Hintertür klopfte. Devon stand auf und erblickte den unter einem Schirm stehenden Enrique. „Komm rein", forderte er ihn auf und öffnete die Tür. „Was machst du denn bei diesem Wetter draußen?"

„Ich wollte die Ausbesserung überprüfen, die ich gestern Vormittag am Dach vorgenommen habe."

„Alles ist trocken, und wir sind dir für deine Hilfe echt dankbar. Bei der Vorstellung, auf das Dach zu steigen, wird mir ganz anders." Um ehrlich zu sein, war er die ganze Zeit, als Enrique sich dort oben befunden hatte, nervös gewesen.

„Ich muss in den Trading Post. Es ist Sonntagabend, da haben wir normalerweise viel zu tun. Ich wollte nur sichergehen, dass alles in Ordnung ist." Enriques Lächeln traf Devon direkt in der Leistengegend. Schluckend bemühte er sich, sich wieder auf das Gespräch zu konzentrieren, statt auf die plötzlich aufkeimenden lüsternen Gedanken.

„Gut. Wir sehen uns Dienstagmorgen, um zu sehen, ob wir alles für den Unterricht vorbereitet haben." Wenn er schon nicht zum Essen bleiben würde, wusste Devon jetzt wenigstens, wann er Enrique wiedersehen würde. Nachdem er die Tür hinter sich zugezogen hatte, verschloss Devon das Haus, damit die Kälte draußen blieb.

„Du könntest runtergehen und mal schauen, was los ist. Alte Freunde treffen. Du musst nicht hierbleiben. Ich kann mir mein Essen selber machen und dann ins Bett gehen." Sein Vater stand langsam auf. „Ich bin nicht hilflos."

„Ich weiß Dad, aber ..."

Er nickte verstehend. „Du musst dieses Gebäude irgendwann betreten. Es ist der Mittelpunkt der Stadt und jeder geht hin. Es gibt ein Restaurant und abseits der Bar einen Loungebereich. Enrique hat die Lounge hinzugefügt und mit Möbeln und anderen Sachen ausgestattet, damit die Gäste, falls gewünscht, räumlich vom Alkoholbereich getrennt sind."

Zuerst verzichtete Devon auf eine Antwort. Normalerweise hätte sie darin bestanden, dass er dichtmachte. Doch hier handelte es sich um seinen Dad, dem er trauen konnte. „Ich glaube nicht, dass ich schon bereit dazu bin. Ich versuche, Situationen mit Alkohol zu vermeiden." Er setzte sich neben seinen Vater. „Ich wünsche mir jeden einzelnen Tag einen Drink. Wenn es schwierig wird oder ich mich unsicher fühle, überkommt mich als erstes das Verlangen, mir ein Glas Whiskey einzugießen und einen Schnaps zu trinken ... oder sechs. Daran hat sich überhaupt nichts geändert. Der einzige Unterschied zwischen der Zeit vor zwei Jahren und jetzt ist, dass ich weiß, dass ich es *lassen* kann. Ich finde es schön, dass ich mich an jeden Tag erinnern kann ... ob er nun gut oder schlecht war."

„Enrique wird da sein und auch die anderen, die dich lieben. Keiner wird zulassen, dass du trinkst oder auch nur in die Nähe der Bar gelangst." Sein Vater klopfte ihm ermutigend auf die Schulter. „Sie wissen alle, was du getan hast, weil sie auch alle wussten, dass du getrunken hast. Hier gibt es keine Geheimnisse, auf jeden Fall keine derartigen. Ich wette, jede einzelne Person im Trading Post wird dafür sorgen, dass kein Tropfen Alkohol über deine Lippen kommt."

Devon wünschte, es wäre so einfach.

5

ANGIE WAR eine großartige Barkeeperin und Bedienung, daher ließ Enrique sie tun, was sie am besten konnte. Der Frau gelang es, auch noch inmitten eines Wodkaregens Getränketipps zu geben. Sie ging wundervoll mit den Kunden um und trug ihnen gegenüber immer ein Lächeln auf den Lippen. Enrique dagegen machte sie das Leben schwer.

„Viel zu tun heute, was Chef?", fragte sie grinsend, während sie ein Tablett aus der Küche trug, in der Manny mit eiserner Faust regierte. Das störte Enrique jedoch nicht. Das Essen, das dort rauskam, zählte zu den besten entlang des gesamten Parks Highway und führte dazu, dass Menschen extra dafür eine Pause auf der Hauptverkehrsstraße von Anchorage nach Fairbanks einlegten.

„Ja. Es sind jede Menge Leute unterwegs und sowohl die Hotelzimmer als auch die Campingflächen sind voll belegt." Er war begeistert und hatte alle Hände voll zu tun, da die Touristensaison noch in vollem Gange war.

Sie ging weiter, lieferte das Essen am Tisch ab und schlüpfte dann wieder hinter die Bar, um die Getränkebestellungen abzuarbeiten.

„Sieht aus, als wäre gerade jemand reingekommen." Sie kam zu ihm herüber und stupste gegen seine Schulter.

„Lass es, klar?", zischte er leise. Enrique bedauerte sehr, dass er ihr von Devon erzählt hatte. Jetzt schmiedete sie im Kopf schon Pläne, sie beide zusammenzubringen. Die Frau war eine notorische Wichtigtuerin und Kupplerin. Außerdem hielt sie sich für eine Art Liebesguru. Glücklicherweise hatte sie ihre Talente bisher nie gegen ihn eingesetzt. Anscheinend änderte sich das aber gerade.

Im Gegensatz zu den meisten anderen war Angie nicht hier aufgewachsen, sondern vor zwei Jahren in die Gemeinde gezogen, hatte sich in sie verliebt und war geblieben. Als er seine damalige Angestellte wegen Diebstahls entlassen musste, hatte sie angefangen für Enrique zu arbeiten.

Nach einem vernichtenden Blick in seine Richtung lächelte sie. „Gut", erklärte sie zwinkernd. Enrique fragte sich, was zur Hölle sie vorhatte. Doch sie begab sich an die Arbeit. Devon hatte sich gerade umgedreht und schaute aus dem Restaurant- und Barbereich in die Lounge.

Enrique winkte Angie zu sich. „Bring ihm eine große Cola mit Eis und frag, ob er etwas essen möchte. Keine Getränkekarte. Frag gar nicht erst, klar? Er reichte ihr eine Karte, und sie eilte hinüber.

Enrique kümmerte sich um die Restaurantgäste, redete eine Weile mit ihnen, tauschte Geschichten aus und holte Gerichte aus der Küche. Außerdem servierte er einige Drinks und zwang sich, nicht darüber nachzudenken. Das gehörte einfach dazu, aber anschließend wusch er sich immer die Hände.

Manchmal kam ihm der Trading Post wie eine Falle vor. Er hatte die Sucht besiegt, aber die Verlockung und der Geschmack waren immer da. Enrique liebte den Post, doch manchmal hasste er ihn auch. Es hatte Zeiten gegeben, da hatte er daran gedacht, ihn aufzugeben. Aber es war sein Zuhause und das Herz ihrer kleinen Gemeinde. Er hatte einen Verkauf in Erwägung gezogen, doch das war ihm wie ein Verrat gegenüber der Gemeinde vorgekommen. Daher lernte Enrique damit zu leben und Abstand von der Versuchung zu halten. Das gehörte zu den Eigenschaften, die er an Angie liebte: Sie unterstützte ihn und hielt ihm an der Bar den Rücken frei. Das durfte sie auch gerne tun, um seine Probleme musste er sich jedoch selber kümmern.

„Komm wieder hierher", bat Enrique Angie, als sie nach Übermittlung der Bestellung zurückkam. Seine Hände zitterten. Schnell eilte sie hinter die Bar und komplimentierte ihn hinaus.

„Setz dich ein paar Minuten zu deinem Freund." Sie begab sich direkt an die Arbeit, und Enrique ging zu Devon in die Lounge.

Enrique liebte diesen Raum. Durch die großen Fenster blickte man auf den Teich und die dort lebenden Seetaucher.

„Schläft dein Dad?" Er nahm im Sessel gegenüber Platz und machte es sich gemütlich.

„Er wollte alleine sein. Ich glaube, dieses ganze Familiending macht seiner Einsiedlerseele langsam zu schaffen." Er trank einen Schluck Cola und stellte das Glas dann zurück auf den Tisch. Mit weit aufgerissenen Augen schaute er immer wieder Richtung Bar.

„Du musst nicht hier sein. Ich weiß, dass es hart ist", meinte Enrique und beugte sich vor. Die Macht, die der Alkohol über Devon hatte, war fast sichtbar.

„Dad meint, dass ich irgendwann damit klarkommen muss. Das hier ist so viel mehr als eine Bar. Ich habe gehofft, dass ich mich daran gewöhnen könnte, aber ich war eine ganze Zeit lang nicht mehr in Clubs oder an derartigen Orten. Dem am nächsten kommen die Vernissagen, bei denen Champagner serviert wird, aber meine Galeriebesitzerin beobachtet mich mit Argusaugen. Sie sorgt dafür, dass ich den ganzen Abend über immer ein Glas Saft mit Kohlensäure habe und jeder Angestellte instruiert die Kellner, sich mir nicht mehr als sechs Meter zu nähern." Er verlagerte sein Gewicht, holte tief Luft und atmete lange aus. Dann richtete er seine Aufmerksamkeit auf die Aussicht aus den Fenstern. „Die Aussicht hilft."

„Das stimmt", bestätigte Enrique.

„Oh Mann, tut mir leid. Ich erzähle in einem fort, wie es mir geht, dabei gehört dir das alles. Das muss die Hölle sein."

„Es ist schwer. Als ich den Trading Post gekauft habe, sah es hier ganz anders aus. Viel barmäßiger. Ich wollte jedoch, dass es familienfreundlicher wird. Den Barbereich habe ich zwar beibehalten, aber verkleinert, diesen Raum hinzugefügt und die Verbesserung der Speisen in Angriff genommen. Jetzt ist es ein Restaurant, wirkt aber wie ein Gemeindezentrum, in dem Alkohol ausgeschenkt wird", erklärte Enrique zwinkernd. „Außerdem habe ich eine Menge Sachen auf Lager, die ich nicht mag. Mein Hauptdämon war Tequila, daher wirst du hier keinen finden."

„Bourbon", sagte Devon. „Aber im Notfall würde ich alles trinken."

„Hast du etwas gegessen, bevor du hergekommen bist?", fragte Enrique. Devon schüttelte den Kopf.

Ein Grüppchen großer, grobschlächtiger Männer nahm lachend und laut redend in einer der anderen Sitzecken Platz. Einer von ihnen schien das jedoch zu bemerken und brachte die anderen dazu, leiser zu reden. Als sie ihre Gläser auf dem Tisch abstellten, sagte Enrique nichts, deutete jedoch auf das Schild an der Tür. *Kein Alkohol im Loungebereich.*

„Sie scherzen wohl. Das ist eine Bar", maulte einer der Männer und machte keinerlei Anstalten, sich zu erheben.

„Gentlemen", sagte die heransausende Angie, „Sie dürfen gerne hier essen, aber in diesem Teil des Trading Posts ist Alkohol nicht gestattet. Viele unserer Gäste sind Einheimische, die ihre Kinder mitbringen. Dies soll für sie ein sicherer, einladender Ort sein." Sie lächelte und nachdem sich alle angeguckt hatten, erhoben sie sich wieder. „Wenn Sie Ihre Plätze behalten wollen, trinken Sie bitte aus. Ich bringe Ihnen dann sehr gerne Softgetränke und nehme die Essensbestellungen entgegen." Ihr Lächeln und dass sie die ganze Zeit über nicht die Fassung verlor, wirkten. Die Männer tranken aus, bestellten ihr Essen und blieben dann, wie von Angie vorgeschlagen, bei Softgetränken.

„Wir haben sowieso Geschäftliches zu besprechen", teilte ihr einer aus der Runde mit.

Angie behielt die ganze Zeit ihr Lächeln. Als ihr Blick auf Enriques traf, erkannte er an ihren blitzenden Augen, wie unfassbar sauer sie war.

„Passiert das oft?", frage Devon leise.

„Ab und zu. Die Leute neigen dazu, dass hier für eine Bar zu halten. Ich habe daran gedacht, den Alkohol völlig zu verbannen. Das würde das Geschäft aber nicht überleben. Also habe ich den Ausschank zurückgefahren und versucht, andere Umsatzquellen zu entwickeln." Er klang wie ein echter Geschäftsmann.

Devon lehnte sich zurück und trank seine Cola.

„Gentlemen." Enrique erhob sich, als einer der Männer eine Flasche aus der Jackentasche zog, „Das ist nicht erlaubt."

Als der Mann ebenfalls aufstand, kratzten die Beine seines Stuhls über den Boden. „Wollen Sie mich etwa daran hindern?"

„Nein." Enrique erhob leicht die Stimme. „Aber jeder andere hier." Alle Köpfe ruckten zu ihnen herum und einige Männer standen auf.

„Gibt es ein Problem, Enrique?", fragte Joe, der gemeinsam mit Kurt und Little Joe – der so groß wie ein Schrank war – herüberkam, um ihm den Rücken zu stärken. „Kein Alkohol in diesem Teil des Trading Post. Können Sie nicht lesen?

Hier kommen auch Kinder hin, und einige Leute in dieser Stadt trinken nicht. Sie brauchen einen sicheren Ort." Jason streckte die Hand nach der Flasche aus, die ihm der geschockte Mann überreichte. „Habt Ihr noch mehr?"

Er öffnete sie, roch kurz daran und reichte sie an Angie weiter. „Kipp diese Pferdepisse aus. Er kann die Flasche zurückhaben, wenn er geht ... und sag uns Bescheid, wenn sie sie beim Trinkgeld knausern." Der böse Blick von Jason und den anderen vier ließ die Männer schnell einlenken. Sie nickten und die drei Einheimischen kehrten zurück an ihren Tisch.

„Dad meinte, ich würde jede Menge Unterstützung bekommen", sagte Devon.

„Als ich alleine war, haben sich einige Einheimische hinter die Bar gestellt und Drinks ausgeschenkt. Sie wussten, wie hart es für mich ist. Dieser Ort ist mein Leben, und ich habe hart daran gearbeitet, ihn aufzubauen. Die Bar ist jedoch der Fluch meiner Existenz, auch wenn ich nur dank ihr in der Lage bin, den Laden offenzuhalten." Er verstummte, als die Männer am Nebentisch zu reden begannen."

„Wir beginnen mit den Arbeiten und wenn es wie geplant läuft, wird diese Stadt nicht mehr die alte sein", meinte der, der das Sagen zu haben schien. „Wir werden dieses kleine Kaff in die Wirtschaft des einundzwanzigsten Jahrhunderts befördern."

„Wovon zur Hölle redet er?", flüsterte Devon, gerade als Angie mit Getränken und einem Teller Vorspeisen wieder an den Tisch trat.

„Was halten Sie davon?", fragten die Kerle Angie. „Eine richtige Stadt mit Jobs ... gut bezahlten?" Sie schienen begeistert zu sein.

Die gute Angie lächelte sie an und lehnte sich gegen eine Stuhllehne. „Das klingt wunderbar." Eine derart unechte Stimmlage hatte Enrique noch nie von ihr gehört. „Ich kann einen besseren Job als den hier bekommen? Welche Fähigkeiten bräuchte ich denn?"

„Wir werden Maschinenführer für schweres Gerät benötigen und Leute, die beim Bau von Unterkünften helfen." Er beugte sich vor. „Aber es wird auch jemand zur Leitung der Firmenkantine benötigt. Wenn man sieht, was Sie hier tun, wären Sie perfekt geeignet." Als er ihr zuzwinkerte, wandte Enrique schnell den Kopf ab und bemühte sich, nicht zu grinsen. Wenn er mit Angie flirten wollte, befand sich der Kerl auf dem Holzweg.

„Klingt nach einem großen Vorhaben", meinte Angie.

Enrique lauschte aufmerksam, gab sich jedoch Mühe, das zu verbergen. Wenn es sich hier um ein großes Bergbauvorhaben handelte und mit den Tests auf dem Pass zusammenhing, könnte das gut für die Stadt sein ... und schlecht für die Umwelt und den Pass. Das Gebiet, in dem sie gearbeitet hatten, war empfindlich. Die Gräser wuchsen nicht einfach nach. Es dauerte Jahrzehnte, bis sie sich erholt hatten. Dort oben herrschten erschwerte Wachstumsbedingungen, und auf dem Pass musste man jeden Monat im Jahr mit Schneefall rechnen.

„Das wird es. Unsere Tests haben wirklich gute Ergebnisse geliefert“, meinte einer der Männer, woraufhin ihm ein anderer schnell einen Stoß in die Seite versetzte.

„Das ist toll. Haben Sie denn alle Genehmigungen?“, fragte Angie.

„Mann, sie ist echt Klasse“, flüsterte Devon und Enrique nickte. Angie war echt gerissen. Auch deshalb liebte er sie wie die Schwester, die er nie gehabt hatte.

„Ich hoffe, Sie bekommen, was Sie brauchen.“ Angie klopfte dem ihr am nächsten sitzenden Mann ermutigend auf die Schulter, lächelte alle noch einmal an und schritt davon. Kurz darauf kehrte sie mit den Speisen zurück und stellte sie auf den großen Couchtisch. „Aber vergessen Sie mich nicht“, bat sie, bevor sie davoneilte.

„Ich könnte ihr gut zureden, damit sie mit uns zusammenarbeitet.“

Enrique schüttelte leicht den Kopf. Gut, dass Angie sie nicht gehört hatte. Sie hätte dem Kerl den Kopf abgerissen – Job hin oder her. Als sie wiederkam, nahm sie Devons Bestellung auf. Die beiden lächelten sich an. „Das hast du gut gemacht“, flüsterte er ihr zu.

Sie ging die Bestellung aufgeben und Devon und Enrique lauschten weiterhin den Männern. Als die Arbeiter jedoch anfingen, sich über Frauen zu unterhalten, schaltete Enrique ab. Entweder das oder ihnen allen einen Schlag versetzen. Diese Idioten.

„Ist alles für den Kunstunterricht am Dienstag vorbereitet?“, wollte Devon wissen.

„Ja. Ich habe dir doch schon gesagt, dass er voll belegt ist, oder?“ Mit ziemlicher Sicherheit redete einfach nur, um vom gerade Gehörten abzulenken. Die Männer erfuhren besser nicht, dass sie gerade etwas ausgeplaudert hatten und wie die meisten der hier Anwesenden auf diese Neuigkeiten reagieren würden.

„Gut. Ich bin bereit.“ Er beugte sich vor. „Ich habe Malutensilien bestellt und werde vielleicht wieder versuchen zu malen.“ Obwohl er zögerlich wirkte, wusste Enrique, dass das ein erster Erfolg war. Außerdem begann schließlich jede Reise mit dem ersten Schritt.

Sie unterhielten sich, bis Angie mit Devons Essen erschien. Enrique beschloss, nach dem Rechten zu sehen. Als er sich erhob, nahm eine kleine Gruppe Einheimischer seinen Platz am Tisch ein. So würde Devon zumindest während des Essens nicht alleine sein.

„Was für Schweine“, meinte Angie im Vorübergehen zu Enrique, ein Tablett voller Speisen in der Hand. Er ging in die Küche, wo eine weitere fertige Bestellung wartete. Nachdem er sie an den Tisch gebracht hatte, füllte er seinen Softdrink nach. In der Küche traf er erneut auf Angie, die auf eine Bestellung wartete.

„Wir müssen rausfinden, wie ihre Pläne wirklich aussehen“, meinte sie.

„Ja. Wenn sie eine Fördergenehmigung bekommen, könnte das Auswirkungen auf den Fluss und den See haben. Das wäre nicht gut. Da sie davon sprechen, die oberste Bodenschicht abzutragen, werden sie alles zerstören, mit dem sie in Kontakt kommen. Dafür brauchen sie die schweren Maschinen."

„Was machen wir also?", fragte Angie. „Sie werden sich einfach nehmen, was sie wollen und uns das Chaos beseitigen lassen. Haben wir ja früher schon gesehen. Es ist schließlich nicht so, als würde sich die Umweltschutzbehörde oder irgendwer sonst da unten darum scheren, was hier oben passiert. Wir befinden uns tausende Kilometer entfernt, und niemand von ihnen wird es zu Gesicht bekommen. Sie werden die Genehmigung bekommen und machen, was sie wollen. Erinnerst du dich noch an die Schweinerei drüben bei Palmer? Das abgetragene Gebiet hat sich immer noch nicht vollständig erholt, obwohl die Bergleute seit einem Jahrzehnt weg sind."

Enrique erinnerte sich noch genau. Die Natur eroberte sich das Gebiet inzwischen langsam zurück, doch das hatte sehr lange gedauert. Und einige Stellen, an denen sich vorher Wälder und Wildnis befunden hatten, waren immer noch kahl. „Wir müssen es stoppen."

„Ja, aber damit beschäftigen wir uns ein anderes Mal. Jetzt müssen sich unsere Gäste wohlfühlen, damit sie weiterreden, und wir möglichst viele Informationen über ihre Pläne bekommen." Er grinste sie an.

Angie verdrehte die Augen. „Okay. Ich werde die Waffen einer Frau einsetzten, um ihnen die Lippen zu öffnen. Sie scheinen zu den Männern zu gehören, die nicht glauben können, dass eine Frau eine Gefahr darstellen könnte."

„Ein schlimmer Fehler", bemerkte Enrique.

Angie erhielt ihre Bestellung und verließ die Küche. Während er überall nach dem Rechten sah, bemerkte er, dass Joshua die Bestellungen an der Bar entgegennahm. Mit einem Winken signalisierte der Mann, dass er ihm den Rücken freihalten würde. Daher fuhr Enrique damit fort, die Gäste zu begrüßen und sorgte dafür, dass jeder das Gewünschte bekam. Dann gesellte er sich erneut zu Devon, nahm dessen leeren Teller, füllte sein Glas wieder auf und unterhielt sich mit ihm. Enrique hasste es, ihn wieder zu verlassen zu müssen und wünschte, mehr Zeit alleine mit ihm verbringen zu können. Doch er musste arbeiten, und Devon hatte reichlich Gesellschaft. Manchmal kollidierte der Zwang, sich seinen Lebensunterhalt verdienen zu müssen, mit dem wirklichen Leben.

MONTAGABEND WAR Enrique völlig erschöpft und als er am Dienstagmorgen aufwachte, hatte er nur wenig geschlafen. Jedes Mal, wenn er die Augen geschlossen hatte, hatten sich in seinem Kopf Bilder von Devon und dem, was die verdammte Bergbaugesellschaft entlang des Flusses und oben am Pass anrichten würde, abgewechselt. Am Ende hatten sich alle Bilder vermischt, und Devon war für die Zerstörung verantwortlich gewesen. Mit einem Ruck war er aus dem Schlaf geschreckt und hatte sich erst klarmachen müssen, was real war. In seiner kleinen Wohnung im hinteren Teil des Trading Post atmete er tief ein.

Oh Mann, nach einem solchen Traum hätte er am liebsten nach einem Drink gegriffen. Stattdessen tröstete er sich mit einem Glas Wasser und einem Blick auf den Seetaucherteich. Selbst um fünf Uhr früh war es so hell, dass man ihn deutlich erkennen konnte. Mit dem nahenden Sommerende würden diese Tage jedoch bald vorbei sein.

Er notierte sich, dass er ein Treffen mit den Gemeindevertretern einberufen musste, um die Leute über die Vorgänge zu informieren. Sie verdienten ein Mitspracherecht beim Wachstum ihrer kleinen Gemeinde und darüber, was mit der Umgebung geschah. Als das erledigt war, ging Enrique wieder ins Bett und schaffte es, noch ein paar Stunden zu schlafen. Dieses Mal hatte er viel bessere Träume, in denen Devon eine äußerst interessante sinnliche Rolle spielte.

Enrique zog sich an und ging in den Hauptbereich des Trading Post. Für die Übernachtungsgäste öffnete er um acht Uhr für ein einfaches Frühstück. Er deckte die Tische und stellte die Frühstückszutaten heraus, als auch schon seine Gäste – größtenteils auf der Suche nach Kaffee – hereinspaziert kamen.

„Was machst du denn so früh hier?", fragte er Angie, die gerade aus der Küche zu ihm in den Essbereich kam.

„Ich muss dir unbedingt etwas erzählen. Die Bergarbeiter haben so viel Gold gefunden, dass ihr Vorhaben profitabel ist. Das ist beängstigend, weil sie dafür das gesamte Flussbett ausgraben und durch eine automatisierte Goldwaschanlage schicken werden. Ufer und Flussbett müssen dafür ausgebaggert werden. In dem Fluss laichen Lachse, aber die Arbeiter werden Unmengen an Wasser verbrauchen und massenhaft Erde und Schlamm aufwühlen, bis das Wasser nicht mehr klar ist." Sie stand ganz schön unter Strom.

„Ich werde heute mit einigen Leuten sprechen und eine Versammlung einberufen. Wir müssen alle unsere Meinung äußern und sehen, was jeder Einzelne darüber denkt." Doch in Wahrheit hatte Enrique keine Ahnung, wie die Meinung der Leute aus der Umgebung aussehen würde. Die Verlockung, sich wirtschaftlich zu verbessern, wäre für einige sicher interessant. Das wusste er. „Das wird nur funktionieren, wenn wir mehr über ihre nächsten Schritte herausfinden und genug Krach machen, um die Aufmerksamkeit der Leute zu bekommen." Diesbezüglich konnte er im Moment wenig unternehmen. Doch er verstand ihr Gefühl der Dringlichkeit. Das konnten sie nicht einfach auf sich beruhen lassen, sonst würden sie auf fast unvorstellbare Weise dafür bezahlen müssen. „Wenn etwas erst einmal verschwunden ist, wird es nicht wiederkommen."

„Gilt das nur für das Land oder auch für andere Dinge?", fragte Angie mit hochgezogenen Augenbrauen. Manchmal vergaß Enrique, dass sie eine der scharfsinnigsten Personen auf diesem Planeten war. Gott sei Dank befand sie sich auf seiner Seite.

„Angie ...", mahnte er eindringlich.

„Komm schon Enrique. Trau dich. Ich habe dich und Devon beobachtet. Als er hier war, hast du jede seiner Bewegungen beobachtet und nach ihm Ausschau gehalten. Was du vermutlich nicht weißt, ist, dass er dich ebenfalls beobachtet hat." Sie schüttelte den Kopf. „Manchmal seid ihr Kerle einfach blind." Sie verdrehte die Augen, als wäre er blöd.

„Aber er bleibt nur, bis es seinem Vater wieder besser geht. Dann ist er wieder weg."

Sie zuckte mit den Schultern. „Ja und? Der Mann mag dich und du magst ihn. Also unternimm was, oder lass es. Aber er wird noch ein paar Wochen hier sein. Was, wenn ihr beide euch gegenseitig glücklich machen könnt?"

Enrique schüttelte den Kopf. „Ich kann nicht alles" – seinen Verstand, seine Lossagung vom Alkohol, sein Leben hier – für etwas Vorübergehendes riskieren. Und egal, was du für Gefühle in ein paar Blicke von ihm interpretierst ..."

„Es liegt mir fern, meine Nase in deine Angelegenheiten zu stecken, aber zeig ihm zumindest, was du empfindest." Bei diesen Worten pikste sie ihm doch tatsächlich in die Brust. „Wenn du es nicht tust, wirst du es bereuen. Danach kannst du ihm die Entscheidung überlassen."

„Na schön", grummelte er. „Ich werde darüber nachdenken. Aber jetzt gerade muss ich mich um meine Gäste kümmern und die Zimmer fertigmachen. Er hatte jede Menge zu tun – vielleicht sogar genug, um sich eine Weile von Devon abzulenken. Nicht, dass es viel nützen würde.

ER PUTZTE die Zimmer und bereitete sie für die nächsten Gäste vor. Außerdem reinigte er das Zimmer eines Paares, das noch eine Nacht blieb. Danach kümmerte er sich um die Bevorratung und erstellte Listen der aus der Stadt benötigten Dinge. Zu guter Letzt duschte er und zog sich alte Klamotten an. Es war ein schöner Tag, als er sich für die kurze Fahrt zur Bücherei in seinen Wagen setzte. Er wollte früh da sein, um sicherzugehen, dass alles für Devons Unterricht vorbereitet war.

Zu seiner Überraschung befand sich Devon bereits dort. Mit gebeugtem Kopf, vor sich eine Leinwand, in der Hand einen Stift, saß er an einem der Tische. „Was machst du hier?", fragte Enrique leise, um ihn nicht zu erschrecken.

„Ich bin rübergekommen, weil hier das Licht besser ist, und ich einen der Tische benutzen kann. Dad hat mir den Schlüssel gegeben." Er erhob sich und lehnte die Leinwand mit der Vorderseite gegen die Wand. „Offenbar habe ich völlig die Zeit vergessen." Aus irgendeinem Grund machte Devon einen schuldbewussten Eindruck. Auch die Tatsache, dass Enrique sein Bild nicht sehen sollte, entging ihm nicht. Allerdings machte er sich nicht viel daraus, schließlich zeigten viele Künstler nicht gerne ihre unfertigen Werke.

„Das ist überhaupt kein Problem. Die anderen werden erst in einer halben Stunde kommen. Ich wollte nur alles vorbereiten." Er suchte die Acrylfarben hervor und baute die einzelnen Stationen auf. Devon holte die Leinwände und drehte die Tische so, dass alle zum Fenster ausgerichtet waren.

„Ich denke, das wird gut funktionieren", meinte Devon und trat zurück, um es zu betrachten. Dann platzierte er einen kleinen Tisch vor dem Fenster. „So können sie sehen, was ich sie sehen lassen will." Er drehte sich um, und Enrique stellte sich neben ihn und schaute auf den See. Es war wunderbar ruhig und friedlich. Liebend gerne wäre er stundenlang genau dort stehengeblieben.

Ein Schauer durchlief ihn, als Devon plötzlich den Arm um seine Taille schlang. Er lehnte sich an ihn und genoss seine Nähe. „Ich glaube langsam, dass du recht hattest. Dass der Schlüssel zu dem, was ich brauche, sich vielleicht vor diesen Fenstern befindet. Aber das ist nicht alles", gestand Devon leise.

„Gibst du gerade zu, dass ich recht habe?", zog ihn Enrique auf.

„Ja und nein. Das da draußen ist nur ein Teil des Puzzles, nicht das ganze. Es fehlt noch etwas." Devon schaute ihn eindringlich an. Den Ausdruck in seinen Augen konnte Enrique nicht ganz entschlüsseln, obwohl er das seiner Meinung nach sollte. „Ich kann es nicht eindeutig benennen, werde jetzt aber etwas ausprobieren. Dann sehen wir ja, wie es funktioniert", erklärte Devon, ohne den Blick von ihm zu nehmen.

Enriques Pulsschlag beschleunigte sich.

„Seid ihr hier?", ertönte Mrs. Fitz Stimme vor den Außentüren und unterbrach damit alles, was Devon vielleicht gesagt hätte.

„Wir sind im Gemeinschaftsraum und bereit für den Unterricht", erwiderte Enrique, während sie auseinanderwichen. Er holte tief Luft und ließ dann Wasser in das Waschbecken laufen, um sich die Hände zu waschen, damit er etwas zu tun hatte. Das verschaffte ihm ein paar Sekunden, sich mit dem Rücken zu Devon zu fragen, warum sein Freund gezögert hatte. Sie hatten so dicht beieinandergestanden, Devon hätte nur den Abstand zwischen ihnen verringern müssen. Doch das hatte er nicht getan. Vielleicht lag Angie doch falsch und Devon mochte ihn gar nicht auf diese Art und Weise.

Enrique schüttelte den Kopf. Das fühlte sich wieder genauso an wie damals in der Highschool. Aber vielleicht wurde es ja auch gar nicht einfacher, etwas Lohnenswertes anzufangen, nur weil man jetzt älter war.

Natürlich hatte er keine Ahnung, ob überhaupt etwas anfing.

„Das sieht toll aus", meinte Mrs. Fitz beim Eintreten.

„Setzen Sie sich einfach irgendwohin. Devon wird in Kürze mit dem Unterricht beginnen", erklärte Enrique, nachdem sie ihn in eine Umarmung gezogen hatte. Sie umarmte auch Devon und redete weiter, während sie es sich bequem machte.

„Habt ihr von diesem neuen Bergbauprojekt gehört?"

„Ja", antwortete Enrique. „Wir müssen die Leute zusammenrufen. Das könnte übel werden."

„Dem stimme ich zu", meinte sie nachdrücklich.

„Ich auch", bestätigte Devon, als die anderen eintrafen.

Dann übernahm er das Kommando, begrüßte alle, half ihnen, ihren Platz einzunehmen, bevor er Enrique gestattete, sich ebenfalls zu setzen. „Ich weiß, dass jeder von uns da draußen jede Menge um die Ohren hat." Devon deutete Richtung Fenster, während er die Tür schließen ging. „Aber hier drin möchte ich, dass Sie alle einen klaren Kopf haben. Bitte schließen Sie die Augen und atmen Sie tief ein."

Enrique gehorchte und lauschte einfach nur dem Widerhall von Devons ruhiger, wohlklingender Stimme.

„Wir werden die nächsten Stunden gemeinsam verbringen und einige grundlegende Maltechniken lernen. Aber wir müssen auch unseren Geist und unsere Herzen für Möglichkeiten öffnen und sie auf andere Art und Weise zu uns sprechen lassen. Statt auf das zu reagieren, was wir fühlen und sehen, werden wir es auf unsere Leinwände bringen. Und jetzt tief einatmen und wieder ausatmen … Gut. Noch einmal … und noch mal. Genau so. Lassen Sie alles da draußen los. Das hier ist ein ruhiger, sicherer Ort, an dem wir ganz wir selbst sein und unserer Kreativität freien Lauf lassen können." Er verstummte. „Und jetzt öffnen Sie die Augen und schauen auf die vertraute Landschaft. Mit Sicherheit habe Sie diesen See im Laufe der Jahre tagtäglich gesehen. Aber ich möchte, dass sich jeder einzelne etwas sucht, dass sein Interesse weckt. Ein Vogel, ein auf der Oberfläche treibender Baumstamm, vielleicht etwas Ungewöhnliches. Sie brauchen nicht zu sagen, was es ist. Konzentrieren Sie sich einfach ein paar Minuten darauf. Das wird das Herzstück Ihres Kunstwerks bilden. Jetzt prägen Sie sich dieses Bild ein, und behalten Sie es im Kopf. Sie werden es in Zukunft brauchen."

Enrique entschied sich für einen Grashalm, der aus der Mitte des Wassers herauszuspringen schien. Ihm fiel auf, dass Devon nicht hinschaute, als er seine Staffelei umdrehte und die leere Leinwand zeigte.

„Wir werden heute nicht versuchen, das Bild fertig zu bekommen. Ich schlage vor, dass wir uns nächste Woche den Details widmen. Heute sollen Sie sich nur auf einen Teil des Gemäldes konzentrieren: den Himmel."

„Warum den Himmel?", wollte Mrs. Fitz wissen.

„Weil in einem Bild mit einem größtenteils stillen See der Himmel für die Stimmung sorgt. Und wir wollen von hinten nach vorne malen. Daher wird der Himmel ungefähr die obere Hälfte bis zwei Drittel ausmachen. Beim nächsten Mal fügen wir dann das Wasser dazu, danach die Umgebung und den Vordergrund. Mithilfe des Himmels können Sie es hell und sonnig oder dunkel und melancholisch wirken lassen. Wir alle kennen bewölkte Tage, in denen die Wolken beinahe den See berühren und wissen, welche Stimmung das in uns auslöst. Daher möchte ich mit der Stimmung des Bildes beginnen. Und wenn wir das Wasser malen, können wir den Himmel darin reflektieren."

Er war ausgesprochen geduldig. Enrique sah völlig gefesselt zu, wie Devon demonstrierte, wie man Wolken erschafft und die Grundfarbe des Himmels zufügt. „Sehen Sie, wie einfach sich eine Wolke von heiter und bauschig zu bedrohlich verändern lässt? Man muss einfach nur das Grau leicht abdunkeln. Da unser Licht aus dieser Richtung kommt, müssen wir die anderen Seiten abdunkeln." Er zeigte ihnen, wie der eigentliche Himmel hinzugefügt wird: über Blau- zu Grautönen und allem dazwischen. „Entscheiden Sie sich, welche Stimmung Sie vermitteln wollen, und beginnen Sie mit der Arbeit an Ihrem Himmel. Das Schöne daran ist, dass Sie keinen Fehler machen können, weil sich alles ändern lässt. Viel Spaß."

Devon malte noch einige Minuten an seinem Bild weiter und ging dann von Teilnehmer zu Teilnehmer, um Anmerkungen und Eindrücke mitzuteilen.

Enrique konzentrierte sich auf das vor ihm Liegende und entschied, den am Vormittag beobachteten Sonnenschein zu malen. Schnell eroberten jedoch die Wolken das Bild, die Sonne verblasste und nur einzelne Strahlen schienen noch durch, als wäre gerade ein Sturm vorbeigezogen. Er arbeitete weiter, fügte Lichtakzente hinzu, hatte jedoch Schwierigkeiten, es richtig hinzubekommen.

„Wunderschön", bemerkte Devon neben ihm. „Versuch das Licht mit der Farbe der Wolken zu mischen. Es ist ja nicht golden, sondern eher ein Aufleuchten der anderen Farben drum herum. Das lässt es natürlicher und weniger wie ein Gemälde aussehen."

Enrique wusste genau, wo sich Devon befand und wie nah er ihm gekommen war. Um sich zu beruhigen, atmete er tief ein, bevor er seine Aufmerksamkeit wieder auf das Bild richtete.

„Wunderschön", wiederholte Devon und trat zurück. Enriques Herzschlag verlangsamte sich wieder. „Das ist kein Rennen, sondern etwas, für das man sich Zeit nehmen sollte." Er ging weiter, um den anderen zu helfen.

Enrique legte den Pinsel ab und befahl seiner Hand, nicht mehr zu zittern. Er fand es toll, dass Devon sein Bild gefallen hatte, doch diese Tatsache schien sich mit den aufwühlenden Gefühlen für ihn zu vermischen. Es fiel ihm schwer, einen klaren Gedanken zu fassen. Erst als Devon zurückkehrte und ihm die Hand auf die Schulter legte, hörte das Zittern auf, und er konnte weiterarbeiten.

Nachdem alle in vollem Gange waren, kehrte Devon zu seiner eigenen Leinwand zurück und drehte sie um, sodass er in die Klasse schaute. Enrique bemerkte, dass Devon während der Arbeit mit einem Auge seine Schüler im Blick behielt. „Ich glaube, ich verstehe das hier", flüsterte eine der Frauen.

„Er ist ein guter Lehrer", stellte Mrs. Fitz fest und malte weiter.

„Es ist in Ordnung, wenn Sie sich unterhalten, aber denken Sie daran, dass es die anderen vielleicht stört. Nehmen Sie also bitte Rücksicht." Devon lächelte über den Rand seiner Staffelei und das Geplapper verstummte so schnell, wie es gekommen war.

Fast eineinhalb Stunden später legte Enrique sein Bild beiseite und wanderte durch dem Raum, um die anderen Kunstwerke zu betrachten. Einige waren wirklich detailreich, andere dagegen eher einfach gehalten. Jedes verriet jedoch den Künstler. Er fand es ziemlich beeindruckend. Hier gab es echte Talente.

Dann ging er hinüber zu dem malenden Devon. Seine Leinwand sah atemberaubend aus. Der Himmel darauf nahm nur die Seiten und den oberen

Leinwandrand ein. Er hatte angefangen, eine Landschaft zu malen, die definitiv nicht den See beinhaltete. Auf Devons Bild entstand etwas vollkommen anderes. Als Enrique ihn fragend ansah, strahlte Devon ihn an.

„Ich dachte, wir sollten den See malen", zog Enrique ihn auf. Er wusste aber: Wenn etwas geschieht, hinterfragt man es nicht. „Was wird das?"

Devon zuckte nur mit den Schultern. „Ich glaube, eine Skizze für das, was ich dort malen will." Er zeigte auf die noch immer umgedrehte Leinwand an der Wand. „Kommen alle gut voran?", fragte er an den Rest der Kursteilnehmer gerichtet. „Wir haben den Raum noch eine ganze Weile. Sie können also so lange bleiben, wie Sie möchten. Enrique muss allerdings bestimmt zurück in den Trading Post."

„Keine Sorge", meinte Mrs. Fitz. „Ich kann abschließen." Sie war noch mit der Arbeit an ihrem Werk beschäftigt.

Enrique legte sein Bild zum Trocknen zur Seite und verabschiedete sich von allen. Nach einem letzten neugierigen Blick auf Devon und das, an dem er arbeitete, machte er sich auf den Weg zur Arbeit.

Während der Fahrt dachte er an Angies Worte. Zum zweiten Mal waren Devon und er alleine gewesen, und er hatte geglaubt, dass etwas zwischen ihnen passieren würde. Er musste wirklich etwas unternehmen, um Devon zu signalisieren, was er empfand. Plötzlich hatte er die richtige Idee. Er beschleunigte und schaute nach Angie, bevor er sich einige Sachen schnappte und sich wieder auf den Weg machte, um die Sache ins Rollen zu bringen.

6

NACHDEM ALLE, bis auf Mrs. Fitz gegangen waren, arbeitete Devon weiter, bis sie ihn bat abzuschließen. Er blieb noch ungefähr eine Stunde und begann mit den Grundzügen der Landschaft. Es war schon eine ganze Weile her, seit er so tief in seine Arbeit versunken gewesen war, und er hoffte, dass sich die Inspiration auf das geplante größere Werk übertragen würde.

Nach einem Blick auf die Uhr begann er zusammenzupacken. Alle hatten ihre Materialien weggeräumt und bevor er seine Leinwände und seine Tasche nahm, tat er das Gleiche. Nachdem er abgeschlossen hatte, ging er über den Parkplatz zum Haus seines Vaters.

„Hattest du einen schönen Tag?" Sein Vater saß in seinem Sessel und schaute Fernsehen, schaltete jetzt jedoch das Gerät aus und erhob sich.

„Ja, er war schön. Du scheinst mehr Energie zu haben." Devon stellte sein Bild zum Trocknen zur Seite. „Wie wäre es mit etwas zu trinken?" Er holte eine Limo für seinen Vater und eine für sich selbst. „Wir haben noch Cracker. Die könnten wir knabbern."

„Mir geht's gut. Als du weg warst, habe ich von den Resten gegessen und ein paar Dinge hier erledigt. Vielleicht könnten wir morgen einen Tagesausflug nach Anchorage machen." Sein Vater schien voller Vorfreude zu sein.

Devon hasste es, ihn enttäuschen zu müssen. „Ich würde gerne arbeiten. Es soll wieder sonnig werden, und ich will unbedingt das Licht und den klaren Himmel ausnutzen. Wie wäre es später in der Woche? Ist das okay?" Er wollte ihn nicht enttäuschen, aber gerne arbeiten, solange er inspiriert war. Möglicherweise würde es ihm entgleiten, wenn er es nicht schnell auf Leinwand bannte.

Sein Vater nickte und Devon ging in sein Zimmer. Dort stellte er die Staffelei auf und holte die morgens besorgten Utensilien. Sobald alles vorbereitet war, begann er mit der Arbeit. Mit Leichtigkeit versank er in ihr. Die Kunst selbst, die Freude, etwas zu erschaffen, die Begeisterung, das zu tun, was er liebte – all das riss ihn mit wie lange nicht mehr. Ein Teil von ihm wäre am liebsten auf die Knie gesunken, um sich für die Rückkehr seiner Magie zu bedanken. Doch er traute sich nicht, aufzuhören. Diese Gabe, diese Eingebung war vielleicht nur flüchtig, und er wollte sie so lange wie möglich nutzen. Mit wild klopfendem Herzen malte er die zentrale Figur.

Seine Hand zitterte leicht, jedoch nur vor Aufregung. Er fügte Farbschicht um Farbschicht hinzu, mischte die Farben zu genau dem gewünschten Ton. Das endgültige Bild auf der neben der Wand stehenden Leinwand würde in Öl sein. Die Skizze sollte jedoch schnell fertig werden und das klappte. Er trat einen

Schritt zurück und betrachtet lächelnd, was er erschaffen hatte. Die Stimmung war richtig, ebenso die Farben und die Erhabenheit. Er hatte das Gewünschte genau eingefangen … aber irgendetwas stimmte noch nicht.

Das Bild war perfekt, das Motiv wunderschön. Genau das, was er hatte malen wollen. Dennoch war er nicht völlig zufrieden. Er war zwar noch nicht fertig mit der Landschaft, wusste jedoch nicht, was fehlte.

Stimmen rissen ihn aus seinem beinahe manischen Schaffen. Seufzend, mit langsam ruhiger werdendem Puls, verließ er sein Zimmer, um zu sehen, was los war. „Der Herd ist kaputt", erklärte sein Dad, während Enrique das Gerät mit angespannten Muskeln von der Wand zog und sich darüber beugte. Es sah so leicht aus. Devon beobachtete gebannt, wie sich die Jeans um die Hüften schmiegte.

Er trat in die Küche und schaffte es, sich mit äußerster Willenskraft davon abzuhalten, sich auf Enrique zu stürzen und dem Mann genau hier die Kleider vom Leib zu reißen. Seine schöpferischen Kräfte brachten seine Libido immer auf Hochtouren, doch es steckte mehr dahinter. Er wollte Enrique. Sein gesamter Körper befand sich in Alarmbereitschaft und war bereit zum Handeln. Devon hoffte, dass sein Schwanz – der hart wie ein verdammter Fahnenmast war – nicht senkrecht hervorragte und wie eine Kompassnadel auf sein Zielobjekt zeigte.

„Das ist das Problem", erklärte Enrique und machte sich daran, das zerfranste Kabel zu ersetzen. „Das lässt sich schnell beheben." Devon blieb in der Nähe, um ihm zuzusehen. Na gut, vielleicht starrte er ihn auch lüstern an. Zehn Minuten später befand sich der Herd wieder an Ort und Stelle und funktionierte. Devon schaltete ihn ein.

„Ich muss zurück und noch einiges erledigen", sagte Enrique.

Devon folgte seinem Blick zu seinem im Sessel sitzenden Vater.

„Enrique, kannst du zum Essen bleiben? Wir haben noch jede Menge Reste", fragte sein Vater.

Doch Enrique befand sich bereits auf dem Weg zur Tür. „Ich wünsche euch noch einen schönen Abend." Und weg war er.

Devon vermisste ihn sofort. Nach ein paar Minuten schob er einen Auflauf in den Ofen, stellte den Timer und setzte sich zu seinem Dad. Sie hatten lange nicht miteinander geredet, und er wünschte, er wüsste, was er sagen könnte. Eigentlich kannte er seinen Vater gar nicht richtig. Durch die gesundheitlichen Probleme könnte das hier seine letzte Chance sein. Sein Vater stellte den Fernseher an, und sie saßen eine Weile schweigend davor, bis der Timer klingelte und sie an den Tisch umzogen.

Sein Dad aß nur wenig. Devon musterte ihn aufmerksam. „Dad, du musst wieder Kraft aufbauen."

„Ich weiß", erwiderte er langsam und aß noch ein paar Bissen, wahrscheinlich, um Devon glücklich zu machen.

Für Devon spielte allerdings keine Rolle, warum er es tat, solange er nur etwas zu sich nahm. „Du siehst besser aus", stellte er fest.

Sein Dad seufzte genervt auf. „Dieses ganze Herumsitzen langweilt mich zu Tode."

„Ich schaue mal, wie sich das ändern lässt, okay?"

„Das wissen meine geistige Gesundheit und ich zu schätzen." Auf einmal schien sein Vater mehr Kraft zu haben und aß noch etwas mehr. Das konnte unmöglich das Einzige gewesen sein, das ihn störte. Andererseits konnte ein leichter Fall von Lagerkoller jeden befallen.

Nachdem sie fertig waren, kümmerte sich Devon um den Abwasch und stellte das saubere Geschirr zur Seite, um es Rita zurückzugeben. „Willst du fernsehen?"

„Ich wollte mich eigentlich auf einem Klappstuhl an den See setzen."

„Da sind einige Moskitos unterwegs", warnte Devon. Das fiese Insekt war der Wappenvogel Alaskas. Zumindest wirkten sie manchmal groß genug dafür. Früher im Jahr konnten sie eine echte Plage sein, waren jetzt aber immer noch zahlreich vorhanden, besonders nach Regen. Hier gab es niemanden ohne Mückenspray.

„Dann schaue ich eben Fernsehen", brummte sein Vater.

Devon setzte sich eine Weile zu ihm, kehrte dann jedoch in sein Zimmer zurück, um weiter zu arbeiten.

Das Bild wirkte immer noch unfertig, doch er hatte keine Ahnung, was er dagegen unternehmen sollte. Daher stellte er es beiseite und begann eine neue Skizze. Die Arbeit floss wie von selbst, doch er kannte den Grund dafür. Enriques Porträt schien tief aus seinem Inneren zu springen, und die Leichtigkeit, mit der es auf die Leinwand floss, ähnelte der von Wasser, das einen Wasserfall hinabfließt. Es geschah wie von selbst. Während er Enriques ausdrucksvolle Augen und die vollen Lippen vervollständigte, vergaß er völlig die Zeit. Er spürte, wie seine Erregung stieg, ignorierte sie jedoch so gut er konnte und leitete diese Energie in das Porträt um. Die Zeit schien ihm zu entgleiten. Er hörte erst auf, als das Licht schließlich verblasste.

Manchmal verfügte ein Tag einfach nicht über genug Stunden oder Helligkeit.

Devon säuberte seine Pinsel und räumte die Farben weg. Im Wohnzimmer schnarchte sein Vater im Sessel. Er half ihm ins Schlafzimmer, bereitete sich selbst einen Snack zu und setzte sich bei ausgeschaltetem Licht ans offene Fenster. Während er das Mondlicht auf dem See betrachtete, lauschte er den Insekten und anderen Geräuschen der Nacht.

In seiner Hose begann sein Handy zu vibrieren. Bei der Nachricht musste Devon grinsen. *Lust auf Nacktbaden?*

Zu kalt. Als Kinder hatten sie das getan, wenn ihre Eltern nicht da waren. Heute war es allerdings nicht warm genug. Außerdem waren sie für derartige Dinge inzwischen sowieso zu alt.

Lust auf einen Drink? fragte Craig.

Nein. Danke. Während er seine Antwort abschickte, fragte er sich, ob Craig sich überhaupt daran erinnerte, dass er nicht trank. Wie viel mochte der Mann schon intus haben?

Was hältst du von etwas Gesellschaft?

An der Hintertür klopfte es, und als Devon öffnete, stand Craig mit einer Flasche in der Hand auf der Schwelle.

„Was machst du denn?", fragte Devon. „Ich trinke nicht." Das letzte, was er brauchte, war Versuchung. „Erinnerst du dich?"

„Oh ja. Tut mir leid." Blinzelnd schaute Craig auf die Flasche hinab und schien sich zu fragen, was er jetzt damit tun sollte. „Ähhhmmm ..." Schließlich kippte er sie aus, warf die Flasche in den Müll und kam zum wartenden Devon zurück.

„Was willst du Craig? Es ist fast Mitternacht. Dad schläft schon."

Craig griff nach seiner Hand und Devon gelang es gerade noch die Tür zu schließen, als Craig ihn um das Haus herum hinunter zum kleinen Bootssteg zog.

„Ich muss mit dir reden", erklärte Craig.

Devon trat einen Schritt zurück, um nicht ins Wasser zu fallen.

„Es gibt da etwas, das ich dir sagen muss, und das ich schon viel früher hätte sagen müssen." Angesichts seines Hin- und Hergetorkels hoffte Devon inständig, dass Craig nicht ins Wasser fiel. Er hatte überhaupt keine Lust, sich den Hintern abzufrieren, wenn er hineinspringen und ihn holen musste. „Als Kind war ich total durcheinander und du ... na ja, du hattest es schon herausgefunden." Er trat einen Schritt auf ihn zu. Craigs Atem überraschte Devon, und er fragte sich, ob der Mann immer so nach dieser Mischung aus Alkohol und Tod roch, wenn er getrunken hatte.

„Du solltest besser nach Hause gehen und deinen Rausch ausschlafen. Wo sind deine Schlüssel?

Nachdem Craig sie herausgeholt hatte, nahm Devon sie an sich und schob sie in seine Tasche.

„Du wohnst gleich den Weg runter in diese Richtung. Geh zu Fuß nach Hause. Ich bringe dir den Wagen morgen früh."

„Du bist ein echt guter Freund." Craig zog sich das Shirt aus und stieg aus seinen Schuhen. „Ich geh jetzt schwimmen."

„Nein. Du musst nach Hause. Es ist zu kalt zum Schwimmen und deine Söhne ..." Das war eine ganz und gar schlechte Idee. „Zieh dich wieder an und geh nach Hause." In seiner Teenagerzeit wäre damit ein Traum wahr geworden. Jetzt dagegen wollte er nur, dass Craig sicher nach Hause kam, damit er selber schlafen gehen konnte. Doch Craig kam näher, umarmte Devon und küsste ihn.

Der Kuss war überhaupt nicht so, wie Devons ihn sich früher ausgemalt hatte. Als Teenager hatte er immer geglaubt, dass Craigs Küsse magisch wären. Dieser hier fühlte sich jedoch einfach nur nass, irgendwie matschig und uninteressant an. Vielleicht war der Mann auch lediglich stockbesoffen. Doch auch

61

diese Komplikation konnte Devon nicht gebrauchen. Es spielte auch gar keine Rolle, da es zwischen ihnen sowieso nicht mehr knisterte – falls das überhaupt je der Fall gewesen war.

Devon wich zurück. „Es ist spät und du musst nach Hause. Wo sind überhaupt die Jungs?"

„Bei ihrer Großmutter." Er bekam einen Schluckauf und hielt sich die Hand vor den Mund, um dann in Kichern auszubrechen. Immerhin war der Kerl ein glücklich Betrunkener. Devon hatte jede Menge Leute gesehen, auf die das nicht zutraf, und für ein derartiges Drama war er nicht in Stimmung. „Komm schon. Wir könnten reingehen. Ich weiß, dass du früher auf mich gestanden hast. Wir könnten testen, ob etwas aus uns werden kann." Möglicherweise versuchte er zu lächeln, doch der Alkohol machte ihm einen Strich durch die Rechnung, sodass es schief und lächerlich aussah. Dann zog er Devon näher zu sich.

Devon nutzte die Gelegenheit, sie beide vom Steg und den Weg hinauf zur Haustür zu führen.

„Weißt du, ich mag Männer und Frauen."

„Das wusste ich nicht, aber alles ist gut. Danke für die Info." Er bemühte sich, die Sache locker zu nehmen. Craig schien allerdings andere Absichten zu haben.

„In unserer Jugend hätte ich mit dir zusammen sein sollen. Ich hätte mich an dich klammern und dich mit aller Macht festhalten sollen. Ich habe dich geliebt, aber zu viel Angst gehabt, etwas zu sagen." Sein Schluckauf setzte erneut ein. Mit einem Mal wurde er ausgesprochen ernst und fing an mit einer Hand zu wedeln, um Devons Aufmerksamkeit zu erregen. Devon wusste nicht, ob er das hören wollte. Zu erfahren, dass das ganze Schmachten, die Angst und der Selbsthass umsonst gewesen waren, war fast mehr, als er ertragen konnte. Für ihn hatten sich die Dinge zugegebenermaßen zum Guten gewendet und wenn es mit Craig funktioniert hätte, wäre er nie weggegangen und ihm hätten sich nie derartige Möglichkeiten geboten. Stattdessen wäre er wie Craig, würde sich betrinken, um die gemachten Fehler zu vergessen. Natürlich war Willow in Alaska ein schöner Ort, doch Devon wusste, dass sich da draußen eine große, weite Welt befand und hatte sie erlebt. Nichts davon wäre passiert, wenn er und Craig es irgendwie hinbekommen hätten.

„Craig, du bist betrunken, und es ist nun mal wie es ist." Es hatte ihn viel Überwindung gekostet, das zu akzeptieren.

„Vielleicht, aber wir beide können die verlorene Zeit doch wieder gutmachen." Er beugte sich vor, um ihn erneut zu küssen, doch dieses Mal wich Devon rechtzeitig zurück. Er war nicht interessiert und musste Craig irgendwohin bringen, wo er sich hinlegen und seinen Rausch ausschlafen konnte.

„Wir müssen reingehen und Heia machen." Er grinste.

Craig begann zu schwanken, anscheinend hatte der Alkohol weitere Auswirkungen auf sein Gehirn. „Will mit diiiir schlahhfn …" Bei dem Versuch, sich einige Schritte auf ihn zuzubewegen, wäre er beinahe gestürzt.

Das entsprach alles überhaupt nicht Devons früheren Vorstellungen. In seinen Träumen war es immer ein romantisches und wichtiges Ereignis gewesen, nicht ein im betrunkenen Zustand gelalltes Liebesbekenntnis und das Geständnis von Reue. „Craig. Los jetzt. Lass uns reingehen, dann kannst du schlafen." Vermutlich war Craig inzwischen benebelt genug, um sich am folgenden Morgen an nichts mehr erinnern zu können. Devon hob Craigs Schuhe und sein Shirt auf und dirigierte ihn zurück zum Haus.

Craig war inzwischen verstummt, und Devon hatte keine Ahnung, was er gerade dachte. Vielleicht gar nichts. Möglicherweise hatte der Alkohol sein Gehirn vollkommen getrübt. Nachdem er ihn ins Haus geschafft hatte, ließ er Schuhe und Shirt auf den Boden fallen und forderte Craig auf: „Leg dich aufs Sofa. Ich hole dir eine Decke."

„Ich kann bei dir schlafen." Craig öffnete die Hose und schob sie nach unten. Dabei blieb die Jeans an seinen Füßen hängen. In nichts außer seinen Boxershorts ließ er sich aufs Sofa plumpsen, lehnte sich zurück und begann laut zu schnarchen.

Na, *das* war echt unglaublich sexy. Devon stieß ein Schnauben aus und ging den Flur hinunter zum Schrank. Er holte eine Decke heraus und breitete sie über Craig. Nachdem er das Haus abgeschlossen hatte, ging er in sein Zimmer.

Dort legte er sich in sein Bett und deckte sich wegen der geöffneten Fenster zu. In seinem Leben war nichts jemals einfach. Vielleicht hätte er sich Craig einfach schnappen sollen, als er die Chance gehabt hatte. Schließlich hatte er unzählige Stunden in genau diesem Zimmer damit zugebracht, sich zu fragen, wie es wohl wäre, mit ihm zusammen zu sein. Heute hätte er die Chance dazu gehabt, aber …

Er gluckste in sich hinein. Die ganze Zeit hatte er sich gefragt, wie sich ein Kuss von Craig wohl anfühlen würde. Jetzt hatte er seine Antwort. Ihm machte zu schaffen, dass er so viel Zeit damit verbracht hatte, sich diesen Augenblick im Kopf auszumalen, und er es dann gar nicht wert gewesen war. Craig küsste grauenhaft. Er ließ den Gedanken sacken und begann, leise vor sich hin zu lachen. Zukünftig sollte er sich vielleicht lieber erst vergewissern, dass ein Kerl nicht wie ein Fisch küsste, ehe er jahrelang in ihn verknallt war.

Die Heiterkeit verebbte jedoch, als ihn die Erkenntnis traf, dass er nur wegen dieser von Craig unerwiderten Liebe so lange fortgeblieben war und so viele Entscheidungen getroffen hatte. Wie zur Hölle hatte er nur so dumm sein können? Craig war nicht der Richtige für ihn, egal, was er als Jugendlicher gedacht hatte. Devon war immer noch damit beschäftigt, all das zu ergründen. Doch an dieser verbliebenen unbegründeten Angst festzuhalten, zog ihn nur runter.

Und mit einem Mal fühlte er sich leichter und ein wenig glücklicher. Endlich konnte er klarer erkennen, was er wirklich wollte.

ALS DEVON aufwachte, war Craig zu seiner Erleichterung verschwunden. Den ganzen Tag lang arbeitete er an seinen Skizzen, war jedoch noch nicht bereit für eine größere Leinwand. Die Vorstellung, was er malen wollte, nahm Stück für Stück Gestalt an, doch auf die große Inspiration wartete er noch. Vielleicht hatte darin ja die ganze Zeit das Problem bestanden, und er musste einfach nur die Einzelteile zusammenkommen lassen.

„Hast du Hunger?", fragte sein Dad, als er sein Zimmer schließlich mit knurrendem Magen verließ. „Schau mal, was Rita uns heute Abend gemacht hat." Beim Anblick der Butterflied-Hühnchenbrüste in einer himmlisch würzig riechenden leichten Sauce, grinste er erfreut.

Devon nahm Platz und nachdem ihm sein Dad aufgetischt hatte, langte er ordentlich zu. Ihm wurde bewusst, dass er den ganzen Tag noch nichts gegessen hatte.

„Wow." Die erste Hähnchenbrust vertilgte er schnell, verlangsamte danach aber sein Tempo. „Was gibt es noch?"

„Einen Fruchtsalat, vermutlich als Dessert und einen kleinen Brokkolisalat. Sie schmecken beide toll." Sein Dad ging sie holen, und Devon musste ihm zustimmen: Sie waren großartig. Als er fertig war, lehnte er sich zufrieden zurück.

„Was ist heute noch passiert? Da drinnen war ich ein bisschen in meiner eigenen Welt." Er war völlig in seine Arbeit versunken gewesen. Das freute ihn, hatte ihn gleichzeitig aber auch ausgelaugt. Mit Sicherheit würde er heute Nacht gut schlafen.

„Nicht viel. Craig war kurz da, um etwas abzuholen, das er hier vergessen hat." Er blickte ihn durchdringend an. „Hast du mit Craig …?", fragte er besorgt.

„Nein."

„Gut. Ich mag ihn, aber Craig Hoover ist nicht gut genug für dich. Er hat seine Söhne und muss erst mal rausfinden, was zur Hölle er eigentlich will. Du bist zu erwachsen und intelligent, um Teil dieses Experiments zu werden." Er legte sein Besteck ab. „Was ist passiert?"

„Er ist betrunken vorbeigekommen. Er hat gefragt … ich abgelehnt … Dann habe ich ihn auf dem Sofa schlafen lassen. Das ist alles. Hast du Enrique gesehen?"

„Nur als er das Essen gebracht hat. Ich weiß aber, dass er viel zu tun hat. Eine kleine Gruppe hat auf dem Weg zum Denali hier Halt gemacht. Sie haben alle seine Zimmer belegt und beschlossen, noch einen Tag zu bleiben. Oh … und morgen findet im Gemeinschaftsraum in der Bücherei ein Treffen wegen dieser Bergbausache statt. Ich werde hingehen."

Das überraschte Devon nicht. „Was hältst du davon?"

„Ich bin mit Enrique einer Meinung. Diese Leute werden das Gebiet und den Fluss zerstören. Wir sind dann diejenigen, die mit der Schweinerei leben müssen, wenn sie wieder weg sind." Er erhob sich und begann, sich um das Geschirr zu kümmern. „Ich habe bereits einen Freund in Juneau angerufen. Er arbeitet in der Bergbauabteilung der Umweltbehörde und schaut mal, was er über ihren Antrag rausfinden kann."

Devon nickte. „Ich denke, ich werde dich begleiten. Das klingt nach einer schlechten Idee und auch wenn ich nicht wirklich ein Mitspracherecht habe, möchte ich trotzdem Enrique unterstützen." Er lächelte und half seinem Vater mit dem Geschirr.

Nach dem Spülen ging er nicht wieder in sein Zimmer, um weiterzuarbeiten. Das Licht war nicht mehr gut, und er musste einen klaren Kopf bekommen. Stattdessen beschloss er, einen Spaziergang zu machen. Er musste sich davon ablenken, im Kopf wieder und wieder Ideen für die Leinwände durchzugehen. Kreativ veranlagt zu sein war toll, doch manchmal machte es ihn auch wahnsinnig. Sein Kopf schien Angst zu haben, etwas zu vergessen und wälzte die Gedanken immer wieder durcheinander, um sie frisch zu halten. Das wurde mit der Zeit etwas monoton.

„Bis später. Es sein denn, du hast Lust mitzukommen?", fragte Devon.

„Nein, ich werde hierbleiben. Viel Spaß." Als Devon das Haus verließ, saß er bereits bei eingeschaltetem Fernseher in seinem Stuhl.

Er hatte kein festes Ziel, lief aber automatisch den Highway entlang Richtung Trading Post. Es war noch hell genug, um gut sehen zu können, und nach zehn Minuten bog er in die Gaststätte ab und nahm in der Lounge Platz. Es war zwar viel los, aber nicht überfüllt.

„Was hättest du denn gerne?", fragte Angie und stellte ein Glas Cola vor ihn. „Ich habe etwas Neues. Tot-Chos. Tater Tot Kroketten mit Nachokäse und Paprika. Sie sind echt gut und haben den gewissen Kick."

„Dann bitte eine kleine Portion." Er lehnte sich vor, um den Rest des Raumes zu überblicken. „Arbeitet Enrique heute?"

„Nein, er ist hinten in seiner Wohnung. Manchmal kommt er raus, wenn er unruhig wird. Ich kann ihn anrufen und Bescheid sagen, dass du hier bist." Sie schien sich darauf zu freuen.

„Nein, schon okay. Wenn er zu tun hat, will ich ihn nicht stören." Er lehnte sich wieder zurück und beobachtete durch die Fenster, wie die Nacht über die Landschaft fiel. Diesen Teil des Tages hatte er immer schon geliebt. Die Arbeit lag hinter ihm, und er konnte den Kopf zur Ruhe kommen lassen. Er schloss die Augen und entspannte sich.

Jemand nahm im Sessel ihm gegenüber Platz, und ohne die Augen zu öffnen, wusste er, dass es Enrique war. Sein Duft und der Anflug von Aufregung, der Devon durchfuhr, verrieten ihn. „Ich habe hart gearbeitet und musste einfach mal raus." Er öffnete die Augen und lächelte. „Angie meinte, dass du in deiner Wohnung bist. Du hättest nicht extra für mich kommen müssen." Allerdings freute er sich sehr darüber.

Angie brachte seine Bestellung sowie eine extra Serviette und einen zusätzlichen Teller. Devon forderte Enrique mit einer Geste auf, sich zu bedienen. Langsam begannen sie zu essen. „Das Essen heute Abend war toll. Ich frage mich, ob möglicherweise jemand Rita gegenüber erwähnt hat, dass Dad leichtere Kost benötigt." Er zwinkerte lächelnd. „Danke. Das weiß ich echt zu schätzen."

Enrique nickte einfach nur und antwortete nicht sofort. „Ich habe dich gestern Abend zusammen mit Craig gesehen. Er war hier, und ich bin ihm gefolgt, weil er zu viel getrunken hatte und …"

„Ja. Er ist irgendwann einfach bei mir aufgetaucht. Völlig betrunken. Er hat Dinge von sich gegeben, an die er sich vermutlich nicht mehr erinnern wird. Bevor er weggetreten ist, habe ich ihn aufs Sofa befördert."

„Oh … Ein Glück, dass es ihm gut ging."

„Du bist ihm gefolgt?", fragte Devon. „Dann wusstest du also, wo er sich befand?"

„Dass er in Richtung deines Hauses gegangen ist, ja." Enrique rutschte nervös auf seinem Stuhl herum. „Ich wusste, dass er dort angekommen ist und dann …"

„Ich verstehe. Du hast uns beide auf dem Steg beobachtet", stellte Devon fest. Enrique nickte. „Hast du gesehen, wie er versucht hat, sich auszuziehen?"

„Und er hat dich geküsst. Danach bin ich gegangen." Enrique senkte den Blick.

„Aber du weißt nicht, dass er die Nacht auf dem Sofa verbracht hat und nochmals versucht hat, mich zu küssen, ich ihn aber gestoppt habe." Beim Anblick von Enriques fest aufeinandergepressten Mund, hätte es Devon nicht überrascht, ein Zähneknirschen zu hören.

„Dass ich ihn ins Haus befördert habe, und er dabei zweimal fast gefallen wäre, weil er sturzbesoffen war. Sobald ich ihn auf dem Sofa platziert hatte, ist er eingeschlafen. Ich habe ihn zugedeckt und bin ins Bett gegangen. Davon hast du nichts gesehen." Devon wusste nicht, ob Enrique verärgert war oder nicht.

„Nein. Aber er hat dich geküsst."

Devon nickte. „Ja, das hat er." Er genoss es, Enrique ein wenig zu necken, während langsam ein klareres Bild der Ereignisse zum Vorschein kam. „Sonst war da nichts." Er aß eine Krokette und grinste. „Er küsst wie ein Fisch", flüsterte er.

Enrique grinste erst, schnaubte dann und lehnte sich schließlich lachend zurück.

„So witzig ist das gar nicht. Genaugenommen ist es ziemlich traurig für Craig … und jeden, den er küsst." Okay vielleicht war es doch *ein bisschen* witzig.

„Du hast ihn noch nie zuvor geküsst … und du mochtest ihn …"

Devon stieß ein Schnauben aus. „Ja. Überleg mal. Hätte ich gewusst, dass er so schlecht küsst, hätte mir das jahrelanges Trinken und hunderte Therapiestunden erspart." Erneut überkam ihn Leichtigkeit. „Ich weiß jetzt, dass ich vollständig über ihn hinweg bin. Da war nichts außer Freundschaft. Ich hatte nur den Wunsch, ihn nach Hause zu seinen Söhnen zu schaffen."

Enrique nickte. „Aber er wollte mehr."

„Anscheinend. Aber ich bezweifle, dass er sich noch an irgendetwas erinnern kann. Er war so betrunken und beduselt, egal was er in der Nacht gesagt oder getan hat …" Devon verstummte. „Betrinkt er sich häufig dermaßen?"

Enrique schüttelte den Kopf. „Nicht dass ich wüsste."

„Warum hat er sich denn dann gestern Abend so besoffen? Ich kann mich nicht daran erinnern, dass Craig früher viel getrunken hätte." Er war neugierig.

„Sein Ex-Frau, die Mutter seiner Söhne, wird wieder heiraten. Ich denke, das hat ihn schwer getroffen." Enrique lehnte sich zurück. „Sie hat jemanden gefunden, und wie ich gehört habe, wollen sie an die Ostküste ziehen. Dadurch wären die Jungs für den Großteil des Jahres noch weiter von ihm entfernt."

Devon versuchte sich vorzustellen, wie sich das anfühlen mochte. Es musste Craig sehr verletzt haben. „Jeanie wird ihm vermutlich nicht erlauben, die Jungs hier zu behalten? Sie lieben es hier, und ich denke, sie betrachten es als ihre Heimat." Auf ihn hatte Jeanie nie wie der hingebungsvolle mütterliche Typ gewirkt. Andererseits änderte sich das vielleicht, wenn man eigene Kinder bekam. Craig war definitiv anders. In der Highschool hatten nur er selbst und sein Image gezählt, jetzt dagegen merkte man eindeutig, dass für ihn die Jungen an erster Stelle standen.

„Ich weiß nicht", erwiderte Enrique. „Aber er wird nicht mehr der Gleiche sein, wenn er seine Söhne nicht mehr sehen kann. Er ist über die Feiertage hingeflogen und hat einen Teil des Winters dort verbracht, um in ihrer Nähe zu sein. Nach Seattle gibt es Linienflüge, das hat es ziemlich einfach gemacht. Nach Danbury in Connecticut wird er nicht so problemlos kommen." Noch eine andere Sache schien sich nicht geändert zu haben: Der Trading Post diente immer noch als Willows Informationszentrale.

„Ich hoffe, sie finden eine Lösung." Diese Information erklärte zum Teil, warum Craig sich betrunken hatte und zu ihm gekommen war. Zumindest den Teil mit dem Betrinken. Devon bezweifelte, dass er selbst ohne Alkohol mit einem derartigen Schmerz fertig geworden wäre. Gerne hätte er geglaubt, dass er stark genug war, einen solchen Sturm zu überstehen, doch er wusste ehrlich gesagt nicht, ob es ihm in einer solchen Lage gelungen wäre, nüchtern zu bleiben.

„Der eigentliche Nicht-Trinken-Teil unserer Krankheit ist der einfachste", meinte Enrique, als hätte er Devons Gedanken gelesen. „Mithilfe des Alkohols betäuben wir den Schmerz. Wir fangen an, uns darauf zu verlassen, und wenn es hart wird, kehren wir zu alten Gewohnheiten zurück." Er lehnte sich zurück.

Devon aß noch mehr von den Kroketten und trank die Cola. Vielleicht sollte er besser das Thema wechseln. „Dad meinte, morgen findet eine Versammlung statt. Hat irgendjemand mehr über das Bergbauvorhaben herausfinden können?"

„Einiges. Dein Dad telefoniert herum. Sie wollten in dem Gebiet mithilfe einer Waschrinne abbauen. Im Grunde genommen würden sie das Wasser aus dem Fluss umleiten und damit große Mengen Erde und Sediment abschöpfen. Das ist eine Schweinerei, weil alle Sedimente zurück in den Fluss gespült werden. Sie sagen zwar, dass es in Becken aufgefangen werden soll, aber vermutlich ist das nur ein Haufen Mist."

Er beugte sich dichter zu Devon. „Wenn sie erst einmal grünes Licht bekommen haben, werden sie vermutlich einfach tun, was sie wollen und nicht viel Wert auf Regeln legen." Er senkte die Stimme und fuhr fort: „Das ist eine Hau-Ruck-Aktion. Wahrscheinlich werden sie eines Nachts verschwinden und die Schweinerei bleibt an uns hängen."

„Das scheint die allgemeine Überzeugung zu sein", meinte Devon. „Wie verhindern wir das?"

„Als Erstes müssen wir dafür sorgen, dass sie keine Genehmigung bekommen. Deshalb das Treffen. Wenn wir beweisen können, dass sie sich nicht an die Regeln der Umweltbehörde halten, wäre die Sache sofort beendet."

Devon nickte. „Vielleicht sollten wir beide dort hochfahren und schauen, ob wir etwas finden. Tagsüber gehen jede Menge Leute dort hoch, aber wie man weiß, passiert das Ungesetzliche nachts, wenn alle glauben, dass es niemand sieht."

Enrique begann zu grinsen. „Es gibt einen Pfad, der auf der anderen Flussseite nach oben führt und sich am Ufer entlang windet. Für etwas Größeres als einen Three-Wheeler ist er nicht breit genug, und er beginnt auf der Rückseite dieses Grundstücks. Daher ist zweifelhaft, ob sie überhaupt von seiner Existenz wissen. Vielleicht sollten wir hochgehen und ein oder zwei Tage dort campen."

„Das könnten wir tun. Ich habe zwar keinen Rucksack, aber Dad besitzt bestimmt noch die Campingausrüstung. Ich könnte ein paar Sachen zusammensuchen." Damit hatte er während seines Besuchs überhaupt nicht gerechnet. Als Kinder waren er und die anderen Jungs – inklusive Craig, Enrique und anderer – im Sommer oft campen gegangen.

„Wir gehen zu dem Treffen, hören uns an, was jeder zu sagen hat und starten von dort. Wir könnten am Montagvormittag los und am nächsten Tag rechtzeitig zu deinem Kurs zurück sein. Wenn wir glauben, dass es sich lohnt, könnten wir dann später am selben Tag noch einmal hinfahren. Es sei denn, du musst arbeiten."

Devon nickte zustimmend. „Das sollten wir einplanen, je nachdem, wie es auf der Versammlung läuft. Morgen ist Freitag, daher werden einige der Bergleute vielleicht im Trading Post sein."

„Stimmt. Ich werde Angie und einige der Einwohner, die dazu die gleiche Meinung wie wir haben, bitten, sich ein wenig bei ihnen einzuschmeicheln und zu schauen, was sie aus ihnen herausbekommen können. Um dem ein Ende setzen zu können, werden wir alle Informationen brauchen, die wir bekommen können."

„Ganz genau." Devon warf sich die letzte Krokette in den Mund und stöhnte bei der Kombination aus Wärme und Käse verzückt auf. Sie waren verflixt gut. Er war versucht, noch mehr zu bestellen, doch eine Portion reichte. „Heute Abend ist ziemlich viel los."

Enrique sah sich um. „Eigentlich normal. Morgen und das ganze Wochenende bin ich ausgebucht, dann wird es voll. Ein ruhiger Abend ist gut. Dann bekommt jeder die Gelegenheit, Versäumtes nachzuholen und sich auf das Kommende vorzubereiten." Er klopfte auf die Sessellehne und erhob sich. „Ich bringe dir noch eine Cola." Devons Blick folgte ihm den ganzen Weg. Das hatte er nicht geplant, es war automatisch passiert. Er konnte einfach nicht die Augen von ihm lassen. Enrique war ein attraktiver Mann ... ach verflucht, er war einfach atemberaubend: groß und genau an den richtigen Stellen gut gebaut. Und diese Haare ... möglicherweise war Devon gerade dabei, einen Fetisch dafür zu entwickeln. Er musste nur die Augen schließen und schon sah er vor sich, wie die Haare über Enriques nackte Schultern hinab auf seine Brust flossen. Devon wollte mit den Fingern dadurch fahren und ... Okay, er hatte tatsächlich einen Fetisch. Allerdings schien sich das nur auf das rabengleiche Haar von Enrique zu beschränken, das so dunkel schimmerte, dass es fast bläulich wirkte.

Als Enrique zurückkam, konnte er nur eine Minute bleiben, doch das war okay. Devon machte es sich einfach im Sessel mit der besten Aussicht Alaskas bequem und betrachtete den See mit dem Berg am Horizont. Wenn er seinen Kopf zur Seite wandte, konnte er in den anderen Raum schauen, in dem Enrique dafür sorgte, dass sich jeder willkommen fühlte. Damit verbesserte sich die Aussicht enorm – vor allem, wenn Enrique gerade mit dem Rücken zu ihm stand.

Devon sagte sich, dass nichts falsch daran war, sowohl die Aussicht hier drinnen als auch die draußen zu genießen. Es war harmlos. Nun ja, das sollte es zumindest sein. Er wusste, dass die äußere Erscheinung trügerisch sein konnte. Der Blick auf den See, die Berge und die üppige Natur verdeckte das wahre Alaska. Das war zweifellos schön. Unter dieser Schönheit darunter lauerten jedoch Bären, Wölfe, Elche und jede Menge tödliche Kreaturen. Ganz zu schweigen davon, dass das Land selbst Gefahren barg, die für die meisten Menschen schwer verständlich waren. Sich zu verirren, konnte den Tod bedeuten. Sogar im August konnte das Wetter umschlagen und man nichts ahnend der Gnade der rauen Wildnis ausgesetzt sein.

Als Enrique zwischen den Tischen im Essbereich hindurchschritt und Richtung Küche ging, drehte Devon den Kopf. Er wusste ohne den geringsten Zweifel, dass Enrique ebenso gefährlich für sein Herz und vielleicht sogar seine Seele sein konnte. In der Wildnis traf man Vorkehrungen, nahm etwas zu seinem Schutz mit. Bei Enrique bestand der einzige Schutz darin, sich komplett von ihm fernzuhalten, doch das wurde langsam unmöglich. Devon musste die Gefahr auf sich nehmen, denn der potenzielle Lohn war einfach zu groß.

7

ENRIQUE HÄTTE eigentlich nicht geschockt sein sollen, aber vielleicht konnte er gar nicht anders reagieren. Die Versammlung bildete eine Lehrstunde in Aggressionsbewältigung und Selbstbeherrschung. Es gab wenig Zustimmung für jegliche Art von Bergbauvorhaben und definitiv größere Unterstützung für Aktionen dagegen. Jeder im Raum besaß eine Verbindung zu diesem Ort, und sie wussten, dass ihnen der Bergbau nur kurzfristigen Wohlstand mit langfristigen Konsequenzen brachte.

„Erschießt die Mistkerle und beendet diese verdammte Sache", hatte Joshua Tinsdale gemeint. Nur mithilfe von Mrs. Fitz und einiger anderer hatte er sich wieder beruhigt.

„Diesen Kampf können wir nicht auf eine derartige Art und Weise gewinnen", hatte Devon mit wesentlich mehr Ruhe erklärt, als Enrique verspürte. „Wir müssen uns im Rahmen des Gesetzes gegen sie zur Wehr setzten und dafür sorgen, dass sie für immer verschwinden. Wenn wir das schaffen, werden sich die anderen zweimal überlegen, ob sie hierhin kommen, um zu versuchen, uns das wegzunehmen und zu zerstören, was uns allen gehört."

Enrique genoss den Anblick von Devons funkelnden Augen und die Leidenschaft in seiner Stimme. Bei der Versammlung war er genauso wenig in der Lage gewesen, den Blick von ihm abzuwenden wie jetzt, als er an seinen Three-Wheeler gelehnt beobachtete, wie Devon seinen Rucksack brachte. Enrique band ihn fest und vergewisserte sich, dass er nicht verrutschen konnte. „Fertig?"

Nachdem Devon nickte, stieg er auf. Kurz verkrampfte er sich, als Devon die Arme um seine Taille legte. Dann jedoch entspannte er sich wieder, genoss die Berührung und freute sich, wie gut Devon hinter ihn passte. Seine Wärme drang durch Enriques Kleidung auf die jetzt überempfindliche Haut. „Halt dich fest."

Devon nahm ihn beim Wort und umfasste ihn noch etwas fester. Darüber würde sich Enrique jedoch nicht eine Sekunde beschweren. Er drehte den Schlüssel, ließ den Motor an und fuhr aus der Einfahrt auf die Straße. Am Trading Post bog er ab, sauste daran vorbei, fand am Ende des Grundstücks ohne Schwierigkeiten den Weg, und schon bald waren sie von Gebüsch und Tieflandpflanzen umgeben. Langsam fuhr er weiter.

„Wie lange kennst du den Weg schon?", wollte Devon wissen. „Ich kann mich nicht daran erinnern, und immerhin haben wir in unserer Kindheit das gesamte Gebiet erforscht."

Enrique zuckte mit den Achseln. „Er war schon immer hier. Wahrscheinlich haben die meisten ihn nicht weiter beachtet, weil er zur uninteressanten Flussseite führt."

Da der unebene Pfad wenig genutzt wurde, mussten sie langsam fahren und auf überwucherte Stellen achten. Dennoch war er gut sichtbar und ließ sich ohne Schwierigkeiten finden.

Einige Male kamen sie dicht ans Flussufer und Enrique hielt an. Das klare, eiskalte Wasser strömte rasend schnell vorbei. In Alaska gab es zwar jede Menge Flüsse und Millionen Seen, doch nicht alle davon eigneten sich für Fische und Wildtiere. Die aus Bergschmelzwasser entstandenen waren perfekt und üblicherweise voller Fische, die andere, gefährlichere Besucher anzogen. Die aus Gletschern stammenden, waren jedoch grau und strotzten vor Schlick, der auf seinem Weg Richtung Meer alles erstickte.

„In diesem Wasser liegt rohe Gewalt", stellte Devon hinter ihm mit fest und schüttelte sich leicht. Enrique spürte ebenfalls den Sog der Natur und die sich hindurchschlängelnde Kraft.

Langsam fuhr er weiter hinauf, bis zu einer Stelle, an der er abseits des Weges parken konnte. Dort angekommen stellte er den Motor aus. „Den Rest des Weges sollten wir besser zu Fuß gehen."

Sie schnallten ihre Rucksäcke ab und Enrique legte eine Plane in Tarnfarben über den Three-Wheeler und befestigte sie. Als das erledigt war, hievte er sich den Rucksack auf den Rücken.

„Wir sollten uns in einiger Entfernung zum Fluss halten, damit wir nicht entdeckt werden. Das Wasser wird die meisten Geräusche überdecken. Außerdem ist die Vegetation auf dieser Seite ziemlich dicht." Er schlug nach mehreren Moskitos und ging voran, dicht gefolgt von Devon. Während Devon sich mit Insektenschutz einsprühte, verspürte Enrique Dankbarkeit, dass er meistens von den permanenten Blutsaugern in Ruhe gelassen wurde.

„Sie sind direkt da unten", verkündete Devon ungefähr zehn Minuten später, als sie sich wieder näher am Fluss befanden. Die Bergleute wurden zwar von Bäumen und Büschen verdeckt, aber das Brummen der Motoren verriet, dass sie immer noch arbeiteten.

„Ich schaue mal kurz nach. Bin gleich zurück", sagte Enrique, stellte seinen Rucksack ab und schob sich durch die Büsche Richtung Fluss. Wie sich herausstellte, waren sie nur knapp 90 Meter entfernt. Die Distanz genügte, um nicht gesehen zu werden, aber andererseits konnten sie auch nicht erkennen, was dort vor sich ging. Er duckte sich zwischen den Bäumen und Büschen und machte sich möglichst klein, um nicht entdeckt zu werden. Nach ein paar Minuten kehrte er zu Devon zurück.

„Was meinst du?", wollte Devon wissen.

„Ich weiß nicht. Wir müssen näher ran, um sie beobachten zu können, dürfen aber selber nicht gesehen werden." Er lehnte sich gegen einen Baum. „Das

Zelt besteht aus grünem Tarnstoff und ist daher schwer erkennbar, aber wir können uns nicht ganz unsichtbar machen."

„Dann lass uns doch ein Versteck bauen. Hier gibt es jede Menge Äste. Außerdem habe ich Schnur mitgenommen. Damit können wir sie zu einem Rahmen zusammenbinden und dann Zweige abschneiden, die wir darin befestigen. So können sie uns nicht entdecken, aber wir durch kleine Öffnungen hinausgucken. Am kompliziertesten wird es sein, das Versteck an die richtige Stelle zu befördern. Das machen wir am besten erst, wenn es etwas dunkler ist."

Da Enrique der Vorschlag gefiel, begannen sie die Materialien zusammenzusuchen. In kurzer Zeit hatte er einen ungefähr zwei Meter langen und ein Meter fünfzig hohen Rahmen gebaut. Schließlich gab es hier Unmengen an Stöcken und das Zusammenbinden war einfach. Außerdem musste das Versteck nicht ewig halten. „Wir müssen das Grünzeug darauf befestigen und dann das Ganze zum Fluss tragen. Wenn wir es so aufstellen, dass wir uns dahinter verstecken können, wird uns niemand bemerken."

Es ging schwerer als gedacht, aber sie schafften es dennoch, das Versteck nahe an den Fluss zu tragen. Dort banden sie es an einem Baum fest, sodass es aufrecht stand. Jetzt konnten sie sich hinter einer grünen Wand verstecken, und zwischen ihnen und dem Fluss befanden sich außerdem noch niedrige Büsche und Bäume. Das Zelt stand so dicht am Boden, dass es ebenfalls nicht gesehen werden konnte. Zusammen mit dem Rest der Ausrüstung waren sie hinter der grünen Barriere im Grunde genommen unsichtbar, vor allem, wenn niemand gezielt nach ihnen Ausschau hielt.

Bis sie das Zelt aufgestellt und das Bettzeug ausgebreitet hatten, war die Dämmerung eingebrochen. Da sie aus einer Vielzahl von Gründen kein Feuer machen konnten, aßen sie ein kaltes Abendbrot und schauten durch die Gucklöcher. „Ich komme mir gerade ein wenig wie ein Spanner vor", flüsterte Devon.

Wie Enrique zugeben musste, hatte er den gleichen Gedanken gehabt. „Okay. Sie heben Erde entlang des Flusses aus. Es ist alles genauso markiert, wie es sein sollte. Dort hinten haben sie ein Rückhaltebecken gebaut."

„Warum?", wollte Devon wissen.

„Dort soll der Abfluss hin, damit sich der Schmutz absetzen und das Wasser ohne die Sedimente wieder in den Fluss geleitet werden kann. Das ist ziemlich einfach, aber dadurch lässt sich nur eine begrenzte Menge fördern." Seiner Vermutung nach wurde der Inhalt des Beckens – Schmutz, Sedimente und alles andere – nachts einfach wieder in den Fluss geleitet. Das mussten sie aber erst einmal beweisen.

„Was ist das da unten?" Devon zeigte auf eine Stelle. „Der Mann schaut die ganze Zeit nach unten und wandert in eine Richtung."

„Eine Biegung des Flusses", erklärte Enrique. „Jede Wette, dass sich an der Stelle die Sedimente und das darin enthaltene Gold sammeln. Aber es befindet sich außerhalb des bewilligten Gebiets."

„Dann behalten wir das lieber auch im Auge." Devon lehnte sich zurück und zog ein Sandwich hervor, das er Enrique reichte. „Es ist noch zu hell, daher können sie noch nichts tun." Er machte es sich auf dem kleinen Campingstuhl bequem und Enrique es sich auf seinem.

„Ja. Die Stelle, an der sie arbeiten, ist von mehreren Orten gut einsehbar. Sie müssen also entweder die Dunkelheit oder Wolken abwarten, um mit dem Dunkel zu verschmelzen. Dann kann man so gut wie alles tun, ohne gesehen zu werden." Enrique nahm die angebotene Limo und öffnete sie.

„Was ich nicht verstehe: Wie bekommen sie so viel raus, dass es sich lohnt? Sie müssten das gesamte Flussbett in beide Richtungen ausbaggern. Ich weiß, dass es mit ziemlicher Sicherheit Gold enthält. Als Kinder haben wir dort geschürft und ein paar Flocken gefunden."

„Das stimmt. Aber bei dem derzeitigen Goldpreis müssen sie mithilfe ihres Verfahrens große Mengen Erde bewegen, um genug Gold zu erhalten. Das macht mich nervös. Man bewegt eine Tonne Erde und erhält eine halbe Unze Gold. Also bewegst du so schnell wie möglich zehn Tonnen und erhältst fünfzig Unzen. Das jeden Tag effizient durchgeführt und schon bist du ein echter Produzent ... das wird dem Fluss und dem Tal verdammt viel Schaden zufügen." Entrüstet über den bloßen Gedanken seufzte er auf. „Klar, vielleicht werden sie von jemandem aufgehalten, aber dann ist der Schaden bereits angerichtet." Er erhob sich und spähte zu den Arbeitern hinüber. Sie schienen sich für die Nacht zurückzuziehen.

Vielleicht hatten sie sich geirrt und die Männer hielten sich an die Regeln, oder aber die Arbeit hier diente nur dazu, den Schein zu wahren. Schließlich würden sie kaum alle Arbeiter an etwas Verbotenem teilhaben lassen.

Das Brummen der Motoren und Geräte erstarb langsam. Stimmen wehten über das Wasser, während die Männer ihre Aufgaben beendeten. Fast alle stiegen in Wagen und fuhren davon.

Enrique tauschte einen besorgten Blick mit Devon und fragte sich, ob sie falsch gelegen hatten. Dennoch machte er es sich bequem, während die Sonne langsam unterging.

„Was willst du jetzt tun?", fragte Devon. Sein Gesicht spiegelte Enriques eigene Sorge wider. „Das könnte ein sinnloses Unterfangen werden."

„Vielleicht. Aber nur so werden wir es erfahren." Enrique lehnte sich gegen einen Baum und ließ den Blick zu Devon hinüberwandern. Weitere Geräte wurden ausgeschaltet, bis schließlich nur noch ein wahrscheinlich vom Generator stammendes Brummen übrig blieb. Aus einem auf der anderen Flussseite geparkten Wohnwagen schien ein einzelnes Licht, und ein paar Männer gingen hinein und heraus.

Die Geräusche der Natur überwogen wieder. Das Rauschen des den Fluss hinunter strömenden Wassers, Gute Nacht Rufe der Vögel, das Surren der Insekten und sogar das Brechen von Zweigen, als die Kreaturen der Nacht zum Jagen und Fischen herauskamen. „Gibt es hier immer noch Bären?", wollte Devon wissen.

„Wahrscheinlich. Aber da der Fluss so schnell fließt und sich die Bergleute hier aufhalten, sind sie vermutlich an andere Orte gezogen. Aber wir müssen trotzdem vorsichtig sein." Er grinste. „Weißt du noch, als Craig und sein Freund Kyle hier draußen waren?"

Devon schnaubte belustigt. „Man hätte glauben können, dass Craig den Bären mit einer Hand besiegt hat. Kyle dagegen hat sich in die Hose gemacht. Seine Eltern sind danach weggezogen."

„Genau. Wie sich herausstellte, war es ein verwaistes Junges, das auf der verzweifelten Suche nach Nahrung ihr Lager geplündert hat. Sie haben es so dargestellt, als ob sie den größten Grizzly im Staat vertrieben hätten." Natürlich wusste Enrique, dass auch ein Junges gefährlich war, aber trotzdem. „Alle unsere Vorräte sind weggesperrt und die Behälter angeblich geruchsdicht. Wenn trotzdem etwas herumschnüffelt, soll es das Essen haben, und wir gehen zurück zum Three-Wheeler."

Devon nickte. Als erneut ein Zweig brach, zuckte er zusammen. „Gibt es hier Wild?" Der Mann war echt schreckhaft.

„Und Elche. Sie kommen oft hier entlang. Entspann dich. Ich kenne dieses Gebiet sehr gut." Außerdem hatte er ein geladenes Gewehr mitgebracht und war darauf vorbereitet, es auch zu benutzen. Hier hieß es in der Wildnis zu überleben.

„Was ist das?", fragte Devon, als flussaufwärts ein Licht aufleuchtete.

„Lass uns nachsehen."

Sie vergewisserten sich, dass alles gut verstaut war, bevor Enrique Devon den Pfad hinabführte. Die Helligkeit reichte gerade noch aus, um erkennen zu können, was sich vor ihnen befand. Er ging langsam und vorsichtig, und wies auf Wurzeln hin.

Als Devon trotzdem stolperte, fing Enrique ihn am Arm auf, damit er nicht fiel. Da Devon jedoch das Gleichgewicht nicht wieder zu finden schien, hielt er ihn weiter fest. Verdammt, er fühlte sich gut in seinen Armen an und klammerte sich doch tatsächlich an ihn. „Bist du okay?", fragte Enrique.

„Jetzt ja." Da Devon keine Anstalten machte, sich von ihm zu lösen, verstärkte Enrique den Griff, wollte ihn nicht loslassen. Solange Devon zuließ, dass er ihn festhielt, würde er das auch tun. Dann jedoch flüsterte Devon: „Danke", und Enrique löste den Griff. Sie gingen weiter den Pfad hinab, den heller werdenden Lichtern entgegen.

„Das ist ja ein regelrechtes Leuchtfeuer", wisperte Enrique, als das Rumpeln eines großen Dieselmotors die nächtliche Stille vibrieren ließ. Sie befanden sich dicht davor. Als der Pfad eine Biegung nach rechts machte, verließ Enrique ihn und verschwand im Unterholz. Er teilte die Zweige weit genug, um sehen zu können, was auf der anderen Flussseite vor sich ging. Eine große Schaufel grub gerade eine Rinne durch das Flussbett. Sie musste eine wirbelnde Schlammspur hinterlassen haben, die beim anschließenden Aufladen des Materials auf einen Kipplaster weggespült worden war. Die Schaufel fuhr mit ihrer Arbeit fort, bis der Laster voll war. Dann fuhr der Fahrer den Bagger vom Fluss weg und folgte dem Laster.

„Was zur Hölle ist da los?", wollte Devon hinter ihm wissen, während sich die Lichter entfernten und alles wieder dunkel wurde.

„Vermutlich wollen sie das Gebiet testen. So können sie das tun, ohne Verdacht zu erregen." Enrique trat wieder aus den Büschen hervor.

„Ich habe Fotos gemacht." Devon hob triumphierend seine Digitalkamera.

Enrique umarmte ihn. Er war so überwältigt von seiner Beobachtung gewesen, dass er es völlig vergessen hatte. Umso mehr freute er sich, dass Devon daran gedacht hatte. „Lass uns schauen, was sie damit machen."

Enrique führte sie zurück zu ihrem Lager. Tatsächlich waren die Abflüsse des Beckens geöffnet und das gesamte Wasser strömte heraus. Die Motoren liefen, vermutlich verarbeiteten sie gerade das flussaufwärts Entnommene. Enrique und Devon fotografierten alles. Sie hatten keine Ahnung, wie gut die Bilder ohne Blitzlicht werden würden. Vielleicht reichte das Licht der Leuchten ja aus.

Nach ungefähr einer Stunde verstummten die Motoren wieder, und die Leuchten wurden ausgeschaltet, bis erneut nur noch nächtliche Stille herrschte. „Mehr bekommen wir heute Nacht wahrscheinlich nicht zu sehen." Devon schien sich sehr zu bemühen, nicht zu gähnen. Das gelang ihm jedoch nicht, sodass Enrique ebenfalls von einer Welle Müdigkeit erfasst wurde.

Er öffnete die Zeltklappe und krabbelte gefolgt von Devon hinein. Innen gab es nicht viel Platz. Nachdem er Schuhe und Socken abgestreift hatte, stieg er aus seiner Jeans und legte sich in den Schlafsack. Devon folgte seinem Beispiel, und sie lagen schweigen da.

Enrique lauschte ein paar Minuten den gleichmäßigen Atemzügen und fragte sich, was Devon wohl gerade dachte. Dann sagte er sich „Ach was soll's", rutschte zu ihm und schlang den Arm um Devon Taille.

„Es ist kälter, als ich dachte", flüsterte Devon.

Enrique breitete seine Decke auch über Devon aus und zog ihn noch näher, bis sich sein Oberkörper an Devons Rücken presste. „Besser?"

„Ja." Devon schob sich noch dichter an ihn. Enrique ließ seine Hand unter Devons Shirt und über den weichen Bauch gleiten.

„Ist das okay?"

Als Devon sich herumrollte, glitt Enriques Hand seinen Rücken hinab. In der Dunkelheit trafen sich ihre Lippen. Er schloss die jetzt nutzlosen Augen und überließ seinen restlichen Sinnen die Kontrolle. Sie verloren kein Wort, was es auf viele Arten einfacher machte. Enrique musste nichts anderes tun, als einfach nur zu spüren. Devon schmeckte himmlisch und fühlte sich noch besser an. Als Enrique die Finger unter den Bund der Unterhose schob, entlockte er ihm ein leises Stöhnen.

„Bist du dir sicher?", fragte Devon leise an seinen Lippen.

Sofort erstarrte Enrique. „Wir müssen nicht, wenn ..." Er begann die Hände zurückzuziehen und wollte auf seine Seite des kleinen Zeltes zurückweichen.

„Nein", unterbrach ihn Devon nachdrücklich. „Ich will nicht aufhören. Ich wollte nur sicher sein, dass du das hier ebenfalls willst."

Enrique presste Devon dichter an sich, ließ ihn spüren, wie sehr er das hier wollte.

„Ich habe mich früher geirrt. Hierbei will ich mich nicht irren ... nicht mit dir." Enrique glitt regelrecht in Devons immer leidenschaftlicher werdende Küsse hinein. Das hier hatte er sich schon so lange gewünscht, doch nie schien es richtig gewesen zu sein ... bis jetzt.

Er verstummte und lauschte. Die Nacht war ruhig, kein Motorengeräusch, nur Insekten und die Stimmen der Nacht, denen Enrique mit einem klangvollen Ja antwortete. „Ja, ich will das hier, und ich will dich." Er zupfte am Saum von Devons Shirt, zog es hoch, bis es über die Arme hinabrutschte. Bevor er es weglegte, hielt er es sich unter die Nase und atmete Devons erdigen Duft ein. Er vergrub das Gesicht an dessen Hals, nahm das Aroma tief in sich auf. Er musste sich einfach überzeugen, dass das hier real war und nicht irgendein Traum, aus dem er enttäuscht und alleine aufwachen würde.

Devons Erschaudern signalisierte ihm, dass es sich nicht um einen Traum handelte. Mit seiner Wärme umschloss er Enrique. Gemeinsam bildeten sie eine Wärmeblase gegen die immer kälter werdende Nacht.

Soweit es ihn betraf, durfte nichts in dieses Zelt gelangen, dass ihre Hitze abkühlte. Enrique steigerte die Intensität, umschloss mit seinen großen Händen Devons Hintern und brachte mit einem tiefen, bis in seine Seele spürbaren Seufzen, ihre Hüften zusammen.

„Enrique", stöhnte Devon auf, während er versuchte, Enriques Hemdknöpfe zu öffnen.

Enrique versuchte sich zu erinnern, wann ihn das letzte Mal jemand mit zitternden Händen ausgezogen hatte. Er konnte es nicht. Die surrende Spannung zwischen ihnen ähnelte elektrischem Strom, der von Sekunde zu Sekunde zunahm. Nachdem das Hemd verschwunden war, zog Enrique Devon an sich. Ihre Oberkörper pressten sich aneinander – Haut an Haut, Herz an Herz. Er gab sich ganz dem unvergleichlichen Gefühl hin, Devon mit einer Hand zu streicheln und ihn mit der anderen an sich zu drücken.

Er wollte nicht loslassen, damit Devon den Rest seiner Sachen ausziehen konnte. Ihm blieb jedoch nichts anderes übrig; das Verlangen ihn ohne störende Schicht zu spüren, war überwältigend. Er nestelte an Devons Unterhose, bis es ihm schließlich gelang, sie über die Hüften nach unten zu schieben. Den Rest des Weges übernahm Devon, während Enrique sich seiner eigenen entledigte.

„Himmel, du fühlst dich so gut an", wisperte er in die inzwischen vollständige Dunkelheit.

„Du auch." Devon wand sich unruhig unter ihm hin und her, rieb sich an ihm, rutschte hin und her und klammert sich wie an einer Rettungsleine an ihm fest. „Ich brauche … mehr …"

„Ich weiß." Enrique hielt sie beide ruhig aneinander. „Wenn du dieses Tempo beibehältst, ist es ganz schnell vorbei."

Devon begann zu glucksen. „Das wollte ich auch gerade sagen." Dennoch ließ er nicht los und hörte auch nicht auf, weiterhin kleine Kreise auf Enriques Rücken zu malen. Sie mussten Luft holen. Enrique atmete tief ein und hoffte, dass der Nebel des lüsternen Verlangens nicht verblasste. Stattdessen wurde er nur noch dicker, die Vorfreude übernahm die Führung und trieb ihn fast in den Wahnsinn vor lauter Lust. Devon zog ihn nach unten, fuhr mit den Fingern durch das Haar. „Ich liebe es. Dein Haar ist weicher als ich dachte."

„Es ist widerspenstig und …"

„Wunderschön", fiel ihm Devon ins Wort. „Dein Haar fasziniert mich seit meiner Ankunft. Hast du es aus einem bestimmten Grund wachsen lassen?"

Enrique zuckte mit den Schultern. „Es gibt Traditionen über Haare, aber hauptsächlich mag ich es so. Er streckte die Hand aus, löste das Haargummi und ließ die Haare nach vorne fallen. Er hielt ein paar Sekunden still, während Devon es liebkoste und schob es dann nach hinten.

„Ich glaube, ich entwickle langsam einen Fetisch für dein Haar."

Enrique lachte auf. „Du machst Witze."

Devon schüttelte den Kopf. „Ich habe mich ständig gefragt, wie es sich wohl auf meiner Haut und zwischen meinen Fingern anfühlen würde." Als er es nach vorn strich, fiel es wie ein Vorhang vor Enriques Augen. Enrique rührte sich nicht, bis Devon es sich um die Finger wickelte und dann wieder nach hinten schob. „Vielleicht können wir, wenn wir an einem anderen Ort sind …"

Enrique stöhnte auf. „Schön, dass dir mein Haar gefällt, aber …"

Devon brachte seine Lippen an Enriques Ohr. „Aber ich will es auf meinem Schwanz spüren und wissen, wie es sich anfühlt, wenn du mich damit liebkost." Er erbebte. Enrique hatte zwar keine Ahnung, warum Devon das so erregend fand, doch die Atemlosigkeit in seiner Stimme ließ ihn erzittern.

„Vielleicht später", antwortete er, schob das Haar zur Seite und küsste Devon gierig. Genug geredet.

Devon schien zuzustimmen.

Enriques Finger entdeckten die kleinen Nippel und zupften daran. Er wurde damit belohnt, dass Devon nach vorne stieß und leise aufstöhnte. „Gefällt dir das?"

„Oh ja."

Enrique beugte sich vor und begann an der kleinen Knospe zu saugen, wirbelte mit der Zunge im sanften Refrain zu Devons – von Sekunde zu Sekunde drängender werdendem – schwerem Atem, darum. „Sie sind echt empfindlich, oder?"

„Hmm." Enrique setzte die Liebkosung fort, bis Devon aufkeuchte und ihn Schauer durchliefen, die Enriques eigener Körper aufnahm. Wie sollte er auch nicht?

Devon war so heiß und sexy, und das steigerte sich von Sekunde zu Sekunde. Das alleine reichte aus, Enrique um den Verstand zu bringen. Doch die Kombination aus Devons Anziehungskraft und Verlangen, die sein eigenes noch weiter steigerten, führten dazu, dass Enrique beinahe die Kontrolle verloren hätte. Sein Schwanz zuckte, und er musste die Augen schließen und sich darauf konzentrieren, sie zu behalten. Schließlich sollte es lange dauern und keine schnelle, überstürzte Nummer werden. Devon und er waren schließlich keine Teenager mehr. Sie verdienten es, sich die Zeit zu nehmen. Allerdings schienen ihre Körper das ganz anders zu sehen und ließen sich von Enrique nichts vorschreiben.

Der Rausch der Lust riss ihn so schnell mit sich, dass er sich nicht dagegen wehren konnte. Devon erklomm mit ihm gemeinsam den Höhepunkt und schon bald lagen beide nach Luft ringend in den Armen des anderen.

„Alles okay?", fragte Enrique flüsternd.

„Mehr als das", erwiderte Devon lächelnd. „Wohin gehst du?"

Enrique tastete in seinem Rucksack herum und zog schließlich ein kleines Tuch hervor. Normalerweise wischte er damit seine Ausrüstung ab, doch es war sauber, und er säuberte sie beide damit. „Ich will nur kurz draußen die Lage checken. Bin gleich wieder da."

Enrique zog sich an und verließ das Zelt. Er musste einfach ein paar Minuten lang tief Luft holen. Kaum zu fassen, was er gerade getan hatte. Beim Versuch, es zu verarbeiten, begann sein Herz wild zu pochen.

Nicht, dass er es bedauerte. Nicht eine Sekunde. Aber dadurch änderte sich alles zwischen ihnen, und von hier gab es kein Zurück mehr. Enrique wäre überglücklich, wenn es irgendwie funktionieren würde, doch die andere Seite der Medaille entsprach genauso sehr der Wahrheit. Er schwärmte schon so lange für Devon, dass jetzt, da sie beide diesen Schritt gewagt hatten, alles anders sein würde. Wenn es nicht funktionierte, würde er womöglich einen guten Freund verlieren.

„Geht's dir gut?", fragte Devon, der gerade das Zelt verließ, um sich neben ihn zu stellen. „Passiert da drüben irgendwas?"

Enrique stieß einen Seufzer aus. „Nein. Es ist alles ruhig. Und mir geht's gut."

„Vielleicht ein bisschen panisch?", bohrte Devon und Enrique nickte. „Wir kennen uns seit wir zwölf sind und jetzt … das hier."

„Ja". Obwohl das nicht das war, was ihn beschäftigte. Zumindest nicht wirklich. Sondern eher die Veränderungen, die sich daraus ergeben würden. „Nichts wird wieder vorher sein."

„Ist das denn etwas Schlechtes?", fragte Devon. „Alles ändert sich ständig. Und manchmal müssen wir akzeptieren, dass sich Dinge ändern können und nicht immer gleich bleiben. Das ist in Ordnung." Er holte tief Luft. „Wie hat sich das angehört? Als ob ich wüsste, wovon ich rede? Dabei ängstigen mich Veränderungen manchmal fast zu Tode. Aber bei dieser hier, mit dir, ist das nicht so. Ja, es wird sich etwas zwischen uns verändern. Ob auf lange Sicht zum Guten oder zum

Schlechten, muss sich erst noch herausstellen, aber das liegt an uns. Wir werden es herausfinden."

Enrique seufzte, denn dem musste er zustimmen. Das fiel ihm jedoch selbst jetzt schwer. Obwohl er jetzt schon eine Weile trocken war, hatte er Probleme, die Kontrolle abzugeben. Es hatte es geschafft, einiges an eine höhere Macht zu übergeben, doch das hier – sein Herz – konnte er nur schwer jemandem anvertrauen.

Devon kam zu ihm und schlang die Arme um seine Taille. „Du musst dir ins Gedächtnis rufen, dass man nicht alles kontrollieren kann. Aber wenn du das hier willst … und ich will es, dann können wir darüber reden und uns etwas einfallen lassen."

„Vielleicht. Aber was ist, wenn es deinem Dad besser geht? Er wird jeden Tag kräftiger und kann mehr und mehr alleine machen." Langsam drehte er sich in Devons Armen um. „Nur wir beide, das ist schön. Ich kann aber nicht von dir erwarten, dass du für immer bleibst. Dein Leben befindet sich in New York, und dein Talent ist viel zu groß für diesen Ort."

„Das scheint nicht so zu sein", seufzte Devon.

„Schwachsinn. Und mehr gibt es dazu nicht zu sagen. Ich habe gesehen, was du kannst. Du besitzt mehr Talent als alle, die ich kenne, zusammen. Dieses Talent gehört in die weite Welt. Und dort ist kein Platz für mich. Ich gehöre hierhin, wo ich glücklich bin." Er lehnte sich an Devon, ließ sich einfach nur von ihm halten. „Ich liebe mein Leben hier und die Leute. Das macht mich glücklich. Ich könnte niemals an einem Ort wie New York – ohne offenes Land – existieren." Er deutete um sich. „Es ist nicht alles perfekt, aber dieser Ort und dieses Land sind Teil meiner Seele." Enriques Hals wurde trocken.

„Ich habe keine Antwort", erklärte Devon sanft und zog ihn dichter an sich, bis sie in der kalten Nachtluft ihre Wärme miteinander teilten. „Aber wir klären das gemeinsam." Er wich etwas zurück. „Wir beide werden darüber reden und gemeinsam herausfinden, was das hier ist. Versuch also nicht, diesen Berg aus Angst und Ungewissheit alleine in Angriff zu nehmen." Devon klang so stark. Enrique nickte und blieb, wo er war. „Komm, lass uns zurück ins Zelt gehen, bevor wir noch bei lebendigem Leib gefressen werden und noch mehr zittern als ohnehin schon." Damit drehte er sich um und verschwand im Zelt.

Nach kurzem Zögern folgte ihm Enrique und schloss die Klappe hinter sich. Nachdem er sich ausgezogen und hingelegt hatte, zog Devon ihn sofort in seine Arme. „Ich weiß nicht, wie ich es schaffen soll, die Gedanken von mir zu schieben."

„Das musst du nicht. Ich kann es auch nicht. Aber ich versuche, mir nicht den Kopf über Dinge zu zerbrechen, die ich eh nicht ändern kann." Sanft streichelte er Enriques Brust. Enrique schloss die Augen und genoss einfach nur Devons Wärme und Energie. „Außerdem, willst du wirklich nicht wissen, wo das hier hinführt?"

Wie er zugeben musste, wollte er das sehr wohl. Er wollte wissen und verstehen, was möglich war. Die Vorstellung einer Beziehung mit Devon war fast zu gut, um wahr zu sein, und genau deshalb würde es nicht Realität werden.

Da ihm seine Zirkellogik langsam Kopfschmerzen bereitete, schob er sie beiseite. Devon hatte recht: Wenn er der Sache eine Chance geben wollte, musste er das auch ernsthaft tun und nicht seine Unsicherheit die Oberhand gewinnen lassen.

„Ich will", erwiderte Enrique leise. Je mehr er darüber nachdachte, desto größer wurde seine Überzeugung, dass er es ausprobieren musste. Er hatte schon so lange Gefühle für Devon, dass es an der Zeit war, entweder etwas zu unternehmen oder es ganz sein zu lassen. Nachdem, was sie beide gerade getan hatten, und da es Enrique völlig umgehauen hatte, musste er der Sache einfach eine Chance geben. Ansonsten würde er Gefahr laufen, etwas zu verpassen, dass genauso großartig sein könnte wie in seiner Vorstellung. „Wirklich."

„Aber du hast Angst", stellte Devon fest. „Meinst du denn, ich nicht? Ich habe immer verdammtes Pech bei Beziehungen. Was glaubst du, warum ich mit dem Trinken angefangen habe?" Er rutschte dichter zu Enrique. „Einer meiner Sponsoren hat mir mal erzählt, dass zu Anfang der Sucht der Reifeprozess stoppt und nicht weiter fortschreitet. Man bleibt im Grunde stecken. Wenn man also mit siebzehn anfängt zu trinken, bleibt man geistig auf diesem Niveau. Ich habe nie weiter darüber nachgedacht, glaube aber, es stimmt. Ich bin lange bei zwanzig steckengeblieben und nie dort rausgewachsen."

Enrique nickte. „Ich schätze, ich auch nicht."

„Dann ist es vielleicht an der Zeit, dass wir beide erwachsen werden." Devon küsste ihn. „Ich möchte eine erwachsene Beziehung mit jemandem, mit dem ich reden und Zeit verbringen kann." Er schniefte und wandte sich ab, um in seinen Ellenbogen zu niesen. „Ich will über die Dinge reden, in denen ich scheiße bin … und über die, in denen ich gut bin."

Enrique gluckste. „Ich auch. Und jemanden haben, der sich mit mir über meine Erfolge freut und sich ärgert, wenn es nicht läuft. Und jemanden, der einfach zuhört, wenn ich etwas zu sagen habe." Er wünschte sich jemanden, der ihm gehörte und einfach für ihn da war. Obwohl er sich ziemlich sicher war, dass Devon ihn mochte, und er ihm wichtig war, fragte er sich jedoch, wie lange das halten würde.

Enrique entschied, einfach abzuwarten, was passierte. Devon hatte recht, er konnte nicht alles kontrollieren. Daher beschloss er für jede gemeinsam verbrachte Zeit dankbar zu sein.

Devon legte den Kopf auf Enriques Schulter, der daraufhin den Arm um ihn schlang und ihn festhielt, während langsam die nächtliche Kühle einsickerte und für einen guten Schlaf sorgte.

Enrique schloss die Augen. Das Nächste, was er mitbekam, war, dass der Boden bebte, als Maschinen angeworfen wurden. Die Ruhe des Waldes zersplitterte unter den Geräuschen von Männern und Arbeit. Devon hatte sich auf die Seite gerollt und schlief noch. Da Enrique ihn nicht wecken wollte, zog er sich so leise wie möglich an und nahm seine Schuhe und anderen Sachen mit hinaus vor das Zelt.

Anscheinend hatten sie in der Nacht einen Besucher gehabt. Die Kühltasche war zwar immer noch geschlossen, aber auf die Seite gekippt worden. Auch einige andere Dinge waren bewegt worden, doch Schlimmeres entdeckte er nicht. Enrique schätzte, dass ihr Besucher nichts Interessantes gefunden hatte und deshalb einfach weitergezogen war.

Er zog sich Socken und Schuhe an und richtete seine Sachen, um zu sehen, was ihre Zielobjekte vorhatten. Sie schienen jedoch in ihrem Gebiet zu arbeiten. Die Tore des Beckens waren geschlossen. Alles war so, wie es sein sollte, zumindest erweckte es den Anschein. Es sah genauso aus wie vor ein paar Tagen, als sie oben auf dem Pass gewesen waren. Nur wenig deutete auf die Nebenbeschäftigungen von letzter Nacht hin.

Devon schlüpfte aus dem Zelt und Enrique musste lächeln, als er in zerknautschter Kleidung zu ihm kam. Er zog das T-Shirt nach unten und stieg in seine Schuhe. „Ich nehme an, sie haben mit der Arbeit begonnen und alles ist normal."

„Ja. Kein Hinweis auf den Unfug von letzter Nacht."

Devon zog sein Handy hervor und scrollte durch die Bilder. „Einige sind nicht gut geworden. Ich habe ein paar gemacht, als sie die Erde von der falschen Stelle genommen haben. Auf einigen stimmt die Belichtung aber überhaupt nicht. Ich habe sie nicht richtig getroffen, als sie unerlaubterweise das Wasser aus dem Becken gelassen haben. Darauf ist alles dunkel und unscharf mit Lichtflecken."

„Mist", schnaubte Enrique. „Ich glaube, wir müssen zurück. Tagsüber werden sie ganz normal arbeiten. Dabei müssen wir sie nicht beobachten."

„Okay. Ich denke, ich muss mal mit Dad reden …" Er verstummte. „Für das hier benötige ich eine bessere Kamera und vielleicht ein Stativ, damit ich länger belichten kann." Devon drehte sich um und verschwand wieder im Zelt. Kurz darauf kam er mit den zusammengerollten Schlafsäcken und vollständig angezogen wieder heraus.

Nachdem Enrique die anderen Sachen aufgeladen und das Zelt abgebaut hatte, wanderten sie zurück zum Three-Wheeler. Das Versteck ließen sie an Ort und Stelle. „Diese Leute sind echt raffiniert."

„Ja, aber sie sind nachlässig. Wir haben schließlich Fotos von ihnen gemacht und die Ergebnisse ihrer nächtlichen Arbeit werden für jeden von der Straße aus sichtbar sein", stellte Devon fest, während er über einen Baumstamm kletterte.

„Aber nachts geht niemand dort hoch und falls doch, achtet er auf die Straße, nicht auf das, was irgendwo anders passiert. Der Weg ist nach Einbruch der Dunkelheit ziemlich heimtückisch. Jeder, der dann dort hochgeht, hat vermutlich sowieso nichts Gutes im Sinn. Erinnerst du dich noch, daran, dass während der Highschoolzeit die Leute hier hochgekommen sind, um miteinander rumzumachen?" Enrique grinste. „Ich habe davon geträumt, dich mit hier hoch zu nehmen." Das hatte er noch nie jemandem erzählt. „Aber damals hatte ich nie den Mut dazu."

„Ich weiß nicht, ob ich ihn gehabt hätte. Es war eine merkwürdige Zeit und selbst wenn wir zusammengekommen wären, bedeutet das nicht, dass wir es auch geblieben wären."

Devon stellte die Sachen ab und zog Enrique an sich. „Manchmal entwickeln sich die Dinge so, wie sie sollen." Er küsste ihn und meinte dann lächelnd: „Lass uns zurückfahren, damit wir die Sachen zusammenpacken können, die wir brauchen. Dann können wir zwei noch eine Nacht alleine im Wald verbringen."

8

DEVON GENOSS es, hinter Enrique auf dem Three-Wheeler zu sitzen, insbesondere, da er seine Hände jetzt ungehemmt wandern lassen konnte. Der unter dem Sitz vibrierende Motor schickte einen Energieschub durch seinen Körper. Sein Schwanz war steinhart. Er presste die Hüften gegen Enriques Hintern und genoss die kleinen Stöße, die ihn während der Fahrt durchrüttelten. „Ist das okay?" Eine Sekunde befürchtete er, die Lage falsch einzuschätzen, doch dann drückte sich Enrique zustimmend gegen ihn. Devon verstärkte seinen Griff, legte den Kopf auf Enriques Rücken und ließ sich einfach von Wind, Sonne und der Energie der Fahrt und des Fahrers berieseln.

„Du stehst anscheinend auf Nervenkitzel", stellte Enrique bei einem Stopp fest.

„Wie alle anderen auch. Obwohl du für mich Nervenkitzel genug bist." Er schob die Hände unter Enriques Hemd und presste beim Weiterfahren die Handflächen gegen seinen Bauch. Er musste lächeln und brauchte eine Sekunde, bis er begriff, warum. Er war *glücklich*, ein verdammtes „Mitten-auf-einer-überfüllten-Straße-in-New-York-der-ganzen-Welt -laut-schreiend-seine Freude-mitteilen" Glücklich.

Sie fuhren in die Stadt und über den Highway, um dann zu Devons Vater abzubiegen. Widerwillig stieg er ab und zog seine Kleidung zurecht, um den Ständer vor seinem Vater zu verbergen. „Worum soll ich mich kümmern?"

Enrique zuckte mit den Schultern. „Ich schaff das schon. Guck mal, was du wegen der Kamera machen kannst und schau nach, wie es Charles geht. Heute Nachmittag komme ich wieder. Es besteht kein Grund zur Eile, aber wir müssen dort sein, bevor sie die Arbeit beenden. Ansonsten hören sie uns vielleicht kommen." Enrique lächelte ihn an. Devon dachte schon, er würde losfahren, als er plötzlich vom Three-Wheeler sprang und ihn küsste, dass ihm schwindelig wurde. „Ein kleiner Vorgeschmack auf später." Mit einem lüsternen Grinsen sprang er wieder auf sein Gefährt und sauste in einer Staubwolke davon.

Devon sah ihm nach, bis er außer Sicht war. Dann ging er zu seinem Vater, der mit leicht grünlicher Gesichtsfarbe auf dem Sofa lag. „Was ist los?" Sofort breitete sich Angst in seinem Magen aus. Verdammt. Vielleicht hätte er doch in der Nähe bleiben sollen.

„Ich habe etwas von Ritas scharfem Chili gegessen. Das setzt mir echt zu."

Devon knirschte mit den Zähnen. „Ich dachte, du wärst schlauer, als das zum Frühstück zu verspeisen." Seit er dem Alkohol abgeschworen hatte, fiel es ihm schwer, Mitgefühl gegenüber selbst verschuldeten Schmerzen zu empfinden. „Ich hole dir Säureblocker. Die helfen vielleicht gegen die Blähungen und Schmerzen, aber du wirst eine innige Beziehung mit dem Badezimmer eingehen. Und das ist deine eigene Schuld." Er begriff nicht, warum sein Vater derart viel Chili um zehn Uhr morgens gegessen hatte. Vielleicht hatte er damit versucht, sich von seiner Langeweile abzulenken.

Devon holte Tabletten und Wasser und gab sie seinem Dad. Dann schaute er im Gefrierschrank nach und entsorgte den Rest Chili. Als das erledigt war, wies sein Vater bereits eine gesündere Gesichtsfarbe auf, saß aufrecht und rieb sich den Bauch. Nach der Einnahme wirkten die Tabletten meist ziemlich schnell. „Hast du noch deine Nikon?"

„Klar. Sie ist in meinem Zimmer im obersten Schrankfach. Warum?"

Devon setzte sich. „Die Bergleute planen Übles. Ich habe Fotos mit meiner Digitalkamera gemacht, aber die sind nicht gut geworden. Darauf ist nichts klar erkennbar. Ich dachte daran, die Belichtungszeit anzupassen, um bessere Bilder zu bekommen." Als er sich lächelnd zurücklehnte, bemerkte er, dass sein Vater ihn anstarrte.

„Ich kenne diesen Blick und dieses befriedigte Lächeln." Sein Vater musterte ihn wie einer seiner Seelenklempner in New York beim Versuch ihm in den Kopf zu schauen. „Du und Enrique … seid ihr zusammen?" Er grinste. „Ich freue mich total für euch. Und das wurde auch verdammt noch mal Zeit. Ich war immer der Meinung, dass ihr beide besser zusammenpasst, aber du bist ja wie ein Welpe Craig hinterhergerannt."

„Du wusstest es?" Devon hatte geglaubt, dass er das vor seinem Dad hatte verbergen können. Anscheinend war er jedoch nicht so geschickt gewesen wie gedacht. „Das erklärt die Unterstützung, die ich seit meiner Ankunft und vor allem seit kurzem bekomme."

„Ja. Ich denke, Enrique hat herausgefunden, dass er dich ebenfalls mag und versucht, es dir mitzuteilen. Aber du hast die Anzeichen nicht richtig gedeutet. Zumindest hast du dir Zeit gelassen." Er lehnte sich zurück, streckte die Arme und zog sich auf die Füße. „Der Junge mag dich und das schon seit langer Zeit." Er stoppte vor Devon. „Es liegt an dir, was du jetzt damit anfängst. Ich weiß, wegen deiner Karriere musst du in New York sein, aber …" Sein Blick wurde hart. „Du musst äußerst genau und lange überlegen, was du willst – wirklich willst – bevor du blindlings zurückfliegst und tust, was deiner Meinung nach von dir erwartet wird." Er hob abwehrend die Hand, als Devon den Mund öffnete. „Ich werde dir nicht sagen, was du tun sollst, oder was das Richtige ist. Das habe ich nie und werde es auch nie. Aber du musst dir Gedanken darüber machen, was du willst. Die falsche Entscheidung würdest du möglicherweise sehr lange Zeit bereuen." Nachdem er das losgeworden war, nickte er, ging den Flur hinunter zum Badezimmer und schloss die Tür.

Oh Mann, wann war sein Vater denn so weise geworden? Devon ließ sich unsanft in den Sessel plumpsen. Ihm wurde bewusst, dass er seinen Vater gar nicht richtig kannte. Na gut, er kannte ihn zwar, aber es gab definitiv Dinge an seinem Vater – dem Menschen, der er jetzt war – von denen Devon keine Ahnung gehabt hatte. Sein Dad war scharfsinnig und sah Dinge, die Devon zweifellos nicht bemerkte.

„Geht's dir besser?", fragte er, als sein Vater wieder zu ihm zurückkehrte. Die Gesichtsfarbe wirkte gesünder, weniger bleich und seinen Bewegungen nach zu urteilen, schien er weniger Schmerzen zu haben.

„Ja, mein Magen krampft sich nicht mehr zusammen." Er nahm Platz, und Devon ging die Kamera holen. Dann reichte er sie seinem Vater, um sich von ihm die Einstellungen erklären zu lassen. Die Kamera hatte er seinem Vater vor ein paar Jahren zu Weihnachten geschenkt, weil sein Vater schon immer gerne fotografiert hatte und über einen guten Blick verfügte.

„Du musst besser auf dich aufpassen, damit es dir nicht wieder so schlecht geht."

Sein Vater schnaubte. „Ich gehe auf die siebzig zu und lebe normalerweise alleine hier draußen. Der Arzt will, dass ich mich gesund ernähre und alle Dinge aufgebe, die das Leben erst lebenswert machen. Er meint, ich soll keinen Speck und kein Schweinefleisch essen. Verflucht noch mal. Wir leben mitten im Nirgendwo, und er rät mir, jede Menge frisches Gemüse zu essen." Er verdrehte die Augen. „Wo soll ich das denn bitte herbekommen? Ich baue an, was ich kann, aber alles übrige wird per LKW oder Auto hierher befördert. Eine frische Tomate ist jede, die rot ist." Er begann zu glucksen. Devon verstand genau, was er meinte.

„Das mag ja stimmen, aber du musst dich nicht unbedingt selber krank machen." Er gab sich große Mühe, seinen Vater empört anzuschauen, versagte dabei allerdings mit ziemlicher Sicherheit. „Enrique und ich gehen heute Abend wieder zum Minengelände. Soll ich dir Abendessen machen oder etwas anderes besorgen?"

„Nein, es sind noch genug Reste da. Die reichen noch eine Weile, und außerdem bist du ja morgen Vormittag wieder zurück. Ich komme schon klar. Werde mich zu Tode langweilen, komme aber klar."

„Dann such dir doch eine Beschäftigung. Du musst nicht den ganzen Tag hier rumsitzen. Inzwischen hast du wieder mehr Kraft. Du solltest es nicht übertreiben, aber ruf doch einfach einen deiner Kumpel an und spielt Poker oder so. Triff dich mit Freunden." Das war ein Teil dessen, was diese Gemeinde besonders machte. Noch während des Sprechens wurde Devon bewusst, dass er keine Ahnung hatte, was sein Dad in seiner Freizeit machte. Er musste sich unbedingt Zeit nehmen, ihn neu kennenzulernen. Als sie das letzte Mal viel Zeit miteinander verbracht hatten, war Devon wesentlich jünger gewesen. Als Erwachsene mussten sie sich erst neu kennenlernen.

„Heute Abend kommen ein paar Leute rüber", gestand sein Vater. „Normalerweise gehe ich raus und besuche Leute, gehe angeln, unterhalte mich. Den ganzen Tag zu Hause zu hocken ist total ätzend."

Devon dämmerte, wie sehr ihm dieser Stillstand zu schaffen machen musste, wenn er sich normalerweise immer auf dem Sprung befand.

„Lass es noch eine Weile ruhig angehen, dann wird dir der Arzt schon bald wieder erlauben, Auto zu fahren. Da bin ich mir sicher. Dann kannst du wieder los und alle besuchen." Für Devon konnte das gar nicht schnell genug gehen.

Ein Klopfen unterbrach ihr Gespräch, und sein Vater rief den Besucher herein. Enrique trat ein und Devon bedeutete ihm, sich zu setzten.

„Was ist los?", fragte sein Dad, erfreut über die Gesellschaft.

„Ich habe alles für heute Abend vorbereitet. Aber sie haben Regen angesagt." Er wirkte nervös. „Bei dem Zelt ist das kein Problem, aber ich wollte sichergehen, dass du geeignete Sachen mitnimmst. Wenn wir die Kerle beobachten wollen, müssen wir die Ausrüstung ebenfalls trocken halten."

Wie um diesen Punkt zu betonen, schob sich eine dicke Wolkenschicht vor die Sonne und es wurde dunkler. „Wir könnten auf besseres Wetter warten", schlug Devon vor.

„Stimmt. Aber wenn ich vorhätte, irgendeinen Mist abzuziehen, würde ich warten, bis sich weniger Leute draußen befinden und die Sicht schlecht ist.

Devon beugte sich vor. „Glaubst du, sie führen noch mehr im Schilde als das, was wir gestern Nacht beobachtet haben?"

„Ich habe keine Ahnung. Aber wir müssen es herausfinden, und wir brauchen Beweise."

„Und ihr müsst euch beeilen", schaltete sich Charles ein. „Ich hatte eine Nachricht auf dem Anrufbeantworter, dass diese Leute wirklich Druck machen, um die Genehmigung zu bekommen. Sie behaupten, dass ihre Methoden sicher sind, sie sich an die Regeln halten und sich ihr Vorhaben finanziell rechnet."

Enrique schob verärgert den Unterkiefer vor. „Das ist doch gequirlter Mist. Sie halten sich überhaupt nicht an die Regeln. Es rechnet sich nur, weil sie herumstochern, wo sie wollen und falsche Entnahmeorte für ihre Ausbeute angeben." Er ließ sich zurücksinken und begann mit den Fingern auf die Sofalehne zu trommeln. „Was übersehen wir? Da muss doch noch mehr sein."

„Warum?" Devon konnte ihm nicht folgen.

„Die Proben zu verfälschen kann nicht in ihrem Interesse sein. Wenn sie sie erst auf dem Testgebiet verteilen müssen, um gute Resultate zu erhalten, schaden diese Leute nicht nur der Umwelt, sondern hintergehen auch ihre Firma." Enriques Lächeln wurde etwas breiter. „Vielleicht sollten wir unsere Beweise nicht nur an die Behörden, sondern auch an ihre Firma schicken. Vielleicht ist ja der Bergbaudirektor derjenige, der auf die Errichtung dieser Mine drängt, und sie wissen gar nichts von den Vorgängen." Er verstummte wieder und trommelte weiter mit den Fingern auf die Lehne. „Darüber muss ich intensiver nachdenken."

Das Telefon von Devons Vater begann zu klingeln. „Wenn man vom Teufel spricht."

Devon beobachtete, wie Enrique angestrengter nachzudenken schien, während sein Dad leise in den Hörer sprach. „Bist du sicher …? Ihre Verbindungen reichen nach so weit oben …?"

Devon versuchte, sich auf die Worte seines Vaters zu konzentrieren, aber Enrique machte ihn so heiß, dass seine Gedanken abschweiften, und er sich fragte, was seinem Freund wohl gerade durch den Kopf ging. „Danke. Ich melde mich auf jeden Fall wieder."

„Worum ging's?"

„Hatcher Mining scheint äußerst gute Beziehungen zu haben", erklärte sein Vater mit enttäuschtem Blick und fing an, nervös seine Hände zu kneten. „Die Firma ist vermutlich eine extra für dieses Vorhaben gegründete Tochtergesellschaft, verfügt aber über mächtige Freunde in Juneau und ist scheinbar in der Lage, Dinge schnell durchsetzen zu können."

„Okay. Erzähl uns einfach, was vor sich geht. Dann kümmern wir uns darum."

„Einige Vertreter haben sich ausgesprochen deutlich für sie eingesetzt. Wie du weißt, haben der Bergbau und ähnliche Industriezweige riesigen Einfluss im Staat. Sie wollen die Ressourcen hier abbauen, und der Staat will das Geld. Wir haben jahrelang von den Öleinnahmen gelebt, doch das wird mittlerweile immer schwerer. Daher sind sie jetzt auf der Suche nach neuen Quellen." Er seufzte.

„Okay. Das ist nichts Neues." Devon schaute fragend zu Enrique, der nickte.

„Das Fazit ist, dass ihr so schnell wie möglich Beweise beschaffen müsst. Ich werde es an die richtigen Leute weiterleiten, aber es ist definitiv Eile geboten. Dahinter stecken jede Menge Geld und Einfluss. Wenn wir es also nicht durch einen eindeutigen Beweis zum Scheitern bringen, könnte es verdammt schnell abgesegnet werden." Sein Dad wirkte erschöpft. „Ich hasse es, dabei zusehen zu müssen, wie der Ort, den ich liebe, auseinandergerissen wird. Die Stadt wird nicht mehr die gleiche sein und das Tal sich nie davon erholen. Die Minen befinden sich schon seit Jahrzehnten dort oben, und das sieht man. In all der Zeit sind die Rückstandshalden nicht überwuchert worden, und die Wunden, die der Bergbau am Flussbett und der Umgebung verursacht hat, werden nie wieder heilen."

„Okay. Dann müssen wir überlegen, wie wir sie stoppen können und damit hat sich's."

„Genau", pflichtete ihm Enrique bei. „Ich gehe jetzt rüber zum Trading Post. Ich muss dafür sorgen, dass alles für heute Abend vorbereitet ist. Außerdem werde ich noch mehr Regenzeug zusammensuchen. Wenn es nass wird, müssen wir gewappnet sein. Ich hoffe nur sehr, dass die Arbeiter auch bei Regen arbeiten und sich nicht einfach verkriechen und warten, bis er aufhört."

Devon musste lachen. „Wenn sie das tun, werden sie nie mit der Arbeit da oben fertig. Immerhin regnet es hier so viel, dass sie in einem Jahr gerade mal die Arbeit einer Woche schaffen würden. Nee, sie werden in Regenzeug arbeiten, aber sie werden auf jeden Fall arbeiten." Dieses Mal würden Enrique und er die Beweise bekommen, die sie brauchten.

DER REGEN setzte gegen vier Uhr ein. Zuerst war es nur ein Sprühregen, der jedoch immer mehr zunahm. Devon packte die Sachen ins Auto seines Vaters und fuhr damit zur Trading Post. Dort machte sich Enrique gerade fertig. Das Haar hatte er zu einem straffen Pferdeschwanz gebunden und sich bereits zum Schutz vor der Kälte eingemummelt. Selbst in Regenklamotten sah er sexy aus.

„Ich habe sowohl das Zelt als auch die zusätzliche Klappe für die Vorderseite dabei. Gestern Nacht haben wir sie nicht gebraucht, aber damit bekommen wir einen Platz, an dem wir uns außerhalb des Regens abtrocknen können, bevor wir ins Zelt gehen." So wie es aussah, gab es nicht viele trockene Plätze. „Wir sollten besser los, sonst sind wir schon völlig durchnässt, bevor wir das Lager aufbauen."

Devon nickte und ging zurück zum Wagen, um die restlichen Sachen zu holen und das Regenzeug anzuziehen. Die Kamera seines Vaters verstaute er in einer wasserdichten Tasche. Dieser Ausflug würde eine Lehrstunde dafür abgeben, wie man alles trocken hält. Das würde wirklich nicht einfach werden. „Lass uns fahren." Sie schnallten sich die letzten Sachen um, legten die Kamera in die Kiste hinten auf dem Three-Wheeler und verließen den Parkplatz an der Rückseite.

Wegen der feuchten Blätter hielt Devon den Kopf gesenkt, drückte sich mit geschlossenen Augen dicht an Enrique und bedeckte sich so gut es ging, damit kein Wasser in Gesicht und Augen gelangte. Die Fahrt dauerte länger als am Vortag.

In der Nähe des Lagers angekommen, packte Devon die Sachen aus, während Enrique das Zelt nahm und sich schon auf den Weg zu ihrem Lager begab. Als Devon zu ihm stieß, sah er, dass das Versteck intakt und das Zelt fast vollständig aufgebaut war. Sie legten das Bettzeug hinein und bauten den Unterstand auf. Zusätzlich errichteten sie durch eine zwischen Unterstand und Boden befestigte Plane einen Nylonanbau. Erst als das erledigt war, stellte Devon die Kamera auf.

Sie hatten eine gute Sicht auf die Vorgänge auf dem Minengelände. Genau wie Devon vermutet hatte, herrschte dort emsiges Treiben. Der Regen beeinträchtigte die Aktivitäten überhaupt nicht. Devon fotografierte die Geräte und die arbeitenden Männer.

„Warum jetzt schon?"

„Ich habe eine hohe Auflösung eingestellt. Ich denke, wir können sie später vergrößern, um nach Ungewöhnlichem zu suchen." Er knipste noch ein paar Bilder und brachte die Kamera dann vor dem Regen in Sicherheit. „In circa einer Stunde, wenn sie anfangen zusammenzupacken, können wir noch mehr machen."

Enrique nickte und behielt weiter das Gebiet im Auge. Es war ein gutes Zeichen, dass die Bergleute ganz offensichtlich nicht wussten, dass sie beobachtet wurden.

Die Männer arbeiteten ganz normal weiter, ohne dass etwas Ungewöhnliches geschah. Die ganze Zeit regnete es unentwegt, zwar nicht stark, aber stetig. Das von Devons Hut tropfende Wasser rann ihm gelegentlich in den Nacken, gelangte unter seine Regenjacke und sandte einen kalten Schauer durch seinen Körper. Das schien Enrique mitzubekommen, denn er stellte sich neben ihn und rückte den Hut zurecht. „Danke."

Enriques lächelte ihn mit sehr viel mehr Wärme an, als der Tag hergab. „Ich wünschte, wir wären irgendwo, wo es warm und ruhig ist." Seine Augen weiteten sich und verrieten ein Verlangen, bei dem Devon augenblicklich jede Kälte und den Regen vergaß. Er bewegte sich nicht, als Enrique näher kam und ihn sanft küsste.

„Es gibt jede Menge Dinge, von denen ich mir wünschte, dass sie anders sind, aber ich werde mich nicht darüber beschweren, mit dir zusammen hier draußen zu sein." Schnell legte er die Hand über die Nase und versuchte ein Niesen zu unterdrücken, scheiterte jedoch. Er erstarrte und hoffte verzweifelt, dass es niemand gehört hatte.

Enrique blickte durch das Guckloch im Versteck, schüttelte den Kopf und entspannte sich innerhalb von Sekunden wieder.

Der Arbeitstag der Bergleute endete früher als am Vortag. Als die Wolken sich noch mehr dem Boden näherten, die Feuchtigkeit regelrecht in der Luft zu hängen schien und sogar die Bäume verdunkelte, wurden die Motoren langsam abgestellt. „Lass uns abwarten, was jetzt passiert." Devon baute darauf, dass sie die Zeit, in der sich niemand in der Nähe befand, nutzten würden, um Verbotenes zu tun. Irgendwann wurden auch die letzten Motoren, bis auf den Generator, abgeschaltet. Die Männer sammelten sich entweder in Autos oder brachten sich in einem der beiden Wohnwagen in Sicherheit.

„Nichts", knurrte Enrique und wandte sich vom Versteck ab. „Ich muss einfach fragen. Willst du die ganze Nacht hierbleiben oder lieber nach Hause zurück?"

Devon zuckte unschlüssig mit den Schultern. „Vielleicht sollten wir noch eine Stunde bleiben und dann abbrechen. Wenn sie nichts tun, macht es auch keinen Sinn, sie zu beobachten." Sie konnten schließlich jederzeit wiederkommen. „Am besten, wir passen auf, dass wir uns nicht verraten ..." Er nieste erneut und danach zu allem Überfluss noch ein drittes Mal.

Enrique blickte prüfend über den Fluss und wurde bleich. „Beweg dich nicht und sei mucksmäuschenstill", flüsterte er. Devon erstarrte. „Jemand hat es gehört und lauscht jetzt."

Enrique blieb weiter am Guckloch stehen und überprüfte die Lage, bis er sich endlich entspannte.

„Was machen sie?"

„Der Mann ist reingegangen ... oh Mist. Die anderen kommen raus. Wir müssen ganz leise von hier verschwinden. Wegen des Flusses kommen sie nicht allzu schnell hier rüber. Aber sie suchen nach uns und gehen das andere Ufer entlang. Ich glaube nicht, dass sie sehen können, wo wir sind. Aber sie glauben, dass sich hier jemand befindet." Er setzte sich. „Jetzt wird mit Sicherheit nichts mehr passieren. Los, pack die Kameraausrüstung zusammen und verstaue die Schlafsäcke in der Tasche. Ich baue in der Zeit das Zelt ab. Wir treffen uns am Three-Wheeler." Der Nachdruck in seiner Stimme war nicht zu überhören.

Devon machte sich sofort an die Arbeit. Nachdem die Sachen, die trocken bleiben mussten, gepackt waren, rannte er durch den Wald, weg vom Fluss. Von der anderen Flussseite schallten wütende Stimmen über das Wasser herüber. Am Three-Wheeler angekommen, wartete er auf Enrique, ließ die Abdeckung jedoch noch über dem Gefährt, damit die Sitze nicht völlig durchnässt wurden. Nach fünf Minuten kam Enrique angehastet und band die letzten Sachen fest. „Steig auf. Wir müssen weg."

Er hatte bereits den Motor angelassen und sobald Devon hinten aufgestiegen war, fuhr er so schnell er es wagte durch die Bäume. Während der Regen zunahm und das Wasser an ihnen herabbrann, verlor er kein weiteres Wort.

Als Enrique den Three-Wheeler endlich in der Garage hinter dem Trading Post parkte, war Devon völlig durchnässt und Enrique schnaufte, als wäre er den ganzen Weg gerannt.

„Was verdammt noch mal ist passiert? Es war ja nicht so, dass sie über den Fluss kommen konnten. Wir wären doch noch eine Weile in Sicherheit gewesen."

„Sie haben Gewehre geholt. Außerdem hat jemand das Versteck entdeckt." Enriques angespannte Körperhaltung lockerte sich wieder. Er lehnte sich zurück. „Diese Mistkerle hatten tatsächlich vor, zu schießen. Ich wollte kein Risiko eingehen." Als sie vom Three-Wheeler stiegen, tropfte das Wasser auf den Betonboden. „Wir müssen raus aus den nassen Sachen und in den Trading Post. An ihrer Stelle würde ich hierhin kommen, um herauszufinden, wer mich ausspioniert hat. Wenn wir einen möglichst unschuldigen Eindruck machen wollen, müssen wir trocken sein." Er streifte seine Regensachen ab. Devon folgte seinem Beispiel. „Komm rein, dann trocknen wir dich ab."

Devon folgte ihm in den kleinen Wohnbereich. Dort zeigte Enrique ihm das Badezimmer und gab ihm trockene Kleidung. Schnell zog sich Devon aus, froh, aus den nassen Sachen zu sein. Seine Jeans hatte zu scheuern begonnen, und seine Haut atmete erleichtert auf, als sie wieder trocken war.

Beim Öffnen der Tür erblickte er davor den nur mit einer weiten Jogginghose und Socken bekleideten Enrique. Devon starrte ihn ein paar Sekunden einfach nur an. Verdammt, der Mann war echt-umwerfend-zum-Luft-wegbleiben-attraktiv.

Er machte einen Schritt vorwärts, schlang ihm die Arme um die Taille und begann ihn so leidenschaftlich zu küssen, wie er noch nie zuvor jemanden geküsst hatte. Er ließ die Hände über Enriques Rücken gleiten, und nahm schmeckend, riechend und fühlend so viel wie nur möglich von dem Mann in sich auf.

Niemals würde er genug davon bekommen. Als Enrique seine Zunge gegen Devons Lippen presste, öffnete er sie und gewährte ihm Einlass. Enrique umfasste mit der Hand Devons Hinterkopf und vertiefte den Kuss.

„Verdammt, ich werde …", keuchte Devon. Außerstande mehr zu sagen, drückte er Enrique gegen die offene Schlafzimmertür. Wenn sie noch länger warteten, würde Devon in seiner Hose kommen, genau hier, in Enriques Armen. Er hatte keine Ahnung, warum er sich so stark von ihm angezogen fühlte und sein Verlangen nach ihm so groß war.

„Wir müssen runter in den Trading Post", wimmerte Enrique.

Devon schob ihn weiter ins Zimmer und zerrte ihm die Hose die Hüften hinab, bis sie sich um seine Füße bauschte. „Wir müssen nichts anderes als in dieses verdammte Bett kommen, damit ich dich um den Verstand ficken kann." Er schloss die Finger um Enriques harten, heißen Schwanz, der ihm bereits entgegensprang. Da war anscheinend jemand genauso scharf wie er. Nachdrücklich forderte Devon das ein, was er genauso dringend wie frische Luft brauchte.

„Aber …", protestierte Enrique schwach.

„Glaub mir, wenn wir beide jetzt runter in den Trading Post gehen, werden alle nur Augen für das Zelt in meiner Hose haben und dafür, dass ich dich mit Blicken verschlinge." Beim Bett angelangt, ließen sie sich einfach darauf fallen. „Ich will dich schon so verdammt lange berühren." Er musste kichern, als Enrique unter ihm aufstöhnte. Mit der Zunge umkreiste er Enriques Nippel, um sie dann über Brust und Bauch hinabgleiten zu lassen. Enriques zitternde Lust brachte das Bett zum Wackeln.

„Oh Gott." Enrique wand sich keuchend hin und her, während sich Devon nach unten schob, bis er sich auf gleicher Höhe mit dem langen, dicken Schwanz befand. In seinem Mund sammelte sich Speichel, den er hinunterschluckte, um dann seine Lippen über die Spitze gleiten zu lassen und seinen ganz eigenen Geschmack des Paradieses zu genießen.

Jemandem einen zu blasen gehörte zu seinen gottgegebenen Talenten, und er zelebrierte es regelrecht. Enriques Schwanzspitze glitt über seine Zunge und das volle – wenn auch bittere Aroma – raubte ihm fast den Verstand. Und die Geräusche … Enriques tiefes, kehliges Stöhnen reichte fast aus, um ihn kommen zu lassen. Es war ein unglaubliches Gefühl, Enrique auf die höchsten Wipfel der Leidenschaft zu befördern. Seine Beine begannen zu zucken, und Devon konnte alleine an der Atmung und dem tiefen, drängenden Blick der braunen Augen erkennen, dass er gleich kommen würde. Einen derartigen Ausdruck hatte Devon noch nie gesehen.

„Du berührst mich …", wimmerte Enrique.

Devon stoppte. „Ja, das tue ich." Grinsend schaute er Enrique an.

Enrique beruhigte sich. „Nein, ich meine du berührst mich. Ich kann dich spüren." Er nahm Devons Hand und legte sie auf seine Brust. „Ich spüre dich hier. Es ist so, als könnte ich nicht atmen und wenn ich es dann tue, bist du da." Er wirkte etwas verwirrt. Auf Devon traf das definitiv zu. Dennoch verstand er, was Enrique meinte, weil er ihn ebenfalls spüren konnte. Wie Wärme, die sich von innen nach außen ausbreitet.

Devon nahm den Penis wieder tief und fest zwischen die Lippen, bis Enrique kehlig aufstöhnte. Dieses Mal zog er sich früher zurück und Enrique rollte ihn aufs Bett. Devon bewunderte die Kraft des muskulösen Körpers und schlang die Beine um Enriques Hüften.

„Sag mir, was du willst", bat Enrique, die Lippen nur Millimeter von Devons entfernt. „Ich muss sicher sein."

„Ich will dich", erwiderte Devon, zog Enrique zu einem Kuss herunter und glitt mit den Fingern durch das seidige Haar. Oh Mann, er liebte dieses seidig weiche Gefühl. Langsam streichelte er darüber.

„Manchmal liege ich im Bett und frage mich, wie es sich anfühlen würde, wenn du ..." Er schluckte und fragte sich, ob er es schaffen würde, es auszusprechen. „Ich glaube, das ist mein Fetisch."

Enriques Augen weiteten sich. „Du hast wirklich einen Haarfetisch."

„Nein, ich glaube eher, ich habe einen Enrique-Haar-Fetisch." Er rückte näher. „Manchmal träume ich davon, wie dein Haar unartige Sachen tut." Er musste nicht näher darauf eingehen, weil sich auf Enriques Lippen ein leichtes Lächeln zeigte.

„Mann ..."

Devon fragte sich, ob er vielleicht zu weit gegangen war. Doch dann küsste Enrique ihn erneut, und innerhalb einer Sekunde verschwand jede Scheu. Vor allem, als Enrique ihn auf die überwältigendste Art überhaupt auf das Folgende vorbereitete. Seine magischen Finger wussten genau, wie sie ihn berühren mussten und wie sie ihn zum Erbeben brachten. Das war jedoch nichts verglichen mit der herrlichen Dehnung und Hitze als Enrique langsam tief in ihn eindrang und Devon völlig entblößte.

Jahrelang hatte Devon diesen Ort tief in sich bewacht, an diesem wertvollen Stückchen von sich selbst festgehalten. Es war kein Geheimnis, eher ein Ort, den nie jemand hatte berühren und an dem nie jemand hatte teilhaben dürfen. Es handelte sich um den Teil seines Herzens, den er für sich behielt. Auf diese Art würde er, egal was auch geschah, nie in eine Millionen Teile zerbrechen, weil es ja immer noch dieses eine Stück gab, mit dem er wieder neu anfangen und alles neu aufbauen konnte. Enrique schien es jedoch zu finden und hielt es mit einem Blick seiner goldgefleckten Schokoladenaugen fest. Devon wusste, dass es sich in sicheren Händen befand.

Danach ergab er sich Enrique komplett. In einem Tanz, von dem Devon hoffte, dass er nie enden würde, klammerte er sich an ihn. Manchmal war der Tanz langsam und träge, dann wieder wild und hemmungslos. Die ganze Zeit führte ihn Enrique, hielt ihn, widmete sich seiner Lust und steigerte gleichzeitig sein Verlangen. Etwas Derartiges hatte Devon noch nie empfunden. Natürlich war er mit Männern zusammen gewesen – an einige konnte er sich erinnern, an andere eher weniger. Das hier berührte jedoch alle seine Sinne. Selbst wenn das ganze Gebäude um ihn herum zusammenbrechen sollte, für ihn würden nur Enriques Kuss, Berührung und der Ausdruck in seinen Augen zählen. Die Empfindungen brannten sich in sein Hirn ein, waren jetzt ein Teil von ihm, und egal, was auch geschah, Devon würde sie nie wieder vergessen oder entschwinden lassen.

„Devon." Stöhnend drückte ihn Enrique dichter an sich. Der Schleier um Devons Bewusstsein lüftete sich ein wenig.

„Hör nicht auf", flehte er hektisch.

Enrique bewegte sich schneller, härter und tiefer und hob Devon immer höher und weiter hinauf. Sein Körper hatte seinen eigenen Willen, und er überließ ihm die Führung, gab die Kontrolle ab, legte seine Lust in Enriques Hände und Körper. Das war die richtige Entscheidung: Enrique gab ihm Flügel und Devon flog.

NACHDEM ER ein paar Mal geblinzelt hatte, realisierte er, dass er nicht ohnmächtig geworden war. Möglicherweise hatte sein Gehirn jedoch einen kleinen Kurzschluss gehabt. Ihm entfuhr ein „Oh …", als sich Enriques Hitze an ihn presste. Er lächelte und erhielt als Antwort ebenfalls eins. „Das ist schön."

„Das ist es", flüsterte Enrique und küsste ihn. Ein Klingeln ließ sie aufstöhnen. Devon sank wieder zurück, während Enrique seufzend nach dem unentwegt weiterklingelnden Telefon griff.

„Was ist los?", fragte er und lauschte dann. „Okay. Ich bin in meiner Wohnung. Es war zu nass, deshalb mussten wir abbrechen. Sie haben uns gehört, als Devon geniest hat. Was ist los?" Er lauschte erneut und Devon spürte, wie sich Enriques Körper anspannte. „Ich bin in einer Minute da." Mit einem verärgerten Brummen legte er auf. „Die Arbeiter sind im Trading Post und machen Stunk. Sie glauben anscheinend, dass sie ausspioniert werden und wollen wissen, warum. Natürlich weiß keiner irgendwas …" Er war bereits dabei, sich anzuziehen.

Devon stieg ebenfalls aus dem Bett und schlüpfte in seine Klamotten.

„Wenn du möchtest, kannst du gerne hierbleiben."

„Nein, ich komme mit dir." Sein Körper schmerzte an Stellen, an denen das schon lange nicht mehr der Fall gewesen war, aber Devon fühlte sich richtig gut und würde auf gar keinen Fall zulassen, dass Enrique diesen Kerlen allein gegenübertrat. Nachdem er als Letztes die Schuhe angezogen hatte, folgte er Enrique aus dem Zimmer durch eine Tür in den Trading Post.

Angie kam ihnen entgegen, den Mund zu einer schmalen Linie zusammengepresst. Dann jedoch musterte sie sie genauer. „Wie ich sehe, habt ihr die Sache zwischen euch geklärt." Sie beugte sich vor. „Ihr habt diesen gerade-gefickt Ausdruck. Und Chef, vielleicht kümmerst du dich besser noch schnell um deine Haare. Du siehst aus, als hättest du in die Steckdose gefasst." Sie grinste dreckig.

Einer der Männer, den sie an der Mine gesehen hatten, schlängelte sich durch die Bar zu ihnen. „Wir müssen mit Ihnen reden", forderte er barsch.

„Bitte?" Enrique drehte um und schaute ihn böse an. „Ich schlage vor, Sie lernen erst mal ein paar Manieren. An diesem netten Ort hier gehen wir respektvoll miteinander an. Wenn Ihnen irgendeine Laus über die Leber gelaufen ist, ist das nicht mein Problem."

Der riesige bärtige Mann in dem alten grün-karierten Hemd stoppte abrupt. Er schien nicht zu wissen, was er von Enrique halten sollte.

Devon legte sich schnell eine Hand auf den Mund, um nicht laut loszukichern. „Worum geht's denn überhaupt?", fragte er, bemüht, die Situation etwas zu entschärfen.

„Uns hat jemand ausspioniert."

„Und?", fiel ihm Craig ins Wort, der mit seinen Söhnen an einem der Tische saß. Die Jungen grinsten über ihren Pommes. „Das ist ein freies Land. Jeder kann da draußen campen." Er erhob sich. „Was machen Sie denn eigentlich da draußen, das man nicht sehen darf?" Er blickte sich um und erhielt von mehreren Leuten ein zustimmendes Nicken.

„Sie verstehen nicht. Sie haben ein Versteck gebaut und ..."

Devon zuckte mit den Schultern. „Ja und? Machen Sie denn etwas Geheimes? Das hier ist auch unser Land, und wir alle sind schon sehr viel länger hier als Sie. Vielleicht ist ja jemand nicht ganz überzeugt davon, dass Sie sich an die Vorschriften halten", sagte er ruhig.

„Wenn irgendjemand plant, uns zu schikanieren, werden wir uns verteidigen", erklärte der Arbeiter und stemmte die Hände in die Hüften, bemüht, möglichst einschüchternd zu wirken.

„Soll das eine Drohung sein?", fragten zwei Männer gleichzeitig, erhoben sich von ihren Stühlen und stellten sich neben Craig. „So ein Benehmen können wir hier nicht leiden. Das hier ist eine eingeschworene Gemeinschaft, in der Sie und die anderen Außenseiter sind. Das sollten Sie lieber im Hinterkopf behalten." Alle starrten die Arbeiter böse an. „Vielleicht beschließen meine Kumpel und ich ja, campen zu gehen. Wir werden Waffen mitnehmen und können damit umgehen. John hat einen Elch aus dreihundert Metern Entfernung niedergestreckt. Er ist auf jeden Fall in der Lage, für unser aller Sicherheit zu sorgen." Die Spannung im Raum nahm von Sekunde zu Sekunde zu.

„Gentlemen", verkündete Enrique mit seiner gastfreundlichsten Stimme. „Ich denke, Sie gehen jetzt besser."

„Meine Freunde und ich wollen aber bleiben und etwas essen", sagte der riesige Bergbauarbeiter trotzig, plusterte sich wieder auf und blickte auf der Suche nach Unterstützung zu seinen ebenso großen Kumpeln. Sein Tonfall verriet deutlich, dass er glaubte, das letzte Wort zu haben und Enrique ruhig versuchen sollte, es ihm wegzunehmen. Devon würde nicht zögern, seinem Freund zur Seite zu springen.

Enrique zuckte nur mit den Schultern. „Meiner Meinung nach haben Sie Ihren Aufenthalt bereits überstrapaziert. Daher schlage ich vor, Sie drehen sich einfach um und verschwinden. Sie werden hier nicht mehr bedient. Das ist mein Recht. Wenn Sie etwas essen wollen – in Wassila, ungefähr 50 Kilometer Richtung Süden, gibt es ein Gasthaus. Dort sind Sie bestimmt willkommen."

Der Mann trat einen Schritt vor und versuchte, einen bedrohlichen Eindruck zu machen. Devon fragte sich, ob dieser Neandertaler wirklich glaubte, ihnen derart überlegen zu sein. Riesig zu sein war eine Sache, aber riesig und dumm eine ganz andere. Diese Kombination konnte echten Schaden anrichten. Devons glaubte jedoch nicht, dass der Mann tatsächlich auf einen Kampf aus war.

„Sie wollen uns also wirklich nicht bedienen?" Er griff in die Tasche und zog ein Geldbündel heraus.

„Das hat nichts mit nicht bedienen wollen zu tun. Es geht um Ihr Verhalten. Jetzt wedeln Sie zu allem Überfluss auch noch mit Geldscheinen herum." Enriques Augen blitzten, die Leidenschaft darin war beinahe greifbar. Devon hätte fast zu sabbern begonnen. Das letzte Mal hatte Enrique so ausgesehen, als er tief in ihm gewesen war, beschäftigt damit, seine Lust anzufachen, bis ...

Er schluckte angestrengt und zwang sich, keinen Steifen zu bekommen. Verdammt, ein aufgebrachter Enrique machte ihn unglaublich an. „Und jetzt verschwindet. Sagt eurem Boss, wenn ihr hier wieder willkommen sein wollt, soll er vorbeikommen, damit wir uns unterhalten können ... und er bringt dazu lieber eine Entschuldigung von jedem Einzelnen von euch mit. Andernfalls werdet ihr selber kochen müssen", zischte Devon stinksauer.

Der Arbeiter und seine Freunde blickten sich auf der Suche nach Unterstützung um, sahen sich jedoch lediglich einer Wand aus Männern gegenüber, die eine geschlossene Front auf dem Weg Richtung Ausgang bildeten.

„Und jetzt Gentlemen, noch einen schönen Abend und versuchen Sie, nicht nass zu werden." Enrique bewegte keinen Muskel, bis die drei nach draußen traten.

„Wir stellen sicher, dass sie verschwinden", versprachen einige Gäste und gingen nach draußen. Kurz darauf kehrten sie zurück, nickten Devon und Enrique kurz zu und nahmen wieder ihre Plätze an der Bar ein.

„Okay", sagte Devon leise. Enrique schien seine Hilfe nicht zu brauchen. Sie hatten mehr als genug Unterstützung bekommen. Er atmete tief durch, als der Adrenalinrausch abzuebben begann und langsam wieder die zufriedene, erschöpfte, postorgasmische Wärme einsetzte. Nach einem Blick zur Bar ging er schnurstracks in den Loungebereich und ließ sich auf eins der Sofas fallen, um seinen Gedanken die nötige Privatsphäre zu geben.

Am liebsten hätte Devon geschrien, stattdessen musste er sich jedoch still selbst beschimpfen. Nur durch seine Schuld waren sie entdeckt worden. Die Chance, die Arbeiter jetzt noch vom anderen Flussufer aus beobachten zu können, hatte sich in Luft aufgelöst. Vermutlich würde jetzt ein Teil der Mannschaft diese Flussseite tägliche überprüfen, auch wenn dafür extra jemand von der Highwaybrücke herlaufen musste. Und all das war ganz alleine seine Schuld.

„Hör auf", befahl ihm Enrique, der im Sessel gegenüber Platz nahm.

„Womit?"

„Dir Selbstvorwürfe zu machen. Es war nicht deine Schuld. Das Wetter war beschissen, und wir hätten nicht da draußen sein sollen. Wir wären bis auf die Knochen nass geworden. Es war nur eine Frage der Zeit, bis es einen von uns erwischt hat." Er blickte ihn gleichzeitig sowohl streng als auch zärtlich an. „Das meine ich ernst. Sie hätten sich sowieso die ganze Nacht verkrochen."

„Aber jetzt kann keiner mehr dorthin, und unsere Chance ist dahin."

Enrique grinste. „Viele Wege führen nach Rom. Die Kamera von deinem Dad hat noch andere Objektive. Das habe ich gesehen, als er sie benutzt hat. Frag Charles, wo sie sind. Dann gehen wir beider höher auf den Pass hinauf. Du kannst malen, und ich mache währenddessen Landschaftsfotos." Er zuckte mit den Schultern. „Außerdem müssen wir uns die Fotos, die du gemacht hast, noch genauer angucken, den Kontrast bearbeiten und solche Dinge. Es ist noch nicht alles vorbei, nicht im Geringsten."

„Enrique", keuchte die auf sie zu eilende Angie atemlos. „Ich benötige Hilfe." Sie lächelte. Devon erhob sich ebenfalls.

„Ich kann auch helfen, nur nicht an der Bar."

„Großartig", meinte Angie, bevor Enrique auch nur ein Wort sagen konnte. „Zwei fertige Bestellungen müssen raus. Sie sind für den Tisch vorne am Fenster. Bring sie hin und füll ihnen Kaffee nach." Sie sauste davon.

Damit hatte Devon seinen Marschbefehl erhalten. Es war ziemlich klar, dass Enrique die Gaststätte zwar gehören mochte, doch ohne Angie würde der Trading Post nicht funktionieren.

Devon vergewisserte sich, dass er die richtigen Bestellungen erhielt, brachte sie zum Tisch, füllte Kaffee nach und nahm sogar ein paar Dessertbestellungen entgegen, während sich Angie um die Rechnungen kümmerte. Seit seinem ersten Studienjahr hatte er nicht mehr als Kellner gearbeitet, doch die Fähigkeiten schienen zurückzukommen. Immerhin verschüttete er nicht alles.

„Du musst das nicht tun", versicherte Enrique ihm im Vorübergehen.

Jeder Tisch war besetzt, und sobald einer frei wurde, wurde er sofort wieder belegt. „Schon in Ordnung. Ich helfe gerne."

Sie lächelten sich an. Als er sich abwandte, bemerkte Devon, dass Craig ihn finster anschaute. Einige der anderen Männer warfen sich wissende Blicke zu.

Devon war davon ausgegangen, sich zumindest einen Haufen Mist über sich und Enrique anhören zu müssen. Die Bewohner Alaskas ließen sich weitgehend in zwei große Kategorien einteilen. Die größte bildete das „leben und leben lassen" Lager. Alaska konnte rau sein, und dein Nachbar derjenige, der den Tod von dir fernhielt. Wen kümmerte da, mit wem er schlief? Dann gab es da noch die hauptsächlich aus Männern bestehende Gruppe, die es übel nahmen und sich abfällig äußerten. Sie befanden sich zwar in der Minderheit, konnten jedoch lautstark und ab und zu auch gefährlich sein. Heute gab es jedoch überall nur ein Gesprächsthema: Der Bergbau und der Besuch von vorhin.

„Wir müssen diese Kerle aufhalten", lautete die Meinung an einem Tisch – genau genommen an fast allen Tischen. Auf der anderen Seite wurde jedoch auch erbittert über Jobchancen diskutiert.

„Glaubt ihr wirklich, dass die Bergbaugesellschaft Einheimische einstellen wird?", fragte Devon an einem der Tische.

Die Hälfte des Raumes schien sich auf einmal zu ihm umzudrehen. „Da hilft ein Blick auf die Geschichte. Als sie in North Slope Öl entdeckt haben, haben sie die Arbeiter hergebracht. Natürlich sind einige von hier, aber woher kommen denn die anderen? Sie bringen sie her. Falls diese Mine den Betrieb aufnimmt, wie wollen sie Arbeiter mit Erfahrung für derartige Vorhaben finden? Woher werden sie kommen?"

„Aus dem Süden", antwortete Joe Cunningham, dem das Grundstück am See neben Mrs. Fitz gehörte. Nachdem die Anwesenden das hatten sacken lassen, wurde dadurch eine ganz andere Diskussion ausgelöst.

„Ganz egal, welchen Deal der Staat auch aushandelt, das Geld wird woanders landen. Und was ist mit dem See? Alle Ausschwemmungen werden irgendwann dort ankommen."

„Aber der Fluss fließt gar nicht in den See", sagte Joe.

Devon nickte. „Nein, aber einige Gebirgsbäche sehr wohl." Er füllte die Kaffeetassen auf. „Und wir alle wissen, dass nichts in Isolation existiert, sondern alles irgendwie zusammenhängt. Es ist nur eine Frage der Zeit, bevor das Auswirkungen auf Grundwasser, den Fluss und schließlich den See oder andere Gewässer hat." Er fragte sich, ob er es besser lassen sollte, beschloss aber, dass er seine Sache genauso gut auch vortragen konnte. „Darf ich dich etwas fragen, Joe? Bauen die Seetaucher immer noch ihre Nester auf dem Teich dort drüben?" Er deutete mit der Hand in die Richtung. Joe nickte bestätigend. „Das habe ich mir gedacht. Was passiert, wenn etwas dort hineingelangt, und sie deshalb nicht mehr nisten können? Dann sind die Seetaucher verschwunden und ebenso alle Küken, die sie und ihre Nachkommen gehabt hätten … für immer. Was ist mit all den Dingen, die sie fressen, die dann aber nicht mehr gefressen werden? Den Insekten ohne Feinde, dem ungehindert wachsenden Gras? Sehr schnell wird es überhaupt keinen Teich mehr geben. Nur noch Schlamm. Wenn die Ausschwemmungen in den See gelangen, hat das Auswirkungen auf uns alle." Er drehte sich um und wollte wieder an die Arbeit gehen.

„Erinnert ihr euch noch an die Trockenperiode vor ein paar Jahren, als das Feuer die Fläche gegenüber der Seestraße verbrannt hat?", fragte Enrique, Devons Argument aufgreifend. „Dort stehen immer noch ausgebrannte Bäume. Das Unterholz fängt gerade erst an, sich zu erholen. Nur wenige Bäume schlagen überhaupt Wurzeln." Er stellte einige Teller ab. „Es wird Jahrzehnte dauern, bis sich das Stück Land erholt hat. Uns allen wird das Feuer noch lange in Erinnerung bleiben, weil schwarze Bäume hier ausgesprochen langsam verrotten. Dabei war das nur ein kleines Feuer, das wir alle mit vereinten Kräften gelöscht haben."

Devon fiel wieder ein, dass ihm sein Vater davon berichtet hatte und besorgt gewesen war, es könnte alles verbrennen.

„*Exxon Valdez*", steuerte ein anderer Mann bei. „Sie finden immer noch Öl an den Stränden. Man muss nur einen verdammten Stein umdrehen. Dabei ist das vor über dreißig Jahren passiert."

Das Ganze schien sich zu einer improvisierten Bürgerversammlung zu entwickeln. Wie Devon wusste, wurden Standpunkte in den Gemeinden oft an Orten wie diesem statt in Rathäusern gefestigt. Zumindest war das hier so.

„Was können wir tun?"

Devon überlegte kurz. „Verfasst eine E-Mail an die Behörden in Juenau. Bringt jeden dazu, sie zu schicken. Teilt den Leuten mit, was ihr wollt. Die Mine hat Leute, die sie repräsentieren. Wir müssen als Gemeinde alle zusammen das Gleiche tun."

Eine der Frauen holte bereits ihren Laptop aus der Tasche, stellte ihn auf den Tisch und begann zu tippen. „So etwas habe ich schon unzählige Male gemacht." Während sie gleichzeitig schrieb und aß, entwarf sie einen großartigen Brief, den sie anschließend Devon zur Korrektur reichte.

„Das ist besser als alles, was ich hätte tun können", erklärte Devon lächelnd. „Fügen Sie noch den Gouverneur und unsere Senatoren in Washington hinzu."

„Kein Problem." Sie stellte eine Liste von E-Mail-Adressen zusammen und schickte ihr Schreiben ab, sodass die Information damit einfach so weitergeleitet war. Überall im Trading Post begannen Handys zu vibrieren oder zu klingeln. Die Hälfte der Leute war eifrig dabei, eigene Texte zu verschicken. „Überflutet sie mit Unmengen an E-Mails. Teilt diesen Leuten mit, wie ihr euch fühlt. Ändert einiges von dem, was ich gesagt habe, damit es euren Gefühlen entspricht. Aber verschickt es."

Devon kehrte in die Küche zurück, wo Angie ihm mitteilte, wo die fertigen Bestellungen hinmussten. Er verteilte sie, und da sich das Gebäude langsam zu leeren begann, nahm er seine Schürze ab und setzte sich wieder in den Loungebereich. Dort rief er seinen Dad an, um sich zu vergewissern, dass es ihm gut ging und um ihm mitzuteilen, wo er sich befand.

„Wir haben eine Mailkampagne gestartet", erzählte er.

„Ich werde auch eine schicken", meinte sein Vater. „Habt ihr etwas Brauchbares bekommen?"

Anscheinend war die Info nicht bis zu seinem Vater durchgedrungen. „Nein. Wir wurden entdeckt und mussten schnell flüchten. Enrique und ich überlegen uns eine Möglichkeit, um zu bekommen, was wir wollen." Er war sich allerdings nicht allzu sicher, ob sie eine finden würden. „Mit ziemlicher Sicherheit werden sie sich eine Weile strikt an jede Regel und Vorschrift halten."

„Da stimme ich dir zu. Auf diese Weise werden wir jetzt nichts mehr erreichen. Wenn du nach Hause kommst, lad die Fotos auf meinen Computer. Dann schaue ich mal, ob ich etwas Brauchbares herausbekomme. Dann habe ich wenigstens etwas zu tun, statt nur hier rumzusitzen."

„Soll ich dich abholen? Ich kann dich herbringen. Ein paar Leute sind noch hier, und ich wette, sie würden sich freuen, dich zu sehen."

„Der Wagen ist hier …"

Devon fiel wieder ein, dass Enrique ihn abgeholt hatte. Er legte das Handy zur Seite. „Könnte jemand meinen Dad abholen? Er soll noch nicht wieder Autofahren, aber er langweilt sich zu Hause."

Lucy signalisierte ihre Bereitschaft und zog sich bereits ihre Regenkleidung an. „Sag ihm, dass ich in ein paar Minuten da bin." Bevor Devon überhaupt sein Handy wieder in der Hand hatte, war sie schon durch die Tür verschwunden.

„Lucy ist schon unterwegs, um dich abzuholen. Zieh dich schon mal an." Lucy schwärmte schon seit Jahren für seinen Dad, daher überraschte es Devon nicht, dass sie sich freiwillig geopfert hatte. Er vermutete, dass sein Vater sie ebenfalls mochte, aber sie umkreisten einander nur und unternahmen eigentlich nie etwas … soweit er wusste. Vielleicht waren sie ja ein heimliches Liebespaar. Der Gedanke, dass sein Vater … Er erschauderte und stoppte sich selbst. Warum sollte sein Dad nicht glücklich sein und Gesellschaft und sogar etwas Leidenschaft in seinem Leben haben? „Sie ist vermutlich in ein paar Minuten bei dir." Er beendete das Gespräch und lehnte sich zurück, als Angie ihm eine große Cola und einen Teller mit einem Burger und Pommes brachte.

„Das hast du dir verdient. Danke." Sie wollte in ihre Schürze greifen, doch Devon stoppte sie. Es war nicht nötig, dass sie ihr Trinkgeld mit ihm teilte.

„Ich habe gerne geholfen." Er lächelte sie an.

„Nur zu, iss." Sie eilte davon und glitt hinter die Bar, um eine weitere Runde Getränke einzufüllen.

Devon fühlte sich in der Nähe so vieler trinkender Menschen unwohl. Sein Vater kam um die Ecke und setzte sich neben ihn.

„Macht dir das Trinken zu schaffen?", wollte er wissen und klaute eine Pommes von Devons Teller. „Schau mich bloß nicht so an, mehr nehme ich nicht."

Devon biss sich auf die Unterlippe. „Ich weiß es nicht. Ein Teil von mir rät mir, etwas zu trinken, um Kontakte zu pflegen. Der andere Teil erinnert mich daran, dass ich seit zwei Jahren trocken bin und das Ganze nicht noch einmal durchstehen will. Damit aufzuhören war echt hart, aber ich habe es geschafft. Ich …"

„Ruf dir nur das ins Gedächtnis." Sein Vater tätschelte beruhigend Devons Knie. „Du bist ein besserer Mann, weil du es getan hast. Es erfordert viel Mut, seinen Dämonen die Stirn zu bieten."

Angie und Enrique kamen zu ihnen. Angie hatte ihm noch eine Cola mitgebracht. Enrique lächelte ihn an.

„Was kann ich dir bringen, Charles?", fragte Angie.

„Einen Burger, ohne Käse, mit Salat und Mayo. Und könnte ich statt der Pommes einen Salat bekommen?" Er sah Devon mit einem „Siehst du, ich bin gut" Blick an. „Und ein Glas Eiswasser."

„Klar." Sie eilte davon, um die Bestellung aufzugeben.

„Wie fühlst du dich Charles?", fragte Enrique. „Ich kann nicht allzu lange bleiben, weil ich noch Papierkram erledigen muss, wollte aber wenigstens kurz Hallo sagen, wenn sich schon die Chance bietet."

„Ganz gut. Ich habe einen Termin für weitere Untersuchungen meines Kopfes und der Arterien. Sie wollen sich vergewissern, dass ich nicht noch irgendetwas habe, das einen weiteren Schlaganfall auslösen könnte. Aber man kann nie wissen. Keiner von uns." Er streckte die Hand aus, und Lucy kam zu ihm und ergriff sie.

„Dad", sagte Devon grinsend, „hast du dich endlich getraut, mit ihr zu reden?"

„Nein. Genaugenommen habe ich das getan", meinte Lucy. „Ich dachte mir, wenn ich eine Chance haben will, muss ich sie auch ergreifen." Lächelnd nahm sie auf der Stuhllehne seines Vaters Platz. „Dieser alte Kauz hätte nie etwas gesagt. Wir beide haben nächste Woche unser erstes offizielles Date. Da wir uns aber schon jahrelang kennen, passen wir meiner Meinung nach gut zusammen."

Sein Dad lächelte. Devon spürte, wie sich seine Mundwinkel ebenfalls hoben.

„Danke. Er hat so oft von dir gesprochen, und ich habe mich immer gefragt, warum er nichts unternimmt. Ich bin davon ausgegangen, dass es wegen Mom und all dem war."

„Was kann ich ihr denn schon bieten?", meinte sein Dad.

Devon unterdrückte ein überraschtes Aufkeuchen. Er hatte seinen Vater nie als unsicher empfunden. Andererseits hatte er in ihm aber auch nie etwas anderes als seinen Dad gesehen. Das war etwas, das er wirklich ändern musste.

Devon aß seinen Burger und die Pommes auf und lehnte sich zufrieden zurück. Er hatte das Essen genossen und ihm war viel wärmer als noch kurz zuvor.

Der Regen ließ nicht nach, und als das letzte bisschen Helligkeit verblasste, wurde er wieder stärker. Lucy fuhr seinen Vater nach Hause, und Devon kehrte mit Enrique in dessen Wohnung zurück. Er hatte sich gefragt, ob er mit seinem Vater zurückfahren sollte, aber er und Lucy schienen einiges bereden zu müssen. Dabei brauchten sie ihn definitiv nicht.

Als Enrique die Tür des Trading Posts schloss und sich Stille ausbreitete, war es bereits spät. Der Post schloss um zehn, danach kam noch das Aufräumen. Erst nach elf Uhr hatte Devon Enrique ganz für sich.

„Ich stinke nach Fett und Essen", stellte Enrique fest. „Mach's dir gemütlich, ich bin gleich wieder da." Er ließ Devon im Wohnzimmer allein, sodass Devon in aller Ruhe den Raum und die Möbel betrachten konnte. Sie waren bequem, aber abgenutzt. An der Wand hing eine Mischung aus Zeichnungen und Fotografien. Darunter gab es auch einige gerahmte Bilder, die eindeutig von den Kindern stammten, mit denen Enrique arbeitete. Es gefiel Devon sehr, dass er seinen privaten Rückzugsraum mit dieser kostenlosen und besonderen Kunst füllte. Seiner Erfahrung nach konnten Kinder in das Herz eines Menschen sehen.

Im Badezimmer begann Wasser zu rauschen, und Devon wanderte hinüber zum Kaminsims, auf dem sich Unmengen großer und kleiner Schnitzarbeiten befanden. Er hob eine kleinere auf und betrachtete den schweren Holzotter in seiner Hand. „Wo hast du das gelernt?", fragte er, als er Enrique hinter sich spürte.

„Von meinem Großvater … na ja, meinem spirituellen Großvater. Er war Aleut und der beste Freund meines Vaters. Er hat aus Elfenbein geschnitzt, und ich habe viel mit ihm gearbeitet. Da ich aber kein Ureinwohner bin und kein offizielles Stammesmitglied werden kann, darf ich kein Elfenbein verwenden. Das ist nicht erlaubt. Deshalb wende ich seine Techniken an Holz an." In Enriques Stimme klang Traurigkeit mit.

„Ich erinnere mich an Opa Kallik", sagte Devon leise. Er hatte keine Ahnung gehabt, dass er gestorben war, und ein Teil von ihm bedauerte, dass er so lange weggeblieben war. Er stellte den Otter zurück an seinen Platz. „Ist das eine seiner Arbeiten?" Er deutete auf einen Elch aus Elfenbein.

„Den haben wir gemeinsam vor etwa fünf Jahren geschnitzt. Es war eine seiner letzten Arbeiten. Zum Schluss gelang es ihm nicht mehr, die Hände bei den Detailarbeiten ruhig zu halten. Daher habe ich ihn mit ihm zusammen gemacht. Danach hat er ihn mir geschenkt." Enrique hob das Tier hoch und legte es in Devons Hand.

Devon musterte es aufmerksam. Ihm fiel auf, dass die Ungleichmäßigkeit des Elfenbeins die Details des Elchs unterstrich. Das war das Werk eines erfahrenen, professionellen Künstlers und besaß fast Museumsqualität. Vorsichtig stellte er es zurück auf den Sims. „Deine Arbeiten sind unglaublich." Mit den Blicken streichelte er jedes Stück und konnte beinahe Enriques Berührung darauf fühlen. Der Mann schien einen Teil von sich selbst hinzugefügt zu haben. Es war nicht der Anblick, sondern die Wirkung, die jedes Stück auf ihn hatte. Das Walross rief Traurigkeit hervor, der Biber Verspieltheit, der Seehund Glück. Alle vermittelten eine bestimmte Emotion. Devon hatte keine Ahnung, wie Enrique das hinbekommen hatte. „Darf ich?" Auf Enriques Nicken hin hob Devon den Bären hoch. Plötzlich durchströmten ihn die Kraft und Würde des Tieres. Das war jedoch nicht alles. „Was ist mit diesem Bären geschehen?"

Devon spürte, wie sich Wärme in seinem Rücken ausbreitete und wusste, dass Enrique direkt hinter ihm stand. „Ich habe sie auf einer Wiese entdeckt. Opa Kallik hatte mich zu einem Ausflug auf den Denali mitgenommen. Er wollte mir zeigen, wie man jedes Tier einzigartig werden lässt, und wir waren auf der Suche nach einem Beispiel. Die Busfahrt zum Eielson Besucherzentrum dauerte Stunden. Wir sahen nichts, was etwas in einem von uns ausgelöst hätte. Auf dem Rückweg stoppte der Fahrer, weil sich am weit entfernten Wiesenrand wie kleine Punkte eine Bärenfamilie bewegte. Sie kamen näher und näher, und ich hob meine Kamera, um sie zu fotografieren. Opa Kallik bedeutete mir jedoch, sie abzusetzen. ‚Behalte sie in deinen Gedanken', sagte er. ‚Übergib sie deiner Erinnerung.' Also tat ich es. Es waren drei: eine Mutter und ihre Jungen. Das hier ist die Mutter. Die Jungen waren noch so klein, dass sie auf ihre Mutter angewiesen waren. Sie spielten und tollten neben ihr herum."

Devon nickte, die Schnitzerei immer noch in der Hand. „Warum hast du ihr ein derart verzweifeltes Aussehen gegeben?" Er konnte es beim Blick in ihr Gesicht regelrecht spüren. Die Augen und die traurig herabhängenden, statt sich eng um die Zähne kräuselnden Lippen, verrieten keine Wildheit, sondern nur Erschöpfung und Verlust. Die Wirkung war genial.

„Zwei Wochen später hat mich Opa Kallik erneut hingebracht, weil ich den Bären schnitzen wollte. Als wir an der Wiese vorbeikamen, hielten sie sich wieder dort auf … aber dieses Mal nur sie und ein Junges. Nach Aussage des Fahrers war das andere eine Woche zuvor verschwunden. An dem Punkt hat sich das Bild in meinem Kopf verändert. Ich habe es lange nicht vergessen können."

Die Trauer, die die Schnitzerei widerspiegelte, klang in Enriques Stimme mit. Devon stellte den Bären zurück und nahm ihn in die Arme.

„Das habe ich nach Opa Kalliks Tod geschnitzt." Enriques Augen glänzten, und Devon zog ihn näher an sich.

„Du hast deine eigene Trauer hineinfließen lassen", stellte er fest.

„Und die des Bären", fügte Enrique hinzu. Seine Stimme brach. Er wischte sich über die Augen und umarmte Devon fester. „Ich weiß, was du durchmachst. Mir ist klar, dass ich das Tier geschnitzt habe, ich kann mich aber nicht daran erinnern. Ich habe Unmengen getrunken, um die Trauer auszulöschen. Opa Kallik und ich waren beide im Rehabilitationsprogramm. Er war mein Sponsor und hat mich durch meinen Tiefpunkt begleitet. Als er dann starb, stürzte ich ab. Ihn zu verlieren war zu viel."

„Du musst es selbst dort raus geschafft haben", stellte Devon mit sanfter Stimme fest.

Enrique schüttelte den Kopf. „Das war Opa Kallik. Nach ein paar Wochen ist er mir im Traum erschienen. Zuerst hielt ich es für eine Halluzination, doch er kam immer wieder. Vielleicht war er tatsächlich eine Halluzination, doch er befahl mir, mein Leben wieder in den Griff zu bekommen, und ich hörte mit dem Trinken auf. Und als ich das tat, bekam ich den Brief. Er hatte mir seine Werkzeuge und etwas Geld hinterlassen und meinte, ich solle mich nützlich machen und etwas tun, das mich glücklich macht." Enrique holte tief Luft. „Mit dem Geld habe ich den Trading Post gekauft, als die Vorbesitzer beschlossen, weiterzuziehen."

„Was ist mit den anderen Schnitzereien? Vor allem dem Biber."

„Den habe ich letzte Woche gemacht."

Devon nickte. Der Biber strahlte Verspieltheit und Glück aus. Devon hoffte, dass er möglicherweise als Reaktion auf ihn geschnitzt worden war. Allerdings spielte das nicht wirklich eine Rolle. Dass Enrique glücklich war, reichte vollkommen aus.

Devon küsste ihn erneut, wollte mehr als alles andere, dass Enrique sich besser fühlte. Er hatte nicht vorgehabt, ein derart bedrückendes Gespräch zu führen. Mit einem Mal wurde ihm jedoch klar, wie viel Enrique ihm mitgeteilt hatte. Seine Geschichte zu erzählen, bildete einen Teil des Anonymen Alkoholiker Programms. Enrique hatte jedoch noch mehr getan – er hatte Devon in seine Gefühlswelt gelassen, ihm seinen schlimmsten Schmerz gezeigt.

Es gab verschiedene Arten von Intimität. Devon kannte die meisten davon. Am seltensten war die Intimität der Seele, bei der man die Dinge offenlegt, die das Potenzial besitzen, einen bis in Innerste zu verletzten. Meistens übersah man sie. Bei Enrique hatte Devon sie nicht übersehen, und sie hatte seine Seele so berührt, dass er die Erinnerung daran immer mit sich tragen würde. „Warum gehen wir nicht ins Zimmer nebenan? Hier draußen ist es etwas kühl." Er legte die Hände auf Enriques warmen Oberkörper und rieb sanft mit den Daumen über die aufgerichteten Nippel.

„Aber nicht mehr lange." Enrique stöhnte leise auf, als Devon um ihn herumgriff und an dem Verschluss zog, um den Zopf zu lösen. Er schnappte auf, die Locken fielen heraus und ergossen sich über seine Schultern.

„So mag ich dich am liebsten."

„Du hast einfach nur einen Fetisch für mein Haar."

Devon kicherte. „Okay, vielleicht habe ich den tatsächlich, aber mir gefällt dein Haar offen am besten. Es wirkt so frei und fließend, genau wie es sein sollte. Nicht straff zusammengebunden, sondern ein bisschen wild und ungezähmt." Bevor Enrique etwas erwidern konnte, küsste er ihn und dirigierte ihn Richtung Schlafzimmer.

An der Tür angelangt, zog Devon an dem Handtuch, sodass es zu Boden fiel. Er verschwendete keinen Gedanken daran, sondern schob Enrique rückwärts Richtung Bett, bis er mit einem kleinen Hüpfer darauf fiel. Die dunklen, etwas geheimnisvollen Augen verdunkelten sich noch mehr, als Devon den Schwanz zwischen die Lippen nahm und ihm ein tiefes, kehliges Stöhnen entlockte. Das Geräusch setzte sich unten an Devons Wirbelsäule fest und ließ seine eigene Erregung in solche Höhen schießen, dass ihm beinahe schwindelig wurde.

„Du bist immer noch angezogen", stellte Enrique fest und zog ihn nach unten aufs Bett. Devon wusste bereits, dass Enrique über begabte Hände verfügte, doch der Mann bewies es ihm erneut, als er ihn schnell entkleidete.

„Und du bist nackt. Ich mag dich nackt." Mit den langen, geschmeidigen Muskeln und dem teilweise über die Augen fallendem Haar sah Enrique atemberaubend aus. Devon strich das Haar zurück, schlang es um seine Finger und küsste ihn.

„Ich mag dich", sagte Enrique mit sanfter Stimme.

Devon nickte lächelnd. Er fing langsam an, Enrique mehr als nur zu mögen, was ihn gleichzeitig ängstigte und unglaublich freute.

Doch er wollte jetzt nicht an seine mögliche Abreise denken und schob den Gedanken weit von sich. Er war zu glücklich, um sich dadurch ablenken zu lassen.

„Was ist los?" Enrique war einfach zu aufmerksam.

„Nichts", erwiderte er, vermutlich zu schnell.

„Du denkst daran, dass du zurückmusst, stimmt's?" Enrique rollte sich von ihm herunter. Devon setzte sich auf und lehnte sich gegen das Kopfteil. „Ich dachte, du wärst hier glücklich und hättest vielleicht deinen Platz gefunden."

„Möglicherweise habe ich das auch", flüsterte er. „Ich weiß nicht, was ich tun werde. Ich liebe es hier, obwohl ich das nie für möglich gehalten hätte." Der Gedanke, Enrique zu verlassen, bereitete ihm Herzschmerz und doch wusste er, dass sich nicht vor der Welt verstecken konnte. Das würde ein Leben hier jedoch bedeuten. „Dad ist immer noch nicht ganz gesund. Mir bleibt also noch Zeit. Ich muss einige Dinge für mich herausfinden." Vielleicht konnte er ja den Großteil des Jahres hier arbeiten, und falls erforderlich, einige Zeit in New York verbringen. Er wusste es nicht. Keine der Antworten fühlte sich hundertprozentig richtig an ... zumindest nicht im Moment.

„Ich verstehe." Enrique senkte den Blick.

„Ich glaube nicht, dass du das tust. In New York war nicht alles perfekt, aber ich habe dorthin gepasst und hatte mein Leben dort. Ich habe tatsächlich einige meiner Dämonen besiegt und es geschafft, trocken zu werden." Er fuhr sich mit den Fingern durch die Haare. „Ich habe nicht damit gerechnet, jemandem wie dir hier zu begegnen. Schon gar nicht habe ich mit solchen Gefühlen gerechnet." Sein Magen begann kleine Salti zu schlagen, und er fragte sich, ob sein Burger wieder zum Vorschein kommen würde. „Ich habe nicht damit angefangen, um dich zu verletzen oder ..."

Enrique ergriff seine Hand und verflocht ihre Finger miteinander. „Es ist nicht deine Schuld. Ich bin mit offenen Augen in diese Sache hineingegangen. Ich schätze, ich habe mich von meinen Wünschen leiten lassen. Das kann jedem passieren und ist wirklich nicht deine Schuld. Es ist viel verlangt, zu erwarten, dass jemand sein Leben aufgibt und einen Sprung ins Ungewisse wagt." Er seufzte.

„Willst du, dass ich gehe?" Er glitt bereits vom Bett.

„Nein." Enrique berührte seinen Arm. „Ich finde es schön, dass du hier bist. Außerdem machst du mich glücklich."

Devon musste schlucken. „Du machst mich auch glücklich." Und damit hatte er am allerwenigsten gerechnet, als er zurückgekommen war, um sich um seinen Dad zu kümmern. Devon war zwar hier aufgewachsen und verfügte über schöne Erinnerungen, hatte aber nie erwartet, an diesem Ort eine emotionale Verbindung zu finden. Und jetzt, da er sie besaß, wusste er nicht, was er damit anfangen sollte. „Dad wird mich noch einige Wochen brauchen. Ich kenne noch nicht alle

Antworten …" Er wollte Enrique nichts vormachen, wusste aber verflucht noch mal nicht, was er tun sollte.

„Ich weiß." Enrique zog ihn zurück aufs Bett. „Wie wäre es, wenn wir einfach jeden Tag nehmen, wie er kommt?"

Devon schloss die Augen und küsste Enrique. Das konnte er.

9

DER REGEN vom Vortag war weitergezogen, und die Sonne schien wunderbar warm auf seine Haut, als er zur Bücherei hinüberging, um alles für Devons nächste Kunststunde vorzubereiten. Vormittags hatten sie die dunklen Fotos an Charles geschickt. Zum Glück war ein Teil ihrer emotionalen Düsterkeit zusammen mit den Wolken abgezogen. Enrique hatte sich den Morgen über um seine Gäste gekümmert und den Frühstücksdienst übernommen, da Angie frei hatte. Weil Jim nachmittags hinter der Bar arbeitete, hatte er gehen können.

Er ging gerne zu Fuß und genoss es draußen zu sein. Die Seetaucher auf dem Teich riefen einander, während er in Richtung Hauptstraße abbog und dann hinab zur Einfahrt des Community Centers lief. Er war nicht überrascht, dass die Tür offen war und sich im Büchereibereich einige Leute aufhielten.

„Guten Tag", begrüßte Enrique die Frauen an den Tischen. Eine Gruppe spielte Karten, während andere Bücher lasen oder durch Ferngläser schauten, vermutlich um die Vögel auf dem See zu beobachten.

„Geh nicht rein", warnte ihn Mrs. Fitz. „Devon ist bereits drinnen. Er hat alles vorbereitet und arbeitet jetzt. Als ich reingeguckt habe, hat er nicht mal von seinem Bild hochgeschaut." Sie legte ihre Karten auf den Tisch und strich grinsend den Pot ein. Mrs. Fitz liebte Poker. Die Frau konnte bluffen wie kein zweiter.

Enrique überließ die Damen ihrem Spiel und linste in den Raum. Devon saß vor dem Fenster und nutzte das natürliche Licht. Er schaute von seiner Arbeit auf, legte den Pinsel ab und lächelte Enrique an. „Ist es schon soweit?"

Enrique kam herein und schloss die Tür hinter sich. „In ein paar Minuten." Er ging zu ihm hinüber, bemüht, nicht auf das Bild zu schauen, an dem sein Freund gerade malte. Doch Devon drehte die Leinwand herum. Enrique blieb wie angewurzelt stehen, als ihn sein eigenes Gesicht entgegenblickte. „Das ist ..."

„Ja. Ich habe eine Idee für ein Bild. Das ist die letzte Skizze dazu." Er lächelte. „Ich finde es atemberaubend. Du bist definitiv dazu bestimmt, in einem Kunstwerk verewigt zu werden." Devon drehte es auf der Staffelei um und lehnte sich zurück.

„Wie lange bist du schon hier?" Er beugte sich näher zu ihm, und Devon küsste ihn.

„Nachdem du nach unten zur Arbeit gegangen bist, habe ich erst nach Dad geschaut. Er war schon aufgestanden und bereits damit beschäftigt, die Bilder zu bearbeiten. Da ich Licht brauchte, hat er mir einen Schlüssel gegeben, und ich bin rübergekommen und habe mich an die Arbeit gemacht." Er wirkte irgendwie aufgedreht. „Nach dem Unterricht stelle ich es fertig. Morgen muss ich nach

106

Anchorage, um eine Leinwand abzuholen." Das Funkeln seiner Augen ähnelte den Sonnenstrahlen auf dem Wasser. „Ich habe sie entdeckt, als ich den Leihwagen zurückgebracht habe und angerufen, um mich zu vergewissern, dass sie noch da ist."

„Aber du hast doch welche hier", wandte Enrique ein.

„Die sind nicht groß genug, und im Laden gab es eine in der richtigen Größe." Sie passt gerade noch auf die Ladefläche von Dads Truck." Vor Aufregung redete er wie ein Wasserfall.

Enrique fragte sich, was Devon vorhatte, wollte aber nicht neugierig sein. Die Kreativität schien nur so zu sprudeln. „Soll ich mitkommen?"

Devon zuckte mit den Schultern. „Das ist nicht nötig. Ich muss noch ein paar andere Utensilien besorgen und fahre danach sofort zurück. Meinst du, es ist okay, wenn ich diesen Raum eine Zeit lang benutze? Ich brauche einen Raum mit großen Fenstern. Bei Dad ist nicht genug Platz." Das, was fast wie Raserei wirkte, verschwand. „Ich weiß jetzt genau, was ich malen will und was es aussagen soll. Es befindet sich genau hier in meinen Fingerspitzen. Ich habe Angst, dass es verschwindet, wenn ich warte. Klar besitze ich Notizen und Skizzen, aber etwas Derartiges habe ich schon lange nicht mehr gespürt."

„Dann besorg' unbedingt, was du brauchst. Ich stellte sicher, dass dieser Raum für dich reserviert wird." Außerdem würde er die anderen bitten, ihn nicht zu betreten. „Der Unterricht beginnt eigentlich in fünfzehn Minuten."

„Bis dahin werde ich fertig sein", versprach Devon und begann aufzuräumen.

Vor der Tür strich Mrs. Fitz mit fast teuflischem Grinsen gerade einen weiteren Pot ein. Enrique fragte sich, warum überhaupt noch jemand mit ihr spielte. „Devon würde den Raum gerne die nächste Woche nutzen. Könnten Sie ihn für ihn reservieren und die anderen nicht reinlassen?", bat er.

„Warum?"

Ihre Neugier parierte er mit einem funkelnden Blick. „Er ist ein Künstler, der einen Platz benötigt, an dem er arbeiten kann. Und alle anderen halten sich besser fern." Mit in die Hüften gestemmten Händen erwiderte er jeden einzelnen, vermeintlich unschuldigen Blick. „Woran er arbeitet, ist allein seine Sache und sollte es auch bleiben, bis er beschließt, es uns zu zeigen. Falls er das überhaupt vorhat. Klar?" Manchmal musste man den Damen klarmachen, wann verdammt noch mal Schluss war.

„Selbstverständlich", stimmte Mrs. Fitz zu und die anderen nickten. „Alles, was du willst."

Enrique lächelte. „Okay. Jetzt reicht's, Sie hinterhältige alte Frau. Ich kann direkt in Sie hineinsehen", schimpfte er grinsend. Sie lachte auf. „Ich nehme es Ihnen nicht übel, dass Sie es versucht haben. Aber ich meine es ernst. Und Devon nimmt seine Arbeit ernst. Was er auch vorhat, es ist ihm wichtig."

Sie nickte. „Und deshalb ist es dir ebenfalls wichtig." Manchmal bekam sie viel zu viel mit. „Ich werde ihn für den Raum eintragen und es als privat vermerken." Ihr Blick wurde streng. „Ist das für dich in Ordnung?"

„Vielen Dank." Sie lächelten sich an, als Devon herauskam und zu ihnen trat. „Alles ist bereit. Kommen Sie rein. Holen Sie Ihre Leinwände, damit wir anfangen können."

Beim Eintreten stellte Enrique überrascht fest, dass Devon das Porträt so gestellt hatte, dass es alle sehen konnten.

„Letztes Mal haben wir uns um den Himmel gekümmert, dieses Mal ist das das Wasser an der Reihe." Devon drehte sich, um aus dem Fenster zu schauen. „Wie Sie alle sehen können, verfügt das Wasser über genauso viele Stimmungen wie der Himmel, vor allem, weil es das Darüberliegende reflektiert. Wenn Ihr Himmel dunkel und düster ist, trifft das auch auf das Wasser zu. Haben wir dagegen so strahlendes Wetter wie heute, tanzen die Sonnenstrahlen auf der Oberfläche. Sie bewegen sich unaufhörlich und ändern sich jede Sekunde."

Devon stellte sein eigenes Bild auf und demonstrierte Techniken, mit denen sie die gewünschten Effekte erreichen konnten. Der Unterricht war großartig, und sobald Enrique wusste, was er malen wollte, machte er sich an die Arbeit. Währenddessen schritt Devon durch den Raum, um Hilfe und Unterstützung anzubieten.

„Keine Sorge, wenn es nicht sofort so aussieht, wie Sie es sich vorgestellt haben. Die Menschen haben schon immer Wasser gemalt und einige versuchen ihr ganzes Leben lang, es richtig hinzubekommen. Zwei meiner Lieblingsgemälde mit Wasser sind *Christus im Sturm auf dem See Genezareth* und *The Gulf Stream*. Es sind großartige Wassermotive, aber ihre Ausarbeitung und Fertigstellung erforderte jede Menge Zeit. Erlauben Sie sich, Fehler zu machen. Nur so lernen wir."

Enrique war ziemlich zufrieden mit seinem Werk. Zumindest spiegelte es die gewünschte Stimmung wider. Nachdem alle mit ihren Bildern beschäftigt waren, widmete sich Devon seinem eigenen, stand jedoch auf Nachfrage mit Rat zur Seite. Am Ende der Stunde waren alle weit gekommen. Devon erklärte, dass sie beim nächsten Mal den Vordergrund und die Vegetation rund um den See hinzufügen würden. „Wir bauen das Gemälde von hinten nach vorne auf." Alle schienen Spaß gehabt zu haben und stellten ihre Arbeiten zum Trocknen auf. Angeregt miteinander redend verließen sie den Raum.

„Sollen wir nachher zusammen etwas essen?", wollte Enrique wissen.

„Das wäre toll. Aber ich werde selber kochen. Diese Mühe kann ich nicht immer Rita aufbürden. Daher sind Dad und ich sozusagen auf uns alleine gestellt. Ich habe Rita bereits ein kurzes Dankesschreiben geschickt, wie sehr ich das, was sie für uns getan hat, zu schätzen weiß."

Enrique nickte langsam. „Sie ist eine echt nette Frau, die einfach jemanden braucht, um den sie sich kümmern kann."

„Das habe ich mir schon zusammengereimt", stimmte Devon zu. „Und ich werde mich nochmals bei ihr bedanken. Versprochen."

Enrique merkte, dass Devon Aufmerksamkeit bereits zu ganz anderen Dingen abschweifte. Daher küsste er ihn zärtlich, verließ den Raum und schloss die

Tür hinter sich. Die Frauen hatten sich erneut um die Tische versammelt, verhielten sich jetzt jedoch ruhiger und lasen, strickten oder häkelten. Vor dem Winter gab es immer Projekte, die noch fertiggestellt werden mussten. Wenn er sich recht überlegte, hatte er selber auch noch einiges zu erledigen, bevor die Kälte einsetzte.

DIE NÄCHSTEN Tage arbeitet Enrique durchgängig und lange, damit Angie frei nehmen konnte, und er etwas zu tun hatte. Devon schien ebenfalls zu arbeiten. Zumindest hatte Enrique von Charles und einigen anderen erfahren, dass das Licht im Gemeinschaftsraum bis spät in die Nacht brannte. Wie er wusste, war Devon tatsächlich nach Anchorage gefahren, hatte seine fast-zu-groß-für-die-Tür-Leinwand in den Gemeinschaftsraum transportiert und sich dann praktisch selbst weggesperrt.

„Schau nach, ob es ihm gut geht", riet ihm Angie Freitagnachmittag. „Sonst brennst du mit deinen Blicken noch ein Loch in die Tür."

„Er arbeitet, und ich will ihn nicht stören. Außerdem weiß er, wo er mich findet."

Angie versetzte ihm einen kräftigen Schlag auf die Schulter. „Du bist ein echt fleißiger, fürsorglicher Mensch, aber manchmal denke ich, dass du nicht mal den Verstand einer Schnecke besitzt. Wenn er hart arbeitet, dann braucht er jemanden, der nach ihm sieht. Wann war er das letzte Mal bei Charles? Wenn ihr Künstler in eurer Arbeit versinkt, vergesst ihr alles andere." Sie schob ihn praktisch zur Tür. „Nimm dir eine halbe Stunde Zeit und schau nach, ob er okay ist." Sie reichte ihm eine Tüte mit ein paar Essensbehältern. „Bei der Gelegenheit kannst du ihm gleich etwas zu essen mitbringen."

„Manchmal bist du echt penetrant", stellte Enrique grinsend fest.

„Genau deshalb liebst du mich doch. Und jetzt kümmere dich um deinen Mann." Sie scheuchte ihn hinaus.

Enrique stieg in seinem Wagen und fuhr den kurzen Weg zu Bücherei und Gemeindezentrum. Dort saßen Mrs. Fitz und Rita an einem der Tische. Aufmerksam hörten sie zwei Kindern zu, die im Schneidersitz auf dem Boden saßen und ihnen leise vorlasen. Mrs. Fitz deutete nickend auf die Tür, ohne ein Wort zu sagen.

Enrique klopfte und drückte die Klinke herunter. Da nicht abgeschlossen war, schob er den Kopf hinein. Devon hatte die große Leinwand an eine Wand gelehnt, die er als Staffelei nutzte, während er auf dem Boden sitzend Farbe auftrug. „Ich habe dir etwas zu essen mitgebracht."

Devon hob kaum den Blick und arbeitete weiter. „Danke." Enrique spürte, wie die Energie im Raum wie ein unsichtbarer Dunst um ihn herumwirbelte.

„Mach ein paar Minuten Pause. Angie hat das hier extra für dich gemacht." Er setzte sich an einen Tisch und packte das Essen aus. Ganz bewusst schaute er nicht auf das Bild, da er nicht wusste, ob es Devon recht wäre.

„Okay." Devon legte die Pinsel ab und drehte vorsichtig die Leinwand um. „Ich weiß, dass es komisch wirkt, aber ich will nicht, dass es jetzt schon jemand sieht." Seine Hand zitterte.

Enrique legte die Club Sandwiches und Zwiebelringe auf Teller. Außerdem hatte Angie auch noch zwei Dosen Cola eingepackt, die er öffnete, während Devon sich einen Stuhl heranzog.

„Klappt es?", fragte Enrique.

„Ja und nein. Meine ursprüngliche Vision funktioniert nicht, aber mit dem Rest komme ich weiter. Zuerst habe ich mir überlegt, die gesamte Leinwand als Landschaft zu nutzen, dann aber das Format geändert, weil mir das Bild im Hochformat besser gefällt." Er rieb sich die Schläfen. Enrique beugte sich über den Tisch, um ihn zu küssen.

„Wann warst du zuletzt woanders als hier?"

„Gestern Abend, als es zu dunkel wurde. Ich habe nach meinem Vater geschaut, mich hingelegt und bin dann gleich nach dem Aufwachen wieder hergekommen." Immerhin hatte Devon geduscht, seinem Essenstempo nach zu urteilen sich aber nicht allzu oft Zeit für eine Mahlzeit genommen. „Ich denke, noch ein paar Tag und eine große Entscheidung, dann ist das hier fertig." Er schluckte und nahm noch einen riesigen Bissen. Enrique aß zwar ebenfalls, überließ Devon aber alles, was er wollte.

„Du bist also wirklich okay?", fragte Enrique.

„Klar. So arbeite ich. Erst bin ich tagelang aktiv, und wenn das Bild dann fertiggestellt ist, breche ich eine Weile zusammen. Ich muss das aber fertigkriegen. Ich kann nicht aufhören, sonst verschwindet es vielleicht und wenn das geschieht … Ich weiß nicht. Ich will nicht wieder dorthin zurück. Ich brauche das hier." Er steckte sich das letzte Stück Sandwich in den Mund und erhob sich. Plötzlich starrte er Enrique an. „Stell dich rüber ans Fenster."

„Was?"

„Nimm dein Essen und stell dich einfach ans Fenster. Bitte." Devon eilte zu seiner Leinwand und lehnte sie gegen einen der Tische, als Enrique seiner Bitte folgte. „Du kannst machen, was du willst, aber du musst genau dort stehenbleiben."

Devon schnappte sich einen Block und einen Bleistift und begann, schnell zu skizzieren. Seine Hände flogen regelrecht über das Papier. Er schaute erst zur Leinwand, dann zu Enrique und zum Schluss auf seine Skizze und fing an zu grinsen. „Das wird perfekt."

Enrique aß und trank weiter, blieb jedoch wo er war. „Ich muss zurück in den Trading Post."

Devon nahm erneut den Skizzenblock in die Hand und machte noch einige Zeichnungen. „Okay. Danke." Er verschwand hinter der Leinwand und Enrique fragte sich, ob er noch gebraucht wurde. „Das war perfekt. Ich glaube, jetzt habe ich es." Devon hüpfte so freudig hinter der Leinwand hervor wie ein Kind am Weihnachtsmorgen. „Ich habe alles. Es ist genau hier." Er warf sich in Enriques

Arme, drückte ihn an sich und sprang dabei auf und ab. „Ich muss weitermachen, aber ist es okay, wenn ich später bei dir vorbeikomme? Ich habe es. Die Vision ist da und ganz klar."

„Natürlich. Bis später." Enrique schloss die Tür hinter sich, verabschiedete sich von Mrs. Fitz und Rita und begab sich auf den Rückweg zur Arbeit.

Natürlich freute ihn, dass Devon inspiriert war, allerdings hatte er sich in den letzten Tagen etwas vernachlässigt gefühlt. Schließlich hatten sie viel Zeit miteinander verbracht und endlich die ersten Schritte in Richtung einer möglichen Beziehung oder zumindest des Starts einer solchen gemacht. Jetzt aber war Devon verschwunden. Enrique wusste, dass er arbeitete und ihm seine Arbeit sehr wichtig war, doch er vermisste es, Zeit mit ihm zu verbringen.

Er bog auf den Parkplatz des Trading Post ab, schaltete den Motor aus und schimpfte mit sich selbst, weil er sich wie ein verzogenes Gör benahm. Devon war gerade dabei, etwas Besonderes zu erschaffen. Dabei sollte Enrique ihn eigentlich unterstützen und Verständnis zeigen. Er öffnete die Autotür und ging hinein, um sich wieder an die Arbeit zu begeben.

Im Trading Post herrschte fast den ganzen Tag Hochbetrieb, sodass Enrique kaum Gelegenheit hatte, über die Tatsache nachzudenken, dass er hoffte, Devon würde hereinkommen und auf dem Sessel in der Lounge – den Enrique in Gedanken bereits als seinen ansah – Platz nehmen. Ja sicher. Als er gerade todmüde die Eingangstür zuschließen wollte, trat ein völlig erschöpfter, aber strahlend lächelnder Devon ein.

„Hast du hinbekommen, worauf du gehofft hast?"

Er nickte. „Es ist großartig." Devons Umarmung ähnelte der eines Duracell-Häschens. Mit einem Mal schien er nur noch aus Energie und Tatendrang zu bestehen. „Können wir nach hinten gehen?"

„Gibst du mir zehn Minuten, um überall abzuschließen?", bat Enrique.

Devon küsste ihn und verschwand durch die Tür in Enriques Wohnung.

Enrique beeilte sich, verabschiedete schnell Angie, schloss alles ab und betrat seine kleine Wohnung.

Dort herrschte Stille. Fast erwartete er, Devon schlafend vorzufinden, doch als er die Tür zum Schlafzimmer öffnete, entdeckte er einen äußerst wachen und nackten Mann in seinem Bett. Devon legte das Buch weg, in dem er gelesen hatte, und fixierte Enrique mit einem derart gierigen Blick, dass es ihm heiß den Rücken hinablief. „Brauchst du Hilfe beim Ausziehen oder soll ich einfach liegenbleiben und dir zusehen?"

Mit einem Griff nach hinten zog sich Enrique das Band aus den Haaren, sodass es locker über seine Schultern fiel. Devon leckte sich über die Lippen, den Blick unverwandt auf ihn gerichtet. Als Enrique sein Hemd auszog und sein Haar ausschüttelte, ließ Devon seine Hand den Bauch hinabgleiten. „Oh nein. Behalt' die Hände auf dem Bett. Das hier wird eine langsame Sache."

„Irgendwie glaube ich das nicht so recht." Sein Grinsen verriet sehr viel mehr als seine Worte. Er beugte sich vor und stützte sich auf Hände und Knie. „Ich kenne den Ausdruck in deinen Augen und kann die durch deinen Körper rasende Lust fast spüren." Er krümmte den Finger. Enrique musste schlucken. Himmel, Devon war so umwerfend geschmeidig und sexy und zog Enrique an wie das Licht die Motte. Er streifte sich die Schuhe ab und zog seine restlichen Sachen aus. Die ganze Zeit schaute er Devon unverwandt an.

Der Mann war der personifizierte Sex. Es gelang ihm nicht, den Blick von Devon zu nehmen. In dem Moment, in dem er ins Bett stieg, wand sich Devon um ihn, ließ seine Hände über seinen Körper gleiten und machte ihn von Sekunde zu Sekunde immer schärfer.

Devon eroberte Enriques Lippen und begann leicht daran zu saugen. Verdammt, der Mann konnte echt küssen. Enrique fiel es schwer, die Augen nicht vor dem intensiven Blick zu schließen. Devon wusste ganz genau, was Enrique wollte und gab es ihm bedingungslos. „Du bist wie ein lebendes Stromkabel."

„Das ist immer so, wenn meine Kreativität fließt. Manchmal klettere ich vor lauter Energie praktisch die Wände hoch." Devon drehte sie herum, bis Enrique flach auf dem Rücken lag. Er starrte zu Devon hinauf und fragte sich, was sein Freund vorhatte. „Ich will dich so sehr. Seit du gegangen bist und auf meiner Leinwand Gestalt angenommen hast, konnte ich an nichts anderes denken."

„Du hast mich zu einem Teil davon gemacht …"

Devon nickte. „Das wird mein Meisterstück. Ich konnte dich nicht rauslassen." Er schloss die Lücke zwischen ihnen. „Ich musste mein Herz und meine Seele hineinbringen, und das bedeutete: dich." Devon streichelte Enriques Wange. „Vorher habe ich etwas anderes versucht, aber das hat nicht funktioniert – bis zu dir hat gar nichts funktioniert." Er sprach so leise, dass Enrique ihn kaum verstand. „Ich hoffe, das ist in Ordnung. Ich weiß nämlich nicht, wie ich es anders machen sollte." Devon umfasste Enriques Wangen und zog ihn nach oben, um ihm dann leidenschaftlich zu küssen, bis er keine Luft mehr bekam.

„Und was genau malst du?"

„Das Werk vereint alle Teile meines Herzens in einem einzigen Bild. Ich weiß, dass sich das verrückt anhört, aber so ist es. Dieses Werk wird alles von mir darstellen: alles, was ich bin und mir wünsche. Ich habe herausgefunden, wie ich das hinkriege. Das einzige Problem wird sein, es nach der Fertigstellung loszulassen." Als er anfing, leicht zu zittern, war es an Enrique, zu übernehmen. Er zog Devon so dicht an sich, dass ihre nackten Körper aneinandergepresst wurden.

„Das gehört dazu, wenn man etwas erschafft. Wenn wir es nicht loslassen, kann es sich nicht verselbstständigen. Und das tun wir. Wir gebären Ideen und Gefühle und entlassen sie dann hinaus in die Welt, damit sie wachsen können." Er küsste Devon leidenschaftlicher als je zuvor.

„Ich weiß", flüsterte Devon, als Enrique sich von ihm löste. „Ich muss das hier gehen lassen. Es wird nur schwer werden." Enrique hatte gehofft, den Schmerz tief in Devons Augen wegküssen zu können. „Ich werde es tun, weil ich muss." Er seufzte. Enrique spürte, wie die Leidenschaft aus dem Zimmer sickerte.

Er zog Devon in seine Arme und hielt ihn einfach nur fest. „Vielleicht ist das heute keine so gute Idee. Schließ einfach die Augen. Ich bin genau hier. Wir müssen nichts anderes tun, außer zu schlafen." Egal, was Devon auch zuvor gesagt hatte, es war ziemlich klar, dass er Unterstützung und Zuwendung dringender brauchte als Sex.

„Ich bin wirklich müde", gestand Devon seufzend. „Tut mir leid ..."

„Hey. Der Sex mit dir ist großartig. Aber dich so im Arm zu halten, fühlt sich auch ziemlich toll an." Es verblüffte Enrique, wie verletzlich sein Freund in diesem Augenblick war. Dieses Bild verlangte Devon jedoch viel ab, und Enrique wusste, dass man in einem solchen Fall jemanden brauchte, der einem half, das Verbrauchte wieder aufzufüllen. „Schließ einfach die Augen und schlaf. Dein Bild ist morgen immer noch da. Es wird nirgendwohin verschwinden, ebenso wenig wie deine Vision. Sie ist so stark, dass ich sie spüren kann."

„Woher weißt du das?", wollte Devon wissen und zuckte plötzlich hoch.

„Ich bin fest davon überzeugt. Enrique rieb Kreise auf Devons flachen Bauch. Der Mann musste mehr essen. Enrique hätte wetten können, dass er sich in den letzten paar Tagen nur Zeit für wenige Mahlzeiten genommen hatte. Wahrscheinlich war das der Grund, warum er sich jetzt so fühlte. „Du musst dich besser um dich selbst kümmern. Oder jemanden finden, der bereit ist, auf dich aufzupassen."

„Kennst du jemanden, der dem gewachsen wäre? Das kann eine echte Herausforderung sein." Jetzt wurde er echt klugscheißerisch, doch Enrique hörte es gerne.

„Mir fallen da ein oder zwei Leute ein. Ich muss noch etwas darüber nachdenken." Er wackelte ein wenig mit den Hüften und küsste Devon auf die Schulter. „Lass die Dinge einfach eine Weile ruhen und schlaf."

MITTEN IN der Nacht riss sie der auf das Dach trommelnde Regen aus dem Schlaf. Als Enrique die Augen einen Spalt öffnete, rollte sich Devon zu ihm herum und begann ihn zu küssen. Sie liebten sich zum Geräusch des Regens und schliefen danach erneut ein.

Die andere Seite des Bettes war leer, als Enrique am nächsten Morgen aufwachte. Es verunsicherte ihn etwas, dass Devon bereits gegangen war und ihn nicht geweckt hatte, um sich zu verabschieden. Aber da es sich nicht um einen unglückseligen One-Night-Stand handelte, schüttelte er den kurzen Moment der Einsamkeit ab, stieg aus dem Bett und stellte sich unter die Dusche. Danach suchte er im Schlafzimmer nach seinem Handy. Darauf entdeckte er eine Nachricht von Devon, in der er ihm mitteilte, dass er zurück an die Arbeit gegangen sei, und sie sich später sehen würden. Darunter befand sich ein Smiley. Nachdem er eine schnelle Antwort geschickt hatte, ging er in den Trading Post, um sich um die Frühstücksvorbereitungen zu kümmern.

„Da ist aber heute Morgen jemand früh wach und ein bisschen verlegen", meinte Angie, als sie vormittags kam. Enrique hatte seine morgendlichen Aufgaben auf Autopilot erledigt, während er über die vergangene Nacht nachgedacht hatte. Er musste unbedingt seinen Gesichtsausdruck besser unter Kontrolle bekommen, wenn nicht die ganze Stadt über sein Privatleben Bescheid wissen sollte.

„Mach mal halblang", bat er und schaute auf die Uhr. „Bist du zum Arbeiten hier oder um mir das Leben schwer zu machen?"

„Oh, ich habe die Wahl? Dann mache ich dir das Leben schwer. Das ist viel lustiger, als zu arbeiten." Sie ließ sich mit dem Hintern auf einen der Barhocker plumpsen und klimperte mit den Wimpern. „Eigentlich wollte ich nur mal schauen, ob viel los ist. Denn wenn nicht, würde ich heute gerne nach Anchorage fahren. Ich weiß, es ist Samstag und so … ich werde rechtzeitig zum Abendessen zurück sein." Ihre Miene wurde ernst und Enrique dämmerte, dass ihre vorherige Ungezwungenheit nur vorgetäuscht gewesen war. „Äh … tja … letzten Winter habe ich jemanden kennengelernt. Sie lebt in Anchorage, und wir haben eine lockere Beziehung. Allerdings hat sie erst kurz vor unserem Kennenlernen ihren Mann verlassen. Das macht die ganze Sache etwas schwierig. Wie sich herausstellte, ist sie von dem miesen Dreckskerl schwanger."

„Geht es ihr gut?"

Angie schüttelte den Kopf. „Sie hat angerufen, weil sie Schmerzen hat und " Sie sackte in sich zusammen. „Mir war nicht klar, dass es zwischen uns ernst geworden ist, aber als ich ihre Stimme gehört habe …"

Ihre Hand zitterte. Enrique begriff erstens, dass er eine verliebte Frau vor sich hatte und zweitens, dass sie immer noch hier saß.

Seine Augen wurden groß. „Steig ins Auto und fahr los. Ich passe auf den Laden auf und rufe ein paar Leute an, die einspringen können, wenn ich beim Kinder-Kunstunterricht bin und eventuell auch später, falls du dortbleibst." Ohne groß nachzudenken, umarmte er sie. „Ruf mich an und sag Bescheid, was los ist und falls ich irgendwas für dich tun kann. Wenn das hier vorbei ist, musst du diesen besonderen Menschen unbedingt mal herbringen, damit wir sie kennenlernen."

„Ich komme so schnell ich kann zurück", versprach sie.

„Geh und kümmere dich um deine Freundin. Ich werde Jim anrufen. Falls er keine Zeit hat, finde ich schon jemand anderen." Er kannte jeden in der Stadt. „Fahr einfach." Nach einem aufmunternden Klaps auf die Schulter stürzte Angie davon. Sie konnte ein Geheimnis echt für sich behalten – zumindest in Bezug auf sich selbst.

Enrique beendete die Vorbereitungen und vergewisserte sich, dass alles aufgefüllt und für den Tag vorbereitet war. Für Nicht-Übernachtungsgäste öffnete er nicht vor elf. Daher überlegte er, ob er für eine Stunde noch zurück in seine Wohnung gehen und die Stille genießen sollte.

Stattdessen rief er Charles an. „Geht's dir gut?", fragte Enrique. „Ich weiß, dass du letzte Nacht alleine warst."

„Ja. Die Person, die mir Gesellschaft leisten soll, verbringt mehr Zeit mit dir als mit mir." Charles klang überhaupt nicht verärgert.

„Hast du Lust, eine Weile rüberzukommen? Ich kann dich abholen, bevor ich öffne." Enrique machte sich ein wenig Sorgen, weil Charles so viel Zeit alleine verbrachte. Jetzt, da Devon an seinem Werk arbeitete, saß der Mann oft alleine zu Hause. „Du könntest deinen Laptop mitbringen und die Fotos hier bearbeiten, wenn du willst."

Er zögerte. „Ja, das wäre schön."

„Okay. In zehn Minuten bin ich bei dir." Enrique legte auf, hängte noch schnell einen Zettel an die Eingangstür und fuhr dann hinüber zu Charles.

Weniger als fünfzehn Minuten später, machte es sich Charles in der Lounge mit eingestöpseltem Laptop an einem der Tische gemütlich. Enrique brachte ihm eine Tasse entkoffeinierten Kaffee und leistete ihm Gesellschaft. „Hast du einige Fotos verbessern können?"

Charles nickte. „Ein paar. Ich will sie nicht zu sehr retuschieren, habe sie aber heller gemacht. Dabei sind einige Einzelheiten zum Vorschein gekommen. Man kann erkennen, wo sie das Wasser einfach aus dem Becken zurück in den Fluss fließen lassen. Die meiner Meinung nach belastendsten – auf denen sie schürfen, wo sie es nicht sollten – sind ziemlich gut geworden. Ich denke, Devon und du solltet einen Bericht über eure Beobachtungen verfassen. Den könnten wir den Fotos als zusätzlichen Beweis beifügen. Dann schicke ich alles zusammen an meine Kontaktperson bei der Umweltbehörde."

„Glaubst du, das reicht, um sie endgültig zu stoppen?", fragte Enrique.

Charles trank einen Schluck. „Ich würde gerne ja sagen, aber diese Leute besitzen jede Menge Einfluss. Ich habe die Adressen von einigen Zeitungen und dem lokalen Nachrichtensender. Vielleicht greift ja einer davon die Geschichte auf. Das würde ihr Gewicht verleihen und eine genauere Überprüfung auslösen."

Enrique ging in sein kleines Büro, holte seinen Laptop und stellte ihn auf Charles Tisch ab, um sein Schreiben zu verfassen. Normalerweise öffnete er um elf, aber da es ruhig blieb, arbeitete er zusammen mit Charles weiter. Zwischendurch holte er ihnen Mittagessen. Auch in seiner freien Zeit am Nachmittag feilte er weiter an seinem Bericht.

Am Ende des Tages und nach einer Unterbrechung, um mit den Kindern zu arbeiten, sah das Schreiben seiner Meinung nach ziemlich gut aus, sodass er es Charles zum Durchlesen gab. Zum Abendessen kam Devon vorbei, den Enrique ebenfalls darüberschauen ließ. Nachdem sie beide unterschrieben hatten, scannten sie den Brief und schickten ihn zusammen mit den Bildern an alle Leute, die ihnen einfielen.

„Das kommt mir so unzureichend vor", sagte Enrique, nachdem die Briefe abgeschickt waren, und er sich kurz mit Charles und Devon zu einem Abendessen mit der Tagesspezialität aus überbackenen Kartoffeln und Schinken mit Salat niederließ.

„Ich sollte mich lieber wieder an die Arbeit begeben. Es sind noch ein paar Stunden Tageslicht übrig", erklärte Devon und erhob sich. „Aber wir sehen uns später." Er küsste Enrique und eilte davon. Enrique sah ihm nach.

„Bist du wirklich bereit für ihn?", wollte Charles wissen. „Er ist mein Sohn, und ich liebe ihn sehr, aber ich kenne diesen Ausdruck. Ich habe ihn schon mal gesehen. Seine Mutter hat ihn ebenfalls geliebt. Auch sie hat seine Leidenschaft bewundert. Manchmal war es jedoch hart für sie, zusehen zu müssen, wie er sich von ihr und allen anderen zurückzog, wenn er inspiriert war. Dann scheint nichts anderes wichtig zu sein." Er seufzte.

„Das ist ein Teil des Mannes, der er nun mal ist. Ich kann ihn nicht bitten, sich zu ändern", stellte Enrique klar.

„Das begreife ich, und seine Mutter hat es ebenfalls verstanden. Dennoch hat es sie verletzt, weil manchmal nur das zählte, an dem er gerade arbeitete." Charles zuckte mit den Achseln. „Ich würde ihn dazu bringen, aufzuhören und die Aufmerksamkeit auf etwas anderes zu richten. Sie hat das nie getan."

Enrique nickte. „Opa Kallik hat gesagt, dass die Kreativität eine großartige Geliebte sei." Lächelnd beugt er sich vor. „Aber er hat immer hinzugefügt, dass man sie im Zaum halten muss. Das hat Devon anscheinend nie gelernt."

Charles zuckte mit den Schultern. „Ich war überrascht, dass er zum Essen hergekommen ist. Vielleicht hat er es bis zu einem bestimmten Grad also doch gelernt." Er lehnte sich zurück. „Versteh' mich nicht falsch. Ich liebe meinen Sohn. Er verfügt über eine Unmenge Leidenschaft. Diese Leidenschaft führt jedoch auch dazu, dass er an nichts anderes denkt."

„Was versuchst du mir zu sagen?", fragte Enrique. „Warnst du mich etwa gerade?"

„Um Himmels willen nein. Du machst Devon glücklich. Das ist ganz klar erkennbar. Und aus dem Lächeln, das du jetzt meistens im Gesicht hast, schließe ich, dass er dich ebenfalls glücklich macht. Aber ich will, dass du weißt, dass du standhaft bleiben und für das eintreten musst, was dir wichtig ist. Lass nicht zu, dass er jeden Tag von früh bis spät arbeitet. Sorge dafür, dass er auch anderen Dingen Aufmerksamkeit schenkt; nicht nur den Gedanken in seinem Kopf und dem vor ihm liegenden Bild." Mit einem Mal lächelte Charles, und seine Augen begannen zu funkeln. Als Enrique seinem Blick folgte, sah er Lucy auf sie zukommen. Daher entschuldigte er sich, nahm das Geschirr und ließ die beiden alleine.

Schließlich hatte er genug zu tun. Es war schließlich Samstagabend. Eine Band aus der Gegend würde ein paar Stunden lang spielen, sodass es rappelvoll werden würde. Enrique bereitete alles für den Auftritt vor und kümmerte sich eine Weile um die Gäste. Die Bar übernahm Jim für ihn.

„Warum bist du schon zurück?", fragte Enrique, als Angie gegen acht mit einer Frau hereinkam.

„Das ist Renee." Sie war ganz eindeutig schwanger und hielt den Blick auf den Boden gesenkt, als hätte sie Angst, den Kopf zu heben. „Ihr Ex-Mann wollte sie nicht in Ruhe lassen, daher wird sie bei mir wohnen. Da ihre Probleme stressbedingt sind, dachte ich, dass es ihr hier bei mir – weit weg von ihm – besser gehen würde."

Enrique schüttelte ihr die Hand und führte sie zu einem bequemen Sessel. „Angie soll dir bringen, was immer du willst." Renee erwiderte sein Lächeln und senkte dann wieder den Blick.

Enrique ließ die zwei alleine und brachte Charles nach Hause, der einen erschöpften Eindruck machte.

Bei seiner Rückkehr war der Parkplatz voll. Schnell eilte er hinein. Im Barbereich stand er einer Konfliktsituation gegenüber. Anscheinend waren die Bergleute diesmal in größerer Anzahl zurückgekommen. „Was ist hier los?"

„Ich muss mit Ihnen reden", erklärte ein Mann Ende vierzig in hellbrauner Hose und Poloshirt. An den fast perfekt manikürten Fingern war klar erkennbar, dass es nicht zu seiner Arbeit gehörte, sich schmutzig zu machen.

„In Ordnung. Aber einige dieser Männer waren früher schon hier und haben Ärger gemacht. Das ist hier nicht erwünscht."

Der Mann nickte. „Hier wird es heute Abend keinen Ärger geben, das versichere ich Ihnen. Diese Männer arbeiten alle für mich. Ich werde jedem kündigen, der Ärger macht. Das wissen sie." Er ließ den Blick über die Gruppe schweifen, bis alle langsam nickten. Dann zerstreuten sie sich und nahmen an verschiedenen Tischen Platz, sodass jeder Platz besetzt war. Zum Glück sprang Angie auf und fing an, die Bestellungen entgegenzunehmen.

„Okay. Geben Sie mir eine Minute. Ich bin gleich wieder zurück." Enrique sagte in der Küche Bescheid, dass sie mit einem Schwall Bestellungen rechnen mussten. Ihm wurde versichert, dass sie die Lage im Griff hatten. Als er wieder durch die Tür in den Speisesaal trat, begegnete ihm Devon.

„Ich habe gehört, es könnte Ärger geben."

„Von wem?"

„Angie. Sie meinte, du hättest Dad nach Hause gebracht und wärst dann gleich zurückgefahren. Dann wären aber die Männer aufgetaucht. Du sollst ihnen nicht alleine gegenübertreten müssen."

„Danke." Enrique deutete auf den Mann, der mit ihm sprechen wollte. Er hatte ein Bier in der Hand und schaute sich im Raum um, als würde er ihm gehören. Das trieb Enrique zur Weißglut. „Was kann ich für Sie tun?"

„Ich bin Kevin Pett. Können wir irgendwo ungestört miteinander reden?"

Der gesamte Trading Post war überfüllt. Normalerweise führte Enrique die Leute in die Lounge, doch auch dort war es voll. Außerdem baute die eingetroffene Band gerade auf. „Wir können uns in meinem Wohnzimmer unterhalten", bot Enrique an und führte sie durch die Tür nach hinten in seine Wohnung. Dort angekommen bedeute er Mr. Pett, Platz zu nehmen. Vermutlich war der Mann

117

stylischere Umgebungen gewöhnt. Enrique bemerkte, dass er zweimal hinschaute, bevor er sich setzte. Anscheinend hatte er Angst, dass seine Hose beschmutzt werden könnte.

„Was können wir für Sie tun?", fragte Devon.

Mr. Petts kalter Blick wanderte zwischen ihnen hin und her. „Ich habe erfahren, dass viele Menschen hier nicht begreifen, was wir vorhaben. Und da Sie ebenfalls Geschäftsmann sind, dachte ich mir, ich rede mal mit Ihnen."

Enrique räusperte sich. „Ich verstehe sehr gut, was Sie vorhaben. Sie wollen im Flussbett und an den Ufern Gold abbauen. Knapp zusammengefasst schöpfen Sie das Gewünschte ab, lassen es durch ein automatisiertes Trennungs- und Extraktionsverfahren laufen und entsorgen das nicht Benötigte. Dabei wirbeln Sie das Flussbett auf, zerstören die Ufer und verseuchen sehr wahrscheinlich alles flussabwärts mit Sedimenten."

Jetzt räusperte sich Mr. Pett. „Wir schaufeln tatsächlich Erde vom Flussufer, aber auf kontrollierte Art und Weise. Selbstverständlich achten wir darauf, nur das Benötigte zu extrahieren und die Erde wieder der Umgebung zurückzuführen. Wir haben Absetzbecken und treffen alle nötigen Vorkehrungen, damit der Fluss und die Umgebung wieder der Natur überlassen werden können, wenn wir fertig sind." Er lehnte sich entspannt zurück und schlug die Beine übereinander, als hätte er alles unter Kontrolle. „Außerdem sorgen wir für Jobs, Steuereinnahmen und unterstützen die Gemeinden, in denen wir arbeiten. Wir finden es wichtig, etwas zurückzugeben."

Enrique beherrschte sich, spürte jedoch, wie sich Devon anspannte. „Ich verstehe. Und was geben Sie zurück? Ich glaube, mich erinnern zu können, dass die Stadt Palmer einen Anbau an das Gemeindezentrum in Form eines Hallenbads bekommen hat." Mr. Pett nickte lächelnd. „Während das Tal, in dem Sie abgebaut haben, immer noch Brachland ist, in dem auch ein Jahrzehnt nach ihrem Abzug kaum etwas wächst."

„Es dauert, bis sich die Vegetation erholt hat, aber sie wächst, und wir pflanzen weiter und kümmern uns auch um die Renaturierung des Standortes." Er klang, als würde er bei einer Anhörung zu einem politischen Komitee sprechen, bei der er nur das Richtige sagen müsste, und alles würde gut werden.

„Das wollen wir hier nicht", teilte ihm Enrique mit.

Mr. Pett ließ sein Bein sinken und beugte sich dichter zu ihm. „Ich weiß, was hier vor sich geht. Glauben Sie nicht, ich hätte keine Ahnung. Ich weiß, dass aus der Gemeinde Briefe kommen und dass jemand" – sein Blick wurde noch härter – „von der anderen Flussseite aus meine Leute ausspioniert hat. Wir haben eine Art provisorisches Versteck gefunden." Mr. Petts unverwandt auf ihn gerichtete Blick verriet Enrique, dass der Mann ihn für den Beobachter hielt. Er starrte jedoch zurück, ohne etwas preiszugeben. Wenn dies hier ein Willenskrieg war, würde Mr. Pett lediglich feststellen, wie stur Enrique Salazar sein konnte. „Aber hören Sie mir gut zu: Diese Mine wird den Betrieb aufnehmen. Wir haben Leute, die dafür sorgen werden. Dort oben lässt sich viel Geld verdienen. Diese Stadt kann entweder kooperieren und am Glück teilhaben oder uns weiter bekämpfen. Dann teilen wir mit dem Staat das gesetzlich vorgeschriebene und lassen Sie alle leer ausgehen und mit nichts zurück."

Enrique erhob sich. „Und genau das werden wir am Ende erhalten, wenn wir mit Ihnen kooperieren. Diese kleine Gemeinde wurde am See, den Bächen und Flüssen der Gegend und dem Pass errichtet. Sie sind ein Teil von uns. Wir werden nicht einfach dasitzen und tatenlos zusehen, wie sie zerstört werden. Und was Ihre Drohungen angeht ... Ich denke, Ihre Zuversicht ist fehl am Platz." Er verlor kein Wort über die verschickten Briefe und die Fotos. „Des Weiteren schlage ich vor, Sie und Ihr Team halten sich besser an alle Regeln. Wir werden Sie im Auge behalten."

Mr. Pett zuckte lediglich mit den Schultern und fing doch tatsächlich an zu lachen. „Im Laufe der nächsten Woche werden wir die benötigte Genehmigung erhalten und wenn die erst einmal ausgestellt ist ..." Sein Lächeln glich dem einer Schlange. „Dann geht es hier ganz schnell los. Die Mannschaften stehen mit ihren Maschinen bereits in den Startlöchern und werden hier sein, bevor die verdammte Tinte überhaupt trocken ist." Er stand ebenfalls auf. „Ich schlage vor, Sie und Ihre kleine Stadt kommen mit an Bord, bevor Sie im Staub zurückgelassen werden." Mit diesen Worten drehte er sich um, ging durch die Tür in den Trading Post und schloss sie hinter sich.

„Dieser Hur...", fluchte Devon, um sich dann selbst zu stoppen.

„Ja. Ein echt arroganter Scheißkerl", stimmte Enrique zu, während sein Magen vor Unbehagen kleine Hopser vollführte. „Aber was, wenn er recht hat? Was können wir schon tun, außer Briefe zu schreiben und hoffen, dass sie bei den richtigen Leuten ankommen?" Er knurrte: „Montag werde ich einige Anrufe tätigen müssen, um nachzufragen, ob unsere Fotos und Briefe auch gelesen wurden." Er fühlte sich wie ein Ballon, aus dem jemand die Luft gelassen hatte. Wie Enrique wusste, verfügten die Bergbaufirmen über Macht und Einfluss.

„Ruf die Medien an und versuch' ihr Interesse zu wecken", schlug Devon vor. „An sie habe ich den Brief und die Fotos ebenfalls geschickt. Vielleicht greift es ja jemand auf." Vielleicht war das hier auch ein aussichtsloser Fall. Enrique hasste das Gefühl des Scheiterns, das sich wie ein dunkler Nebel über ihn zu legen schien. „Ich habe immer gewusst, dass das hier eine harte Schlacht werden würde, aber es scheinen so viele Dinge gegen uns zu sein."

Devon schlang die Arme um ihn, legte den Kopf auf Enriques Schulter und hielt ihn einfach nur fest. „Nichts mit Wert ist jemals einfach", hauchte er ihm ins Ohr. Sein Atem liebkoste Enriques Haut.

„Das stimmt, aber es wäre schön, wenn wir wenigstens einmal nicht so verzweifelt um das kämpfen müssten, was richtig ist. Man hätte uns fragen müssen, bevor irgendjemand die Erlaubnis erhält, hier etwas abzubauen. Das ist unser Zuhause. Wir sollten entscheiden dürfen, wie es aussehen und was für ein Ort es werden soll."

„Da stimme ich dir zu. Aber das geschieht eben nicht immer. Wie du weißt, hat Opa Kallik Geschichten über Dinge erzählt, die den Angehörigen seines Stammes zugestoßen sind. Das Leben ist verdammt selten fair. Und genau deshalb müssen wir kämpfen." Als er Devon dichter an sich drückte, spürte Enrique, dass dessen Beine leicht zitterten.

„Stimmt etwas nicht?", fragte Enrique und versuchte ihn festzuhalten, damit er nicht fiel.

„Alles in Ordnung. Mir kam nur plötzlich diese Idee und …" Devon wurde immer aufgeregter und löste sich von ihm. „Ich weiß jetzt, was fehlt. Ich muss das fertigstellen und einige Änderungen vornehmen. Ist das okay?"

Enrique nickte. Er musste ebenfalls zurück an die Arbeit. „Sehen wir uns später?"

„Ja. Ich komme zu dir." Devon küsste ihn und rannte aus der Hintertür.

Vielleicht hatte Charles recht gehabt und Enrique war doch nicht so auf Devons kreative Spritztouren vorbereitet wie gedacht.

Seufzend beschloss er, sich an die Arbeit zu begeben, als sich die Hintertür öffnete und Devon wieder hereingestürzt kam. Er fragte sich, was nicht stimmte, doch da schlang Devon bereits die Arme um ihn und küsste ihn so leidenschaftlich, dass ihm die Luft wegblieb. „Ich weiß, was ich tun muss. Das habe ich nur dir zu verdanken. Wir sehen uns heute Abend." Noch ein Grinsen und schon war er wieder verschwunden. Es dauerte noch ein paar Minuten, bis Enriques Gehirn wieder richtig funktionierte, und er in der Lage war, zurück in den Trading Post zu gehen.

ER STAND vor seiner Leinwand und verlor sich in dem Bild und der Farbe. Endlich war seine Seele erwacht, und er fühlte sich wieder lebendig. Gerade als er den Pinsel hob, fing sein Handy auf der anderen Seite des Raumes an zu klingeln. Devon versuchte es zu ignorieren, doch das Gebimmel zog immer wieder seine Aufmerksamkeit auf sich. Er hätte das verdammte Teil ausschalten sollen, aber was, wenn sein Vater ihn brauchte? Mit einem Seufzer legte er den Pinsel wieder ab und marschierte hinüber, um den Anruf anzunehmen. „Was?"

„Ist das die Art, wie wir inzwischen miteinander telefonieren?", fragte Roz ausgesprochen cool. Devon stieß ein Knurren aus.

„Ja. Wenn du mich mitten in der Arbeit unterbrichst. Was willst du?", fauchte er.

Sie lachte doch tatsächlich leise auf. „Du arbeitest. Wie wunderbar. Was ist es? Wann kann ich es sehen?" Von einer Sekunde auf die andere benahm sie sich wie ein Kind im Bonbonladen. „Schick mir Fotos."

„Es ist noch nicht fertig", erklärte er jetzt wesentlich freundlicher. Seine Aufmerksamkeit galt wieder dem Bild auf der Leinwand. Es zog seinen Blick an, sodass es ihm schwerfiel, sich zu konzentrieren. Es war genau das, wonach er gesucht hatte, etwas, durch das er sich wieder lebendig fühlte, das das Funkeln zurück in sein Arbeitsleben brachte. „Du musst mir Zeit lassen."

„Okay. Das ist nur fair. Aber was malst du denn überhaupt? Was hat diesen Klang zurück in deine Stimme gebracht? Du klingst wie früher, ganz am Anfang unserer Zusammenarbeit. Die Freude ist wieder da." Devon konnte beinahe vor sich sehen, wie sie begeistert die Hände aneinander rieb.

„Das ist sie. Ich kann sie spüren."

„Was malst du denn nun?", drängelte sie. Nichts anderes hatte er von ihr erwartet.

Devon schluckte, den Blick immer noch auf die große Leinwand gerichtet. Alles andere schien zurückgewichen zu sein, bis nur noch sie existierte – zumindest in diesem Moment. „Es ist ein Bild meines Zuhauses ... oder vielmehr eine Vision, wie mein Zuhause sein kann oder sein wird." Er wandte sich ab und seine Aufmerksamkeit schnappte wieder ins hier und jetzt zurück. „Kurz und knapp gesagt, bedroht eine Bergbaugesellschaft die unberührte Landschaft, in der ich als Kind gespielt habe. Wenn man den See als unser Vorgarten betrachtet, dann ist sie unser riesiger, wunderbarer hintere Garten." So ließ es sich am besten gegenüber jemandem beschreiben, der nie hier gewesen war.

„Wann kann ich es sehen?", fragte Roz. Devons Lächeln reichte bis über beide Ohren. „Es klingt unglaublich kraftvoll und bewegend."

Urplötzlich kam ihm eine Idee. „Roz ... du bist ein Genie!" Er beendete das Gespräch, legte das Handy ab und widmete sich wieder seinem Sirenengesang auf der Leinwand.

DIE BERGLEUTE aßen, tranken, lauschten der Musik und gingen erst gegen Mitternacht. Nach ihrer kleinen Unterhaltung war ihr Boss nicht geblieben, was wahrscheinlich das Beste gewesen war. Bei den Arbeitern selber handelte es sich um einen ziemlich netten Haufen. Auch die wenigen darunter, die sie bereits vom Vortag kannten, wirkten glücklicher und verursachten keinerlei Ärger. Alles in allem war Enrique zufrieden. An einen derartigen Samstag konnte er sich nicht erinnern. Die Kasse war voll, seine Gäste ebenfalls. Bis Kneipenschluss war es ein sehr langer Tag gewesen. Nachdem er den letzten Gast verabschiedet und sauber gemacht hatte, schleppte sich Enrique in seine Wohnung, voller Hoffnung, Devon in seinem Bett vorzufinden. Dort befand sich jedoch niemand.

Er streifte seine Kleidung ab, duschte und ließ sich aufs Bett fallen. Hoffentlich ging es Devon gut, aber vermutlich arbeitete er noch.

Irgendwann schlüpfte ein warmer Körper hinter ihm ins Bett und Devons Duft kroch ihm in die Nase. Er kuschelte sich an ihn und schlief wieder ein.

Am Morgen wachte er wieder alleine auf und fragte sich kurz, ob er nur geträumt hatte, dass Devon zu ihm ins Bett gekommen war. Das Kissen sah jedoch zerknautscht aus, und in der Decke hing sein Geruch. Enrique gähnte. Er wäre liebend gerne noch einige Stunden im Bett geblieben, hievte jedoch seinen Hintern hoch und setzte sich in Bewegung, um sich um das Frühstück zu kümmern. Nachdem seine Gäste weg waren, legte er sich aufs Sofa und versuchte, noch ein paar Stunden Schlaf zu bekommen. Zum Glück war Sonntag und die Bar öffnete erst spät. Der einzige Tag, an dem er und alle für ihn arbeitenden Leute frei hatten. Enrique freute sich darauf. Er schloss die Augen und beschloss, sich mindestens eine Stunde auszuruhen.

„Enrique." Beim Klang von Devons Stimme setzte er sich sofort auf, voller Sorge, ob er vielleicht zu lange geschlafen hatte. Als Devon sich auf die Sofakante setzte, seufzte er auf. „Kannst du mitkommen und es dir anschauen? Es ist noch nicht ganz fertig, aber ich muss es dir unbedingt zeigen." Devon biss sich auf die Unterlippe und seine Hände zitterten – wie Enrique hoffte – vor Freude.

„Okay. Er stand langsam auf, bemüht die Balance zu halten. „Sonntags öffnen wir erst abends, also muss ich vorher nirgendwohin." Ein paar Gäste hatten sich für den Abend angemeldet, aber sie besaßen seine Handynummer und würden ihm schreiben, sodass er sie nicht verpasste. Die anderen Gäste waren entweder abgereist oder blieben eine weitere Nacht. „Ich muss mir nur noch Schuhe anziehen."

Devon fuhr mit ihm zum Gemeindezentrum und schaltete beim Hineingehen das Licht an. „Warte kurz, du kannst gleich reinkommen." Enrique sah ihm nach, als er davonsprang. Der straffe Hintern schwang regelrecht vor Energie. Irgendetwas an diesem Mann schaffte es, ihm auch aus hundert Kilometern Entfernung den Kopf zu verdrehen. „Ich bin fertig."

Enrique ging zu einem grinsenden Devon in den Raum. „Was willst du mir denn zeigen? Die Rückseiten deiner Leinwände?"

„Klugscheißer", erwiderte Devon und drehte die Leinwand so, dass Enrique sie sehen konnte. „Hier hat es angefangen. In der ersten Unterrichtsstunde habe ich mit diesem Bild begonnen, das eigentlich den See zeigen sollte, jedoch zum Hatcher Pass wurde. Zumindest ist mir das in den Sinn gekommen. Ich weiß, dass es nicht fertig ist, und es vermutlich auch nie werden wird. Das ist jedoch in Ordnung. Dieser Prozess hat das Ganze in Gang gebracht." Er stellte das Bild zur Seite. „Dann habe ich an diesem gearbeitet, dem von dir." Er drehte es herum. Sofort wurde Enrique in seinen Bann gezogen. Es traf ihn mitten ins Herz und raubte ihm den Atem. Er hätte schwören können, dass ihn die Augen direkt anschauten.

„Mein Gott. Ich habe es ja schon vorher gesehen, aber …"

„Ja. Das musste ich fertigstellen. Auf gar keinen Fall konnte ich dich unvollendet lassen. Dein Gesicht ist so stark und ausdrucksvoll, dass ich es einfach einfangen musste. Ich konnte nicht aufhören." Er grinste. Enrique gelang es kaum, den Blick von seinem eigenen Gesicht abzuwenden.

„So siehst du mich?", flüsterte er.

Devon sprang zu ihm und befand sich in Sekundenschnelle in seinen Armen. „Glaub es lieber. Du bist so intensiv und schön. Die Leidenschaft in dir ist greifbar, vor allem wenn du starke Gefühle für etwas ... oder jemanden ... empfindest. Du lässt sie raus. Das ist verdammt selten und ungeheuer spannend." Devon küsste ihn. „Ich schwöre, es gab Zeiten während des Malens, da hätte ich dich am liebsten nackt gehabt und ...“ Er gluckste. „Ich musste mir ins Bewusstsein rufen, dass ich nicht mit dem realen Enrique hier war. Also bin ich zu dir gegangen, ins Bett gestiegen und ...“

„Oh Mann", keuchte Enrique. „Das Malen lässt dich also geil werden."

Devon schüttelte den Kopf. „Nein. Nur du." Er räusperte sich. „Aber du löst sehr viel mehr als das in mir aus. Ich bin hierhergekommen, um mich ein paar Wochen lang um meinen Vater zu kümmern, vielleicht ein bisschen auszuhelfen, ein paar Kunstkurse zu geben, solche Dinge ... danach wollte ich zurück nach New York und mein Leben wieder auf die Reihe kriegen. Dieser Ort sollte mir eine Pause von meinem Leben bieten. Ich hoffte, hier vielleicht meine leeren Batterien wieder aufladen zu können, um dann zurück nach Hause zu fahren."

„Was ist passiert?", fragte Enrique. Er musste es einfach wissen.

„Nun, ich habe eine Menge herausgefunden. Dass mein Vater nicht der Mensch ist, an den ich mich mit zwölf ... oder achtzehn erinnere. Dass der Kerl, von dem ich dachte, ich würde ihn mein Leben lang lieben, nie das Gleiche für mich empfinden würde ... und als er das eventuell doch tat .... dass wir nicht füreinander bestimmt sind. Craig ist ein guter Vater und ein guter Mensch, aber nicht der Richtige für mich." Devon drehte sich um, und sie schauten gemeinsam auf das Gemälde. „Ich habe diese Person gefunden. Er befand sich direkt vor meiner Nase und das schon seit langer Zeit." Devon schlang den Arm um Enriques Taille und zog ihn dichter an sich.

„Ist das alles, das du mir zeigen wolltest?", flüsterte Enrique.

„Nein." Lächelnd küsste Devon ihn. „Das war nur zum Aufwärmen. Die ganze Zeit habe ich versucht, darzustellen, was ich wirklich sagen will. Worauf ich in meinem Herzen hinauswollte, seit ich hierher zurückgekommen bin." Er blinzelte und wischte sich über die Augen. „Ich dachte wirklich, ich hätte es verloren. Dass das, was mich ausmachte und meiner Kunst früher Ausdruckskraft verliehen hat, aus einer Flasche stammte."

„So funktioniert das nicht", erklärte Enrique, der das aus eigener Erfahrung wusste. Alkohol betäubte die Sinne, statt sie zu wecken. Und seine Wirkung war nur eine Illusion.

„Das ist mir inzwischen klar." Devon ließ ihn los und ging hinüber zur großen Leinwand. Er hob sie hoch und drehte sie um. „Um zu finden, was ich brauchte ... musste die Gefahr drohen, es zu verlieren." Er stellte die Leinwand ab und trat zurück.

Enrique starrte darauf, wusste nicht, wohin er zuerst schauen sollte, und nahm doch gleichzeitig alles in sich auf. Ohne nachzudenken, trat er einen Schritt zurück, als würde die Leinwand Kraft ausstrahlen. „Mein Gott ... er schluckte krampfhaft. „Du hast mich benutzt ...“

„Ja. Weil du der Mittelpunkt von allem hier bist. Das Bild sollte nicht überladen wirken, daher habe ich dich in gewisser Weise benutzt, um alle hier zu repräsentieren. Das Land, den See, alles um uns herum, das uns alle ernährt und mit dem Nötigen versorgt."

Enrique musste einfach näher an das Bild treten. „Wie zur Hölle hast du das gemacht?" Auf einer Seite war der Pass grün und üppig und reichte zu einem strahlenden Himmel empor. Auf der anderen dagegen war das Land geschändet, nackt, ohne jedes Leben und frei von allem, das es besonders machte. Der Boden aufgewühlt, braun und tot, die Pflanzen verkümmert. Das allein wirkte schon kraftvoll genug, aber dazu kam noch ein einzelner Mensch, der breitbeinig mit einem Fuß auf jeder Seite stand. Das Beeindruckende war, dass eine Seite glücklich, die andere ausgesprochen traurig wirkte. Enrique versuchte herauszufinden, wie Devon das hinbekommen hatte. Die Lippen zogen sich in fließender Perfektion über das Werk. Es gab kein Lächeln auf der einen Seite und ein Stirnrunzeln auf der anderen. Die Geschichte wurde mithilfe der subtilen Hinweise erzählt: die Augen, die Schattierung um die Nase, die nur eine Schattierung dunkleren Falten auf der Stirn. „Das ist ein wahres Meisterwerk", flüsterte er. Mit einem Mal wurde ihm bewusst, dass er der Mann und nackt war – oder zumindest halb nackt. „Oh Gott, du ..."

„Da das Land entblößt wurde, musste es der Mann ebenfalls sein." Devon beobachtete ihn beim Betrachten des Bildes. „Aber du hast hoffentlich bemerkt, dass es Grenzen für das Gezeigte gibt."

Enrique grinste. „Ja. Das habe ich. Dafür bin ich dir äußerst dankbar." Sein Lächeln verblasste. „Wie nennst du es?"

„Einfach nur *Hatcher Pass.* Da das Gemälde die Botschaft übermittelt, muss ich nur den Ort angeben."

„Also ist es fertiggestellt", meinte Enrique. Devon nickte.

„Ja. Ich muss nur einige Fotos davon machen und an die Galerie schicken. Roz hat mir Nachrichten geschickt, weil sie schon befürchtet hat, dass ich vom Erdboden verschwunden bin."

Enrique nickte. „Was ist mit den anderen?" Er blickte zum Porträt.

Devon hob es hoch und brachte es herüber. „Das gehört dir. Meine Agentin und die Galerie werden es vermutlich ausstellen wollen, aber es ist unverkäuflich, bis du dich anders entscheidest. Ich könnte nie einen Preis für dich oder das, was du für mich getan hast, nennen." Devon schob sich näher. „Du hast mich ins Leben zurückgeholt. Ich weiß, dass das kitschig klingt, aber ..." Er schluckte. „Ich glaube, ich brauchte dein Verständnis und deine Stärke, um zu sehen, was die ganze Zeit da war ... mein Zuhause zu sehen."

„Ist das denn dein Zuhause?" Enrique blickte hinaus auf den See. „Du bist hier aufgewachsen."

„Äh nein. Dieser Ort ist nicht mein Zuhause. Nicht mehr. Das weiß ich. Ich kann nie wieder der werden, der ich mal war." Devon schlang die Arme um

Enriques Oberkörper. „Wenn ich sage, dass ich nach Hause gekommen bin, habe ich damit einen Menschen gemeint. Ich habe dich gefunden." Devon umarmte ihn fester und küsste seinen Nacken. „Ich weiß nicht, wie sich alles entwickeln wird. Ich habe keine Antworten. Aber ich weiß, wo mein Herz hingehört und wo mein Zuhause ist. Das hat die ganze Zeit gefehlt. Mit Alkohol gelang es mir, das zu überdecken, aber nüchtern … überhaupt nicht. Ich musste mein Zuhause und den Platz, an den ich gehöre, finden." Devon liebkoste seinen Nacken. „Das hätte ich nie ohne dich geschafft … nicht eine Sekunde lang."

Enrique drehte sich in seinen Armen und küsste ihn. „Ich bin froh, dass du fertig bist."

„Ich auch. Als ich erst mal die letzten Einzelheiten hatte, hat sich alles schnell zusammengefügt." Devon legte den Kopf auf Enriques Schulter und fuhr leicht mit den Fingern durch die Haare. „Da du ja heute nicht so viel arbeiten musst, könnten wir vielleicht in deine Wohnung gehen und …"

Enrique nickte. „Ich denke, das können wir. Aber vielleicht solltest du erst noch nach deinem Vater schauen und alle erforderlichen Anrufe tätigen. Ich muss mich noch um einige Dinge kümmern. Daher schlage ich vor, dass wir uns zum Abendessen treffen. Ich könnte kochen. Dann können wir die Fertigstellung deines Werks und die Auferstehung der Inspiration feiern."

„Klingt großartig." Devon küsste ihn erneut. Ein paar Minuten lang beobachteten sie, wie die Sonne das Wasser des Sees funkeln ließ, bevor sie sich voneinander lösten. Enrique wäre liebend gerne den Rest des Tages genau dort stehengeblieben, doch er hatte jede Menge zu tun. Wenn er sich nicht jetzt darum kümmerte, würde er den Rest der Woche das Gefühl haben, hinterherzuhängen. „Wir sehen uns gegen sechs."

„Soll ich dich zurückfahren?", wollte Devon wissen.

„Ich kann laufen." Nach einer Verabschiedung verließ Enrique das Gemeindezentrum. Während des ganzen Rückwegs zum Trading Post, schienen seine Füße kaum den Boden zu berühren. Devon Bild war unglaublich, und die Inspiration verdankte er der Landschaft. Enrique hoffte, dass das bedeutete, das Devon beschlossen hatte, zu bleiben. Zumindest für den Moment ließ er keine Zweifel zu.

10

„ERZÄHLST DU mir von dieser Bergbausache dort oben und warum sie dich inspiriert hat?", bat Roz fast sofort, nachdem er ihr die Einzelheiten zu seinem neuesten Werk geschickt hatte. „Es ist atemberaubend. Wir müssen es erst vollständig trocknen lassen, dann schicken wir jemanden zu euch hoch, der beide zusammenpackt und hierher in die Galerie transportiert."

„Das können wir nicht", erklärte Devon. „Ich brauche deine Hilfe. Dieses Bild ist entstanden, weil Leute Teile der Landschaft aus meiner Kindheit wegbaggern wollen. Du musst mir helfen, das Werk bekanntzumachen. Gerne kannst du dich um einen eventuellen Verkauf kümmern, aber wir müssen landesweit Aufsehen erregen und viel davon vor allem in Alaska. Natürlich befindet sich das ein wenig außerhalb deines üblichen Wirkungskreises, aber es muss schnell passieren."

Sie schwieg. „Okay, Süßer. Am besten fängst du ganz von vorne an und erzählst mir die ganze Geschichte. Wenn ich die Zusammenhänge verstanden habe, kann ich überlegen, wer mir noch einen oder zwei Gefallen schuldet." Sie seufzte nicht und gab auch sonst kein Geräusch von sich. „Alaska also?" Daraus schloss er, dass sie bereits angestrengt nachdachte. „Publicity kann ich dir besorgen – jede Menge. Aber wenn du vorhast, ein politisches Statement abzugeben, brauchen wir die lokale Presse und … Ja!"

„Was?"

„Mir ist da eine Idee gekommen. Ich muss noch etwas daran feilen, melde mich aber in ungefähr einem Tag." Sie legte auf.

Devon hoffte sehr, dass ihre Idee verdammt gut war. Durch die Fenster beobachtete er die Sonne über dem Wasser und musste daran denken, dass die Aussicht nicht mehr die gleiche sein würde, wenn sie versagten. Natürlich würde es keinen Bergbau direkt am See geben, aber alles hing zusammen. Das sah er und spürte es in seinem Herzen. Wenn eine Sache zerstört würde, hätte das Auswirkungen auf alles andere. Was, wenn die gerade immer wieder auf- und abtauchende Seetaucherfamilie nicht mehr existierte? Was, wenn das Wasser nicht mehr so klar war, dass man von jeder Stelle aus – sogar genau in der Mitte – bis auf den Grund sehen konnte?

Devon drehte sich um, verließ den Raum, schaltete das Licht aus und schloss die Tür. Im Haus seines Vaters angekommen, fand er ihn schlafend im Sessel vor. Bei Devons Eintreten wachte er jedoch sofort auf. „Ist alles in Ordnung?"

„Ich wollte dich gerade das Gleiche fragen. Geht's dir gut?" Devon setzte sich neben seinen Vater. „Du schläfst viel."

„Ich bin alt. Na ja, älter als in deiner Erinnerung. Ich schlafe nachmittags, weil ich manchmal nachts keine Ruhe finde. Durch die Medikamente und die bessere Ernährung habe ich aber das Gefühl, wieder stärker zu werden. Mein Gedächtnis ist jetzt besser als früher." Er blinzelte, nahm seine Brille vom Beistelltisch und setzte sie auf.

„Hast du Lust auf einen Ausflug?", fragte Devon.

„Klar. Ich muss nur meine Schuhe anziehen." Er setzte sich auf und zog die neben seinem Sessel stehenden Schuhe an. „Wohin fahren wir?"

„Nur ein kleiner Ausflug." Devon schloss die Tür hinter ihnen. Sobald sie im Auto saßen, fuhr er auf den Highway, um dann auf die Hatcher Pass Road abzubiegen.

„Wir waren doch neulich erst hier", stellte sein Vater fest. „Macht dir irgendetwas zu schaffen?"

„Das lässt sich schwer beschreiben. Ich habe mein Gemälde beendet. Ein Teil davon spiegelt meine Vorstellung wider, wie der Pass im Fall einer Förderung aussehen wird. Ich hatte tagelang dieses Bild im Kopf und muss mich jetzt einfach vergewissern, wie er heute aussieht." Er warf seinem Vater einen Blick zu.

„Als Kind bist du immer hier hochgekommen, wenn du über etwas nachdenken musstest." Während Devon immer höher hinauffuhr, verfielen sie in Schweigen. „Belastet dich noch etwas?"

„Ja. Aber ich weiß nicht, was ich deswegen unternehmen soll."

Sein Dad nickte. „Weil du dich in Enrique verliebt hast? Oder weil du langsam Sehnsucht nach deinem Leben in New York verspürst?"

„Verflucht noch mal, seit wann bist du denn so verdammt schlau?", fauchte Devon, brach dann aber in Lachen aus. „Vielleicht haben Eltern ja tatsächlich hinten im Kopf Augen."

Während sie der Straße bis hinauf zum Plateau auf dem Pass folgten, schaute sein Vater schweigend aus dem Fenster. Oben angekommen wendete Devon das Auto, sodass sie auf das Tal in der Ferne schauten. „Ich dachte immer, dass du mit Craig zusammenkommst, wenn der Junge endlich mal die Glubscher aufmacht und bemerkt, was sich direkt vor seiner Nase befindet. Ich habe mitbekommen, wie schlecht es dir ging, wusste aber nicht, wie ich es dir hätte leichter machen können. Ich habe es versucht, aber es war nicht meine Aufmerksamkeit, die du dir damals gewünscht hast."

Devon schaltete den Motor aus und ließ die Fenster herunter. „Vermutlich nicht."

„Als du auf die Kunstakademie gegangen und dann in New York geblieben bist, hatte ich gehofft, du würdest dir vielleicht ein eigenes Leben aufbauen."

„Ich bin davongelaufen. Habe versucht, Zeit und Abstand zwischen mich und meinen Herzschmerz zu bringen. Aber er ist mir gefolgt. So weit konnte ich gar nicht fliehen. Also habe ich Trost in der Flasche gesucht. Der Alkohol hat es tatsächlich für eine Weile ausgeblendet."

Sein Dad schaute ihn an. „Das weiß ich. Ich kann dir gar nicht sagen, wie oft ich mir gewünscht habe, dir das abnehmen zu können. Am liebsten wäre ich zu dir runtergeflogen und hätte dir ein bisschen Verstand eingeprügelt." Er legte seine Hand auf die von Devon auf dem Lenkrad. „Ich wollte dir so gerne helfen, aber mir war klar, wenn sich etwas ändern sollte, musste es von dir kommen."

Devon nickte. „Warum hast du mich nicht angerufen, als du den Schlaganfall hattest? Warum musste mich Mrs. Fitz informieren?"

Sein Vater drückte seine Hand. „Weil ich Angst hatte. Du warst trocken, kamst gut klar, hattest den Mist aus deiner Kindheit hinter dir gelassen. Ich wollte nicht, dass bei einer Rückkehr alte Wunden wieder aufreißen." Er schniefte. „Wenn ich gewusst hätte, dass du bei deiner Rückkehr die Liebe findest, hätte ich schon vor Jahren einen Schlaganfall bekommen." Er lachte. Jetzt war es an Devon, sich über die Augen zu wischen.

„Aber ich weiß nicht, was ich machen soll. Die Galerie brennt darauf, dass ich wieder arbeite. Ich habe auch schon eine Million Ideen. Und du hast recht – ich fange an, mein altes Leben zu vermissen. Ich möchte glücklich sein, und ich wünsche mir ein Leben voller Kunst und Liebe und …"

„Natürlich tust du das. Aber ich muss dich das jetzt einfach fragen: Hältst du an deinem Leben in New York fest, weil die Stadt so toll und dein Leben dort absolut wundervoll war … oder hast du vielleicht Angst?"

„Wovor?", fauchte Devon.

„Veränderung. Den Sprung zu wagen. Willow in Alaska unterscheidet sich extrem von New York. Es gibt keine Feinkostgeschäfte, keine Supermärkte, keine schicken Läden und keine Unmengen an Galeriefans, die kaum erwarten können, womit du sie als nächstes erfreust. Hier herrschen nicht die Energie und Geschwindigkeit der Stadt. Hier gibt es im Abstand von zwei Blocks auch keine zwanzig Restaurants jeder erdenklichen Speiserichtung mit Rund-um-die-Uhr-Lieferservice." Sein Vater zeigte mit dem Finger nach vorne durch die Windschutzscheibe. „Aber das hat New York nicht."

„Ich weiß." Und diese Erkenntnis riss ihn aus dem künstlerischen Fegefeuer. „Würdest du mich denn die ganze Zeit um dich haben wollen?"

Sein Vater hielt den Blick unverändert nach draußen ins Tal gerichtet. „Da draußen gibt es jede Menge Platz. Genaugenommen ist Alaska größtenteils eine leere Fläche mit ein paar Menschen als Farbtupfer. Es sind 1,2 oder 1,3 Menschen pro Quadratkilometer. Damit verfügt jeder hier über mehr als genug Platz. Und ja, es ist schön, Freunde in der Nähe zu haben." Endlich schaute er ihn an und stellte lächelnd fest: „Wir beide sind schon so lange Vater und Sohn. Dann bist du erwachsen geworden, und plötzlich wussten wir nicht mehr, was wir füreinander sind. Wie wäre es denn, wenn wir einfach Freunde sind? In der Beziehungskonstellation treten wir uns nicht gegenseitig auf die Füße." Er blickte wieder auf die vor ihnen liegende Landschaft. „*Das* braucht dich. Wenn es keiner schützt, werden deine Kinder und Enkel nie auf den Berg klettern und auf diesen Teil der Welt hinabschauen können."

„Ich weiß, Dad, aber …" Er versuchte, den Konflikt in seinem Kopf in Worte zu fassen, doch es gelang ihm nicht. „Ich bin nicht mit der Absicht hergekommen, zu bleiben. Ich bin gekommen, um dir zu helfen und …" Er seufzte, lächelte dann jedoch. „Scheiß drauf, ich habe mich verliebt. Warum zur Hölle wehre ich mich überhaupt so dagegen? Ich kann meine Wohnung in New York verkaufen und die halbe Stadt hier kaufen, wenn ich will. Ich kann hier leben, und falls erforderlich nach New York fliegen. Außerdem kann ich Enrique und dich mitnehmen. Vielleicht könnten wir im Winter einige Wochen woanders verbringen."

„Aber zum Fur Rendezvous und Iditarot müssen wir hier sein." Sein Dad grinste ihn an. „Siehst du, das war doch gar nicht so schwer."

„Nein." Irgendetwas an diesem Ort erlaubte ihm, klar zu sehen und zu denken. Devon startete den Motor und ließ den Wagen langsam die Straße hinabrollen. Als sie an dem Gebiet vorbeifuhren, in dem die Bergleute immer noch ihrer Arbeit nachgingen, knirschte er mit den Zähnen. „Dad, ich glaube, ich bin bereit, nach Hause zu kommen."

Sein Dad lehnte sich laut lachend zurück. „Du meinst wohl eher, dass du herausgefunden hast, wo dein wahres Zuhause ist. Und wer es ist."

„Ja, okay. Du hast recht. Du kannst so viel lachen und grinsen, wie du willst."

„Wie fühlt es sich an, das zugeben zu müssen?"

„Das Gefühl entspricht so ungefähr dem Geschmack des Eichhörnchens, das du vor Jahren mal im März gefangen hast, als wir zwei Wochen nicht nach draußen konnten und kein Fleisch mehr hatten." Er warf seinem Vater einen Blick zu. Sein Dad schüttelte sich.

„Oh ja, das Vieh war echt grauenhaft. Aber wir haben überlebt, bis ich den Elch erwischt habe." Zu der Jahreszeit war das illegal gewesen. Aufgrund des harten Winters hatte in der Jagd ihre einzige Überlebenschance bestanden. Den Elch hatten sie mit sechs anderen Familien geteilt. Sein Dad tätschelte Devons Bein. „Die Leute hier haben schon viel durchgemacht. Das ist kein Ort für schwache Nerven. Du hast bereits bewiesen, dass du ein Rückgrat aus Stahl besitzt."

„Ich weiß, Dad." Er fuhr weiter, bis er schließlich auf den Parkplatz des Gemeindezentrums abbog. „Ich möchte dir gerne etwas zeigen." Er wartete, bis sein Vater ausgestiegen war, um dann gemeinsam mit ihm hineinzugehen. Drinnen befanden sich Mrs. Fitz und jede Menge Kinder, darunter auch einige ihrer Mütter. Er begrüßte sie und öffnete dann die Tür zum Gemeinderaum. „Setz dich."

„Darf ich es auch sehen?", wollte Mrs. Fitz wissen.

Nach kurzem Zögern stimmte er zu. Er zeigte ihnen nicht das Porträt von Enrique, drehte jedoch *Hatcher Pass* herum.

Mrs. Fitz keuchte auf und sein Vater holte zischend Luft. „Es ist …", begann sie, stoppte dann jedoch. „Ich weiß nicht, was ich sagen soll. Eigentlich wollte ich sagen, dass es wunderschön ist, aber das ist nicht das passende Wort. Ich denke kraftvoll trifft es eher." Sie kam herüber, um es sich ganz aus der Nähe anzuschauen. „Atemberaubend", meinte sein Dad. „Es ist brillant, einfach unglaublich." Er blieb sitzen.

„Ich habe schon mit der Galerie telefoniert. Sie wollen es unbedingt haben. Roz kümmert sich gerade um die Publicity."

„Nun, die werden wir brauchen", sagte sein Vater. „Kunst habe ich nie begriffen. Nicht wirklich. Aber dieses Bild verstehe ich. Ich verstehe es, und ich liebe es … aber gleichzeitig will ich es nie wieder sehen. Ich will unseren Pass nicht so sehen. Aber …"

„Das wird er, wenn wir nicht kämpfen", stellte Mrs. Fitz fest, während sie ihr Handy herausholte.

„Bitte keine Fotos", bat Devon höflich. Er war nicht bereit, die Kontrolle abzugeben. Nicht jetzt. Jetzt war das immer noch sein Bild, obwohl er wusste, dass es schon sehr bald der Welt gehören würde. Das geschah mit jedem Kunstwerk. Der Künstler musste es gehen lassen. Devon war nur einfach noch nicht bereit dazu.

„Es ist umwerfend, stimmt's?", ertönte Enriques Stimme von der Tür. „Ich habe Licht gesehen und dachte mir, dass du es vielleicht bist." Er kam direkt zu Devon und küsste ihn.

„Was tun Sie?", wollte Devon von Mrs. Fitz wissen, nachdem ihm Enriques Kuss fast das Hirn durcheinandergequirlt hatte.

Sie klopfte ihm beruhigend auf die Schulter. „Ich informiere ein paar meiner Kontakte, dass der berühmte hiesige Künstler Devon Starr soeben das Werk seines Lebens fertiggestellt hat. Und dass sie sich an dich wenden müssen, wenn sie ein Exklusivinterview haben möchten. Ich habe deine E-Mail-Adresse hinzugefügt." Sie lächelte. „Du hast gesagt, du willst Publicity. Lasst uns doch mal schauen, ob wir nicht auch selber für welche sorgen können."

„Ist das okay?", fragte Enrique.

„Ja. Ich habe das Bild nicht als politisches Statement geplant – zumindest nicht während des Malens. Ich habe einfach gemalt, was mir wichtig ist. Aber wenn es hilft, das Bergbauvorhaben zu verhindern, dann nichts wie los. Ich habe bereits meine Galerie in New York um Hilfe gebeten. Vielleicht, und nur vielleicht, wird etwas geschehen." Devon war sich der wankelmütigen Natur dieser Dinge sehr bewusst. Sie würden einfach abwarten müssen.

„Gut.", meinte Enrique. „Wir haben nämlich nur noch ein paar Tage Zeit. Die Bergleute rechnen noch in dieser Woche mit der Genehmigung. Das heißt, wenn wir eine Chance haben wollen, der Sache ein Ende zu bereiten, müssen wir das jetzt tun."

Devon war sich nicht sicher, wie schnell das möglich war. Sachen, wie Publicity und Interesse zu schüren, verfügten häufig über ganz eigene Zeitpläne.

„Dann werde ich wohl mal einige Anrufe machen", erklärte Mrs. Fitz.

„Haben Sie etwa Einfluss?"

Sie grinste. „Einer der Produzenten der Lokalnachrichten und zwei Nachrichtensprecher sind frühere Schüler von mir. Wie schon gesagt, werde ich ein paar Anrufe tätigen, um ein wenig zusätzlichen Druck aufzubauen. Wenn sie eine pikante Geschichte kriegen können, werden sie sie auch bringen.

„In Ordnung. Wenn das Bild hilft, ihr Interesse zu wecken, benutzen Sie es. Wenn ein Interview mit mir hilft, bieten Sie es an. In New York bin ich berüchtigt dafür, mich vor Interviews und solchen Dingen zu drücken, das betonen Sie am besten extra."

„Warum denn das?", wollte Enrique wissen.

Devon wappnete sich. „Weil ich Lampenfieber bekomme. Auf Vernissagen muss ich mich regelrecht dazu zwingen, Smalltalk zu halten und jeden persönlich zu begrüßen. Roz' Aussage nach verkaufen sich die Sachen dadurch besser und da ich gerne esse, mache ich es. Aber ich mag es nicht." Er schluckte krampfhaft. „Wenn wir damit aber diese Leute ausschalten können, ziehe ich es durch." Seufzend fügte er hinzu: „Bringt alles ins Spiel, was ihr müsst. Besprecht nur alle Zusagen vorher kurz mit Enrique oder mir." Enrique verstärkte den Griff um seine Taille. „Ich vertraue dir", fügte Devon so leise hinzu, dass es nur Enrique hören konnte.

„Hey, wir haben Sonntag. Ist das nicht eigentlich ein Ruhetag?"

„Ja, aber es gibt so viel zu tun", erklärte Mrs. Fitz, bevor sie den Raum verließ. Devon musste lächeln, als er hörte, wie sie vor der Tür Anweisungen erteilte. Diese Frau konnte im Notfall Berge versetzen. Er fragte sich, ob das vielleicht tatsächlich erforderlich sein würde.

DEVON BRACHTE seinen Vater nach Hause und vergewisserte sich, dass er alles hatte, was er für den Abend benötigte.

„Mir geht's gut. Lucy kommt heute Abend vorbei." Es war toll, seinen Vater verliebt zu sehen. Eventuell hatte er Devons Mutter ja auch so angeschaut. Genaugenommen war Devon sich ziemlich sicher, dass er das getan hatte. Schön, dass er wieder so glücklich wirkte. „Kommst du heute Abend nach Hause?"

„Ich bezweifle es. Wenn du also gerne jemanden bei dir übernachten lassen willst, nur zu. Nimm aber auf jeden Fall heute Abend deine Tabletten und überanstrenge dich nicht." Er hatte keine Ahnung, ob der Arzt Sex für eine gute Idee halten würde, aber darüber wollte sich Devon wirklich nicht mit ihm unterhalten. Der Mann war erwachsen und wenn er seine Gefühle auf diese Art ausdrücken wollte, wie kam Devon denn dann dazu, ihm etwas anderes zu sagen? Schließlich plante er, nach einem besonderen Essen heute Abend jede Menge Gefühle gegenüber Enrique auszudrücken.

„Devon." Sein Vater benutzte den warnenden Unterton aus Devons Kindheit. Damals hatte es funktioniert, jetzt brachte er ihn nur zum Lächeln.

„Wenn wir Freunde sein wollen, dann setz nicht mehr die Dad-Stimme ein." Mann, machte das Spaß. „Ich bin dein Freund und Freunde ziehen sich nun einmal

131

gegenseitig mit Sex auf. Obwohl ich betonen möchte, dass es in dieser Freundschaft nicht nötig ist, Details zu erwähnen. Einverstanden?"

Sein Vater hob die Hand. „Amen." Sie brachen beide in Gelächter aus.

„Da wir das jetzt geklärt hätten, werde ich noch einige Besorgungen machen. Ich will ein besonderes Dessert zum Abendessen zubereiten. Enrique hat vor zu kochen, aber ich möchte auch etwas beisteuern."

„Junge, lass es besser. Du verfügst über wirklich viele Talente, aber in der Küche erhältst du bestenfalls den Trostpreis. Das hast du von mir geerbt. Bei diesem Wettbewerb weißt du leider nur, wie man Essen bestellt. Enrique ist ein großartiger Koch, als überlass ihm das." Er ließ sich mit einem Seufzer in seinen Sessel sinken. „Manchmal besteht das beste Geschenk darin, jemanden das tun zu lassen, worin er am besten ist. Deine Mutter war eine unglaubliche Frau. Ohne sie hätte ich irgendwo in einer Baracke in der Pampa gelebt, Hunger leidend und hilflos. Sie hat uns ein Zuhause geschaffen und mir gezeigt, wie wunderbar das Zusammenleben mit einer Person sein kann."

Devon schluckte krampfhaft. „Nach Moms Tod hast du nie wirklich von ihr gesprochen." Himmel, Devon konnte sich nicht daran erinnern, dass sein Vater jemals so viel an einem Stück über sie erzählt hatte.

„Es tut mir leid." Er beugte sich vor, und Devon tat das gleiche. „Vermutlich hätte ich mehr über sie reden sollen, aber es fiel mir zu schwer. Ich habe deine Mutter jeden einzelnen Tag vermisst, und ich trage sie in meinem Herzen. Es gibt keine Stunde, in der ich nicht an sie gedacht hätte, doch selbst jetzt fällt es mir schwer, von ihr zu sprechen. Sie hat mein Leben bereichert … und mir Bedeutung gegeben."

Devon nickte langsam. „Ich weiß genau, wie sich das anfühlt."

„Dann halt es um Gottes willen mit beiden Händen fest und lass es nie wieder los. Wenn etwas versucht, euch auseinanderzureißen, musst du kämpfen und es nur noch fester halten."

Sein Dad griff nach einem Taschentuch und wischte sich damit über die Augen. Um ihm seine Privatsphäre zu lassen, drehte sich Devon um und schaute durch die Fenster auf den See hinaus. „Ich hatte das Glück, mit deiner Mutter die Liebe auf den ersten Blick zu erleben. Als ich sie zum ersten Mal gesehen habe, blieb mir die Luft weg. Die nächsten zwanzig Jahre habe ich versucht, wieder zu Atem zu kommen. Wenn das bei dir genauso ist, betrachte es als Geschenk des Universums." Nachdrücklich nickend legte er die Hände auf die Sessellehnen. „Ich glaube fest daran, dass wenn man ein solches Geschenk ignoriert, das Universum einen Weg finden wird, um sich zu rächen … und Karma kann echt übel sein, man sollte es lieber nicht herausfordern."

„Ich habe verstanden, was du mir mitteilen willst, Dad", meinte Devon. „Und ich weiß, dass Mom und du euch geliebt habt. Aber ich muss dir das Gleiche sagen: Mom würde wollen, dass du glücklich bist und ich ebenfalls. Wenn Lucy die Person ist, bei der du das bist, dann solltest du dich der Liebe öffnen und sie festhalten."

Sein Dad nickte langsam. „Wann bist du eigentlich so schlau geworden?", fragte er und spielte damit eine frühere Frage von Devon an ihn zurück.

„Ich hatte ein gutes Vorbild." Devon erhob sich und umarmte seinen Dad.

Sein Dad erwiderte die Umarmung und klopfte ihm auf den Rücken. „Geh zu Enrique. Ich wünsche euch einen schönen Abend. Wenn du ihm etwas mitbringen möchtest, schaust du am besten im Garten nach. Dort findest du vielleicht ein besonderes Mitbringsel."

„Danke Dad. Hast du alles für dein eigenes Abendessen?"

„Ja." Das verlegene Grinsen verriet alles.

„Du hast große Pläne für heute Abend." Es machte unglaublich Spaß ihn aufzuziehen. „Ich bin gleich weg, aber grüß Lucy bitte von mir und sag ihr, dass ihr es nicht übertreiben solltet. Nicht, dass die Seetaucher noch Angst bekommen." Lachend verließ Devon den Raum im Bewusstsein, dass sein Dad gerade knallrot anlief.

Als Kind war Devon mehr als einmal vom nicht ganz leisen Liebesspiel seiner Eltern geweckt worden. Oh, sie hatten gedacht, leise zu sein, sich aber manchmal vergessen. Damals hatte er es schrecklich gefunden und sich ein Kissen über den Kopf gezogen, um es nicht hören zu müssen. Als Erwachsener und mit etwas Abstand konnte er froh sein, dass seine Eltern eine derartige Liebe verbunden hatte. Solange er nicht genauer darüber nachdachte, war es wirklich inspirierend.

Devon packte eine kleine Reisetasche und beschloss nach einem kleinen Zwischenstopp im Garten – um zu sehen, was reif war – zu Fuß zum Trading Post zu gehen. Es war ein schöner Tag, und er würde die Zeit an der frischen Luft mit einer nach See duftenden Brise genießen. Unterwegs dachte er lächelnd an Enrique. Tagelang hatten sich seine Gedanken auf eine ganz andere Art und Weise um ihn gedreht. Beim Malen hatte er ihn vor sich gesehen – visuell, geistig – und vor allem an seine Gefühle für ihn gedacht. In die gemalte Version hatte Devon hereingelegt, was er konnte. Doch jetzt bekam er den realen Enrique aus Fleisch und Blut.

Er klopfte an die Tür und trat ein. Der Duft nach Knoblauch, Butter, Kräutern und weiß Gott was sonst noch lockte ihn direkt in die Küche. Dort angekommen küsste er Enrique. Durch das Abschmecken explodierten seine Lippen praktisch vor Aromen. Mit einem genussvollen Stöhnen schlang Devon die Arme um ihn und vertiefte den Kuss.

„Soll ich das Essen erst mal zur Seite stellen?", fragte Enrique leise mit rauer Stimme. Verdammt. Trotz der großen Versuchung schüttelte Devon den Kopf. Vorfreude war schließlich die halbe Freude. „Kann ich dir irgendwie helfen? Ich bin zwar nicht gut in der Küche, halte mich aber für ziemlich gut im Entgegennehmen von Anweisungen." Tief atmete er den herrlichen Geruch ein.

„Nein, ich dachte, ich mache etwas Einfaches. Daher gibt es Pasta mit einem Pesto, das ich bei meinem letzten Besuch in Anchorage gekauft habe. Außerdem füge ich noch Hühnchen und einige andere Überraschungen hinzu."

„Eine davon sind nicht zufällig die Chillies, die da auf dem Tresen liegen?"

„Nur ein bisschen davon für etwas Schärfe im Nachgang. Nicht genug, um es richtig scharf zu machen. Einfach mal etwas anderes." Enrique klopfte ihm auf die Schulter. „Du kannst schon mal Musik aussuchen und …"

Draußen ertönte ein Krachen und schnitt ihm das Wort ab. Enrique hatte bereits den Herd ausgestellt und raste dicht gefolgt von Devon hinaus. Draußen konnten sie nicht sofort etwas erkennen. Langsam ging Enrique um das Gebäude herum zum davorliegenden Parkplatz. Direkt in der Mitte thronte ein Erdhaufen.

„Was zur Hölle soll das?", fragte Devon, doch Enrique hatte bereits das Handy am Ohr.

„Sieht so aus, als hätten uns unsere Bergleutefreunde eine kleine Nachricht hinterlassen", teilte er der Person am anderen Ende mit. „Ja … sie haben eine Wagenladung Dreck auf den Parkplatz gekippt … Ja, genau das habe ich mir gedacht. Danke." Enrique legte auf." Craig und die Jungs machen sich auf den Weg."

„Was willst du wegen der Sache unternehmen, und warum zur Hölle macht jemand so etwas?"

Enrique seufzte. „Einschüchterung. Wir sollen mitspielen." Er marschierte um den riesigen Berg aus Erde und Steinen.

„Aber … das ist irgendwie dumm", stellte Devon fest, während er versuchte, sich einen Reim darauf zu machen. „Was zum Teufel versprechen sie sich davon? Was für eine Nachricht soll uns das übermitteln?"

„Dass sie jederzeit in der Lage sind, Unruhe zu stiften. Wenn wir nicht kooperieren, werden sie im Trading Post und wer weiß wo noch überall Unruhe stiften."

„Und warum hast du Craig angerufen?" Devon war sich nicht sicher, ob er ihn sehen wollte. Mit etwas Glück konnte Craig sich aber nicht mehr an die Nacht erinnern. Sollte das zutreffen, könnten sie beide möglicherweise wieder Freunde sein.

„Sein Dad besitzt immer noch den Minibagger. Er und die Jungs bringen ihn rüber." Enrique deutete grinsend auf die andere Seite des Gebäudes. „Durch den ganzen Regen und die Überflutungen vom Parkplatz ist hier Erde weggeschwemmt worden. Ich denke, mithilfe des Baggers können wir unser kleines Geschenk zum Auffüllen nutzen." Schulterzuckend erklärte er: „Ich wollte sowieso Erde liefern lassen, daher … Sie haben mir einen Gefallen getan, indem sie mir eine Gratisladung Füllerde gebracht haben. Erinnere mich bitte daran, Mr. Pett eine Dankeskarte zu schicken." Er lachte, als der Bagger mit Craig und seinen beiden Söhnen in der Fahrerkabine am Straßenrand hielt. Die Kinder sprangen sofort heraus und kamen herübergerannt, um Devon und Enrique begeistert zu umarmen.

„Was willst du damit machen?", fragte Craig, als er ebenfalls bei ihnen angelangt war. Nachdem Enrique es ihm erklärt hatte, nickte er. „Das ist kein Problem. Das habe ich schnell erledigt."

„Vielen Dank." Enrique wandte sich an die Jungen. „Ich habe drinnen Eis. Kommt rein, dann bekommt ihr eins." Er trieb die hüpfenden Kinder durch die Eingangstür. Devon ging aus dem Weg, als Craig den Bagger wieder anließ.

„Danke", sagte Devon lächelnd und winkte. Beinahe umgehend wurde der Motor ausgeschaltet und Craig sprang herunter. „Was?"

Eine Sekunde lang schaute Craig zu Boden. „Ich erinnere mich an die Nacht."

„Bist du deshalb nicht mehr hergekommen?" Seitdem hatte er lediglich mal kurz im Vorbeigehen mit Craig gesprochen. Jetzt ergab das Sinn. „Ich wusste ehrlich gesagt nicht, ob du dich daran erinnerst." Devon hatte diesbezüglich immer noch ein komisches Gefühl. „Die Dinge haben sich geändert, Craig." Er ging einen Schritt auf ihn zu, um nicht so laut reden zu müssen. „Ich liebe Enrique." Da er nicht wusste, was er sonst noch sagen sollte, verstummte er.

„Das weiß ich. Es ist offensichtlich." Craigs Mundwinkel sackten nach unten, und seine Augen füllten sich mit Traurigkeit. „Lass es mich so ausdrücken: Ich bemerke, wie du ihn ansiehst und weiß, dass du mich früher ebenso angesehen hast." Seufzend fuhr er fort: „In meinem Leben habe ich Fehler gemacht und Dinge getan, die ich bedaure. Dass ich dich verletzt habe, ist eines davon. Doch durch einen Fehler habe ich meine Söhne bekommen. Das kann ich nicht bedauern."

„Das solltest du auch nicht." Devon stieß den angehaltenen Atem aus. Mit ihm verschwanden auch die Jahre voller Schmerz und Enttäuschung. Er würde sie im Gedächtnis behalten und daraus lernen, jedoch nicht länger an ihnen festhalten. „Ich habe dir jahrelang die Schuld für meine Alkoholsucht gegeben", gestand er, als Craig gerade gehen wollte. Er stoppte und drehte sich langsam um. „Ich habe dir die Schuld gegeben, weil ich dich geliebt habe, aber du diese Liebe nicht erwidert hast … oder es hast, aber mich nicht wolltest." Devon hob abwehrend die Hände. „Das spielt jetzt keine Rolle mehr. Weil es nicht deine Schuld war, sondern meine. Ich habe getrunken und mir eingeredet, dass es deinetwegen wäre, weil ich dich vergessen wollte." Als ihn eine Welle aufgestauter Gefühle tsunamigleich überrollte, musste er blinzeln. Als der Schmerz kam, knickte er jedoch nicht ein und brach auch nicht zusammen. Stattdessen blieb er dieses Mal standhaft – etwas, das er noch nie zuvor geschafft hatte.

„Das wusste ich nicht", flüsterte Craig, während ein paar Autos auf dem Highway vorbeifuhren.

„Es ist egal, ob du es gewusst hast oder nicht. Du hattest nichts damit zu tun."

Craig schüttelte den Kopf. „Wenn ich es gewusst hätte, hätte ich dir vielleicht helfen können. Ich …" Er krächzte die Worte. „Ich habe so viel falsch gemacht."

„Ich denke, das haben wir beide. Ich bin nur auf der anderen Seite gelandet. Aber jetzt bin ich glücklich. Das Gleiche wünsche ich mir für dich. Mit der Person, von der du glaubst, dass sie dich glücklich macht." Devon zwang sich zu einem Lächeln. „Sei einfach nur glücklich, Craig. Wir beide sind jahrelang Freunde gewesen. Ich hoffe ehrlich, dass wir das immer noch sind und auch in Zukunft sein werden. Denn du bist mein Freund." Er blieb ein paar Sekunden unbeweglich stehen, dann trat er einen Schritt nach vorne und zog Craig an sich. „Du bist mein ältester Freund."

Nachdem er Craig wieder losgelassen hatte, trat er zurück. Der Mann wirkte leicht verstört, und Devon war es möglicherweise ebenfalls. Er hatte geglaubt, mit seinen Gefühlen für Craig abgeschlossen zu haben, doch vielleicht traf das nicht zu. Zumindest schien jetzt alles geklärt zu sein.

„Daddy. Eis!", schrien die Jungs vom Eingang. „Beeil dich."

Craig richtete seine Aufmerksamkeit auf seine Söhne, dann fiel sein Blick noch einmal auf Devon. Als Devon lächelte, sprang er auf den Bagger und fing an, die Erde vom Parkplatz zu schieben. Bei der Geschwindigkeit würde die Arbeit nicht lange dauern.

„Möchtest du auch eins?", fragte Enrique, der sich mit einer Schüssel Schokoladeneis zu Devon gesellte und ihm einen Löffel davon anbot.

„Danke. Wir haben geredet."

„Hast du von ihm bekommen, was du wolltest?", fragte Enrique.

Devon lehnte sich an ihn, und Enrique schlang den Arm um seine Taille. „Genaugenommen ja und nein. Ich konnte die meisten Dinge loswerden, um einen Strich darunter setzen zu können. Meiner Meinung nach können wir Freunde sein, aber ich weiß, dass es nie mehr als das sein wird." Mit einem breiten Lächeln schaute er Enrique an. „Diese ganzen verdrehten Gefühle, die ich für ihn hatte, sind vorbei." Er verspürte ziemlichen Stolz auf sich. Er hatte den letzten Schritt getan und all seine Probleme auf seiner eigenen Türschwelle abgelegt, statt auf der von irgendjemand anderem.

„Komm, ich muss nachsehen, was die Jungs treiben und Craig scheint auch fast fertig zu sein." Enrique drückte ihn sanft, dann gingen sie hinein.

Die Kinder saßen an einem der Restauranttische und aßen grinsend ihr Eis. Devon und Enrique setzten sich dazu und holten noch einen Stuhl für Craig, der ein paar Minuten später hereinkam.

„Wer auch immer die Erde dorthin gekippt hat, hat dir einen riesigen Gefallen getan. Ich konnte den Bereich damit füllen. Es muss nur noch etwas angepasst werden. Verteil ein paar Grassamen darauf, dann sollte alles wieder gut sein." Er nahm Platz.

„Wir haben Vanille, Schokolade und Erdbeere", verkündete Enrique.

„Erdbeere", erwiderte Craig. Devon musste grinsen. Manche Dinge änderten sich zum Glück nie.

„Danke für deine Hilfe", sagte Enrique, als er die Schüssel abstellte.

„Wir müssen diese Leute loswerden und das schnell", stellte Craig fest und begann zu essen. Daran bestand nicht der geringste Zweifel.

„Wir werden alle gemeinsam dafür sorgen", meinte Enrique. Devon konnte beinahe seine Gedanken lesen. Genügend Leute hatten Samen gestreut. Jetzt musste mindestens einer davon aufgehen.

11

BILLY QUIEKTE los, als Enrique ihn kitzelte, Joey dagegen kletterte auf den Schoß seines Vaters. „Heiraten du und Onkel Devon?", wollte Billy mit ernster Stimme wissen. Enrique hätte ihn fast fallengelassen. Zur Sicherheit stellte er ihn lieber schnell wieder auf den Boden. „Ich habe gesehen, wie ihr euch draußen geküsst habt. Joey und ich haben durchs Fenster geguckt." Schnell legte er sich die Hand auf den Mund, vermutlich war ihm gerade erst klar geworden, dass er deshalb Ärger bekommen könnte.

„Und ihr habt euch gegenseitig angeschmachtet", kicherte Billy. Enrique fing erneut an, ihn zu kitzeln.

„Woher weißt du denn über solche Sachen Bescheid?", fragte Enrique.

„Das hat Joey gesagt", warf Billy seinen Bruder den Wölfen zum Fraß vor.

„Na dann, okay", schaltete sich Devon ein. Craig schienen fast die Augen aus dem Kopf zu springen.

Enrique beschloss, Craig vor einem Aneurysma zu bewahren. „Onkel Devon und ich sind Freunde. In Ordnung? Das heißt aber nicht, dass wir heiraten werden. Darüber werden wir uns unterhalten, wenn die Zeit dafür reif ist."

Enrique schaute Billy an. „Du kannst uns Fragen stellen. Das ist okay. Und was das Anschmachten betrifft: Menschen, die sich mögen, küssen und umarmen sich manchmal. Daran ist nichts Falsches. Okay?"

Beide Jungen nickten ernst. Joey kletterte vom Schoß seines Vaters. „Dürfen wir spielen?" Er deutete auf die Lounge. Auf Enriques Nicken hin eilten beide davon.

„Deine Söhne sind toll, Craig", stellte Devon fest.

„Ja, das sind sie. Ich weiß nicht, was ich machen soll, wenn sie auf die andere Seite des Landes ziehen. Mir gefällt es hier. Das ist ebenso mein Zuhause wie auch ihres."

„Du könntest es ihr verbieten."

Craig stieß den Atem aus. „Ja, aber das wäre ein ziemlich gemeiner Zug. Sie bekommt die Chance, glücklich zu werden, und die verdienen wir doch alle. Stimmt's, Devon?"

„Ja. Und das gilt auch für dich. Aber den Sommer werden die Jungs immer noch bei dir hier oben verbringen. Außerdem kannst du immer hinfliegen und sie besuchen. So wie jetzt. Es wird zwar länger dauern, bis du dort bist, aber immerhin hast du die Möglichkeit."

„Ich weiß." Er ließ sich tief in Gedanken zurücksinken. Enrique wechselte einen Blick mit Devon. Er wollte Craig und seine Söhne nicht hetzen, musste aber immer noch ein Essen zubereiten und Devon hatte einen ganz besonderen Abend geplant.

Die Jungen kamen mit einem Brettspiel herein und überredeten sie, mitzuspielen. Zum Glück stimmte Craig nur einem Spiel zu, das dann auch ziemlich schnell vorbei war. Nachdem Enrique sich nochmals bei ihm bedankt hatte, fuhren die drei nach Hause. Enrique schloss die Eingangstür hinter ihnen ab, ergriff Devons Hand und führte ihn in die Wohnung.

Es war schon spät, als er das Wasser aufsetzte und das Essen zu Ende zubereitete. „Vermisst du es, dass du an einem Abend wie diesem in New York einfach Essen bestellen könntest, ohne erst darauf warten zu müssen?" Er beeilte sich und vermischte die Nudeln mit dem Pesto in einer Schüssel, bevor er ihre Portionen auf Tellern verteilte. Zum Glück war der Salat bereits fertig gewesen.

„Eigentlich nicht." Sobald Enrique sich setzte, ergriff Devon seine Hand. „Einige Dinge aus New York fehlen mir allerdings. Zum Beispiel die Möglichkeit, so ziemlich alles rund um die Uhr zu bekommen. Dort gibt es Geschäfte für alles."

„Das haben wir hier auch. Es nennt sich Internet." Enrique konnte nicht anders, er musste ihn einfach aufziehen.

„Jaaaah. Kannst du dir vorstellen, wie meine Leinwand hier angekommen wäre, wenn ich sie hätte liefern lassen?"

Enrique nahm seine Gabel in die Hand. „Sie musste nach Anchorage geliefert werden. Oder etwa nicht? Fast alles wird hierhin transportiert. Deshalb haben ja so viele von uns Gärten und gehen auf die Jagd."

„Früher wusste ich das mal. Vermutlich gewöhnt man sich schnell daran, alles in greifbarer Nähe zu haben." Devon nahm einen Bissen. „Oh Mann, das ist echt gut."

Das konnte Enrique durchaus verstehen. Daher war er etwas besorgt, dass ihre kleine Stadt – die mehr als eine Stunde von Anchorage entfernt lag – Devon nie würde genug bieten können. „Und was wirst du nicht vermissen?"

Devon gluckste. „Den Geruch der Stadt. Wenn es geregnet hat, ist alles in Ordnung, aber im Sommer stinkt der Müll zum Himmel und die Straßen verströmen diesen grauenhaften Ekelmief. Devon drückte beruhigend Enriques Hand. „Keine Sorge. Ich weiß, was ich will und was zählt. Wahrscheinlich werde ich von Zeit zu Zeit nach New York zurückkehren müssen, aber das hier ist mein Zuhause. Du bist mein Zuhause."

„Ich muss dich das einfach fragen: Wie kannst du dir da so sicher sein?" Enrique legte die Gabel ab. Ein derart ernstes Gespräch hatte er nicht geplant, doch es schien regelrecht aus dem Boden zu schießen. „Du hast schließlich lange dort gelebt und musst doch etwas für die Stadt empfinden."

„Das tue ich. Ich mag New York. Die Stadt ist interessant, aber nicht mal annähernd so interessant wie deine dunkelbraunen Augen. Und natürlich gibt es dort viel zu sehen, aber nichts, das mit dem See und den Bergen hier vergleichbar wäre. Im kommenden Januar werde ich allerdings möglichst schnell die Fliege

139

machen und für ein paar Wochen an einen warmen, sonnigen Ort verschwinden. Am Strand malen und ansonsten absolut nichts tun … und dabei nicht viel mehr als eine Badehose und ein T-Shirt tragen."

„Ich schließe den Trading Post im Januar immer und mache erst später im Jahr wieder auf", sagte Enrique, während sich sein Herzschlag beschleunigte.

„Dann würde ich sagen, dass wir beide eine Verabredung mit dem Strand haben." Devon besaß ein unvergleichliches Lächeln, und dieses war so strahlend, dass es sich nicht in Worte fassen ließ. „Ich will nicht ohne dich sein. So einfach ist das."

Mit einem Mal begann Devons Handy zu klingeln. Mit einem: „Ich rufe zurück", zog er es aus der Tasche, erstarrte dann jedoch beim Blick auf das Display. „Da muss ich rangehen."

Er stand auf und entfernte sich vom Tisch. „Was hast du erreicht, Roz? Schläfst du eigentlich irgendwann auch mal?", wollte er lachend wissen. Enrique aß weiter, legte jedoch seine Gabel ab, als sich Devons Lippen zu einem Lächeln verzogen. „Du machst wohl Witze."

Er gesellte sich zu Devon. „Du willst, dass ich wohin komme … wann?" Mit einem Mal wirkte er nervös. Enrique schaute ihn fragend an. „Sie möchte, dass ich nach New York fliege zu einem CNN *Prime Time* Interview."

„Roz, ich weiß. Aber das Bild befindet sich hier und kann noch nicht verschickt werden. Es ist noch nicht haltbar, das Öl muss erst trocknen. Das weißt du doch. Es darf nicht bewegt werden." Während er weiter zuhörte, wurde Enrique immer kribbeliger und nervöser. „Ja, sie können herkommen. Sag ihnen, dass sie mit der ganzen Stadt reden können, wenn sie wollen. … Ich verstehe …" Er klang nicht allzu begeistert. „Bring sie einfach her, okay? Um den Rest kümmere ich mich." Er lachte. „Ja, ich weiß, dass ich berüchtigt bin, das nicht zu tun. Und mir dreht sich bei der Vorstellung auch der Magen um. Für diese Stadt werde ich es aber durchziehen." Er streckte die Hand aus und Enrique ergriff sie. „Ich schalte jetzt den Lautsprecher ein, Roz." Nachdem er eine Taste gedrückt hatte, legte er das Handy auf den Tisch. „Roz, das ist Enrique."

„Hallo Enrique", begrüßte ihn eine wohlklingende Frauenstimme.

„Guten Abend Ma'am. Bei Ihnen muss es schon spät sein."

„Ich schlafe nie. Devon weiß das." Sie klang amüsiert.

„Enrique ist mein Freund." Sie lächelten sich kurz an. „Wir sind noch dabei, ein paar Dinge zu klären, aber … ähm … Ich weiß nicht, wie ich dir beibringen soll, dass ich mir ein gemeinsames Leben mit ihm aufbauen will."

„Großartig", erwiderte Roz. Ihr Tonfall wirkte aufrichtig. „Wie geht es deinem Dad? Was denkst du, wann ihr zwei nach New York kommen könnt? Bei dem Gemälde und mit einer neuen Liebe lässt sich alles von dir verkaufen." Sie schien vor Energie regelrecht zu bersten. „Devon hat dir ja sicher erzählt, dass das hier der Mittelpunkt für seine Arbeit ist."

„Okay ...", unterbrach Devon sie sanft. „Roz, Enrique ist ein großartiger Künstler. Du wirst ganz aus dem Häuschen sein, wenn du seine Werke siehst. Aber, was ich versuche dir mitzuteilen, ist, dass wir beide hier wohnen werden. Ich werde New York verlassen und nach Hause ziehen. Und ... nun, du hast das Bild gesehen. Es passiert hier." Sie lächelten sich erneut an. Devon lehnte sich an Enriques Schulter.

„Devon ..." Bei Roz' Tonfall verkrampfte sich Enrique.

„Roz, ich wünschte, du könntest hier hochkommen und sehen, was ich sehe. Du hast das Bild gesehen. Ich arbeite bereits an weiteren. Die Kunst ist wieder erwacht und ich ebenfalls. Ich weiß, wo mein Platz ist und was ich mit meinem Leben anfangen muss. Und was ich will."

„Verdammt", fluchte Roz. Dann wurde es still, bis man sie schniefen hörte.

„Roz ..."

„Mir geht's gut. Es ist nur ... Es wurde langsam Zeit, dass du jemanden findest, der dein Herz schneller schlagen lässt. Das tut er doch, oder?"

Devon schaute Enrique an. „Ja, das tut er jedes Mal, wenn ich ihn anschaue. Und wenn du wissen willst, wie er aussieht, schau dir einfach die Fotos von dem Bild an, die ich dir geschickt habe. Das bekommst du aber nicht, denn es gehört Enrique." Devon küsste ihn. „Ich liebe ihn", gestand er leise. Enrique bekam weiche Knie. „Wir müssen jetzt los. Sag mir Bescheid, was die Fernsehleute meinen."

„Vermutlich werden sie zu dir kommen", erwiderte Roz. „Sie waren echt begeistert. Gute Nacht." Sie legte auf. Enrique führte Devon aus dem Zimmer, fort vom Telefon und den Resten ihres Essens.

„Hast du noch Hunger?", fragte er.

Devon schüttelte den Kopf. „Nur auf dich." Ihre Lippen trafen sich, als sie sich auf das Bett fallen ließen. „Ich liebe dich wirklich. Vielleicht tue ich das schon lange und war zu abgelenkt von anderen Sachen, um das zu erkennen."

„Ich liebe dich auch." Enrique wagte den Sprung, gegen den er sich lange – vielleicht zu lange – gewehrt hatte. Als Devon seiner Agentin mitgeteilt hatte, dass er bleiben würde, hatte sein Herz einen Hopser gemacht. „Aber was ist mit der Galerie und dass du in New York sein musst und ...?"

„Ich werde – *wir werden* – zu Besuch nach New York fliegen. Die Kunstwelt kommt bestens ohne mich klar. Aber ich glaube, ich kann nicht länger ohne diesen Ort und ohne dich leben. In meinen Augen war New York mein Zuhause, doch das stimmte nicht. Das hat immer hier auf mich gewartet." Devons Augen füllten sich. Enrique wischte die drohenden Tränen weg und schloss die Lücke zwischen ihnen.

Der Kuss ließ die Welt erbeben. Devon klammerte sich an ihn, als ob er auseinanderzubrechen drohte. Vielleicht traf das ja auch zu, denn Enrique wusste, sollte er in diesem Moment länger als ein paar Sekunden von ihm entfernt sein, würde er in eine Million winzige Teile explodieren.

141

Langsam zog Enrique erst Devon die Kleidung aus und fügte dem Berg dann seine eigene hinzu. Nie hatte er gedacht, dass es sich so unglaublich anfühlen würde, Haut an Haut zu spüren. „Was ist?", flüsterte Devon. Enrique lächelte.

„Ich liebe es, dir in die Augen zu sehen, möchte aber, dass du etwas für mich tust. Schließ sie und leg dich auf den Rücken." Er wartete, bis Devon gehorchte. Dann zog er sich das Band aus den Haaren und schüttelte sie aus.

„Ich liebe das", erklärte Devon.

„Du schummelst."

„Tue ich nicht. Ich kann dein Shampoo riechen. Du musst deinen Zopf gelöst haben. Das riecht immer wie ... oh Gott ..."

Enrique beugte den Kopf vor und ließ sein Haar über Devons Schultern und dann den Oberkörper hinabgleiten. „Das ist wie ein wahr gewordener Traum."

Enrique lachte tief auf und breitete sein Haar wie einen Vorhang über Devon aus, während er dessen Schwanz zwischen die Lippen nahm. Himmel, er schmeckte so gut. Langsam glitten seinen Lippen den Schaft hinab, um mehr von Devon in sich aufzunehmen.

„Verdammt, das ist ..." Devon legte die Hände leicht aber bestimmt auf Enriques Kopf. Enrique war dankbar, dass Devon nicht versuchte, ihn nach unten zu drücken. In solchen Momenten bestimmte er das Tempo gerne selber. „Hör nicht auf ... bitte ...", bettelte Devon sanft. „Ein Traum ist wahr geworden. Deine Haare sind wie winzige Seidenfinger. Ich liebe das Gefühl." Enrique vernahm entzückt das beinahe verzweifelte Verlangen. „Hast du vor, deine Haare ...", er hielt kurz inne, „... auf meinem Schwanz zu benutzen?"

Enrique erfüllte den Wunsch ein paar Sekunden lang. „Ist es das, was du wolltest?"

Devon umfasste seinen Kopf und führte ihn nach oben, bis sich ihre Lippen berührten. „Das war wundervoll, aber mir ist etwas klar geworden."

„Und was?"

„Manchmal sollten Fantasien besser Fantasien bleiben. Ich liebe deine Haare immer noch, glaube aber, dass ich deine Hände" – er zog an einer und küsste die Handfläche – „und deine Lippen" – er setzte sich auf, um ihn leidenschaftlich zu küssen – „noch sehr viel mehr liebe. Sie sind magisch. Davon werde ich wohl nie genug bekommen."

Erzitternd presste Enrique Devon dichter an sich, während er die Beine mit seinen Knien teilte, um sie dann nach oben zu schieben. „Ich auch nicht. Ich könnte für immer so mit dir hierbleiben." Er grinste, als Devon ihn anstarrte.

„Was ist denn so witzig?"

„Ich weiß, dass du gerne während des Winters von hier verschwinden willst. Aber die Winter hier sind lang, es gibt jede Menge freie Zeit und ... na ja, lange Winter bedeuten auch lange, kalte Nächte. Und die beste Art, um sich warmzuhalten ..." Er verringerte auch noch den letzten Abstand zwischen ihnen.

„Ich bin auf jeden Fall dafür. Und weißt du was? Ich bin unbedingt dafür, dass du mich bis fast auf den Mond und zurück schickst." Devons Blick verdunkelte sich und sein Atem kam flach und abgehackt. Nachdem Enrique die Hilfsmittel besorgt hatte, liebkoste und füllte er ihn langsam und vorsichtig – bis Devon anfing zu betteln – mit seinen Fingern. Er wollte ganz sicher sein, dass sein Freund bereit war, und das ließ sich nur mit einer gewisse Anzahl an flehentlichem Betteln nachweisen. Erst dann versenkte er seinen kondombedeckten Penis langsam in Devon, froh, dass sich so dicke Wände zwischen Wohnung und Trading Post befanden. Ansonsten hätte jeder einzelne seiner Gäste einen Platz in der ersten Reihe gehabt, als Devon aus voller Kehle um mehr bettelte. Enrique konnte sich nicht erinnern, in den letzten Jahren eine derart herrliche Musik gehört zu haben und freute sich auf eine möglichst häufige Wiederholung.

AM NÄCHSTEN Vormittag wurden sie vom Klingeln des Telefons geweckt. Nachdem Devon sich gemeldet hatte, sprang er regelrecht aus dem Bett. „Ja, hier ist Devon Starr." Er setzte sich auf die Bettkante und nickte. Enrique versuchte zu verstehen, was gesprochen wurde, konnte Devons Hmms, Gegrunze und gelegentlichen Jas allerdings nicht viel entnehmen. „Das kann ich machen. Wollen sie nur mich treffen oder …? Verstehe … Okay. Dazu bin ich bereit. Wie Sie wissen, drängt die Zeit sehr. Morgen. Und sie wissen, wo das ist?" Er lauschte noch ein paar Minuten lang, verabschiedete sich dann und ließ sich auf das Bett fallen.

„Was …?", wollte Enrique wissen.

„Sie kommen. CNN kommt, um eine Reportage über mich und das Bild zu machen. Sie wollen ein Exklusivinterview. Erinnerst du dich noch an die Mails, die du verschickt hast … Sie haben sie bekommen und eins und eins zusammengezählt. Morgen kommt ein Team aus Seattle hierhin, um mich zu interviewen."

Enrique nickte. „Und was ist mit allem anderen?"

„Sie kommen, um mich zu interviewen, aber meiner Meinung nach sollten wir sie dazu bringen, das im Trading Post zu tun. Dann kann die Gemeinde ihre Unterstützung zeigen. Sie arbeiten an einer Story über die Mine. Wir werden abwarten müssen, wie es läuft, aber einer der Fäden scheint wie gehofft aufgegriffen worden zu sein." Vor lauter Begeisterung vibrierte Devon beinahe. „Ich muss Dad anrufen."

„Das ist noch zu früh."

„Ja, ich weiß. Aber er muss seine Kumpel in Juneau anrufen und dafür sorgen, dass sie wissen, dass CNN ihnen auf den Fersen ist." Immer noch nackt sprang er vom Bett und begann im Zimmer auf und ab laufend mit seinem höchstwahrscheinlich erschöpften Vater zu telefonieren. „Er wird die Nachricht verbreiten, und das, was wir herausgefunden haben, erneut senden. Es besteht Hoffnung." Mit zitternden Händen setzte er sich wieder.

143

„Was ist los?" Enrique rutschte zu ihm herüber und drückte Devon zärtlich an sich.

„Ich weiß, dass ich das tun muss, aber ich will nicht. Ich hasse Interviews und im Rampenlicht zu stehen." Er gab ein merkwürdiges Gurgeln von sich. „Als ich das letzte Mal versucht habe, ein Interview zu geben, war ich sturzbesoffen. Nur so habe ich das hinbekommen. Irgendwie muss es gut geworden sein, denn sie liebten mich. Ich kann mich allerdings kaum daran erinnern." Devon drückte fest Enriques Hand. „Beim bloßen Gedanken daran wünsche ich mir einen Drink."

„Ich werde dabei sein. Du musst das nicht alleine durchstehen. Sei einfach ehrlich. Du musst niemandem etwas verkaufen. Sag einfach, was du im Herzen fühlst."

Devon schaute ihn an. Er war etwas grün im Gesicht. „Mein Herz ist kurz davor, in ein paar Minuten aus meinem Mund zu hüpfen." Er seufzte auf und fing an, langsam ein- und auszuatmen.

„Es wird schon gut gehen. Jemand kommt her, um dich zu interviewen. Nicht um dich zu belästigen oder in die Mangel zu nehmen. Sie werden ihre Hausaufgaben gemacht haben und der Auseinandersetzung ein Gesicht verleihen wollen. Vermutlich müssen wir sie sogar auf den Pass bringen, damit sie das Bergbauprojekt mit eigenen Augen sehen können." Enrique zog Devon dichter an sich und wünschte, er könnte seine Nervosität verscheuchen.

„Das weiß ich alles. Aber trotzdem habe ich diesen Teil nie gemocht. Das Meet and Greet in Galerien war schon schlimm genug. Dort musste ich mich zumindest nur mit wenigen Leuten unterhalten. Was, wenn ich etwas Falsches sage? Was passiert, wenn ich es so sehr versaue, dass …?" Er fing wieder an zu zittern. „Hier geht es nicht nur darum, sich zu unterhalten."

„Doch das tut es. Es ist das Gleiche, wie in einer Galerie mit jemandem über deine Werke zu reden. Auf jeden Fall kannst du es so angehen. Sie werden mit Sicherheit nicht mit einer Riesengruppe Menschen kommen. Es wird sich nur um ein paar Leute handeln. Entspann dich einfach und atme." Enrique stieg aus dem Bett und kniete sich vor Devon. „Ich weiß, dass du das kannst."

Devon atmete tief ein. Enrique erhob sich und ging ein großes Glas Wasser holen, das er Devon überreichte. Sein Freund stürzte die Hälfte davon wie einen doppelten Wodka herunter.

„Na schön. Die Vorstellung, es zu tun, ist eine Sache. Aber jetzt, da es tatsächlich passieren wird, fühlt es sich an, als würde alles, was wir wollen, was die Stadt will … auf meinen Schultern lasten." Er leckte sich über die Lippen und nahm das tiefe Ein- und Ausatmen wieder auf. „Ich komme schon klar."

„Bist du sicher?", fragte Enrique. „Du musst das nicht tun. Wir können sie anrufen und …"

„Nein. Ich tue es. Ich habe mich verpflichtet, das zu tun und ziehe es auch durch. Sie wollen mit mir über meine Kunst reden, und ich werde mich bemühen, so zu tun, als ob ich ein ganz normales Gespräch mit ihnen führe. Vielleicht können wir das in der Lounge tun."

In Enriques Augen war es ein gutes Zeichen, dass er sich bereits Gedanken um die Logistik machte. Das hieß, dass Devon anfing, sich Gedanken zu machen, wie er die Situation kontrollieren konnte. Ja, ihnen war beigebracht worden, dass sich nicht alles im Leben kontrollieren ließ. Das gehörte zum Programm der Anonymen Alkoholiker. Aber das, was sich kontrollieren ließ, auch tatsächlich zu kontrollieren, bot eine Möglichkeit, es loszulassen.

„Ich muss nach unten und meinen Gästen Frühstück machen. Kommst du klar?" Enrique ging nicht gerne, hatte aber ein Paar zu Gast, mit dem er um sieben Uhr zum Frühstück rechnete, und er wollte sie nicht warten lassen.

„Alles gut. Geh ruhig. Ich werde nichts Dummes tun." Devon erhob sich und begann sich anzuziehen. „Ich denke ich werde zu Dad rübergehen. Du musst arbeiten und ich ebenfalls." Er atmete noch ein paarmal langsam ein und aus. „Kein Grund sich den Kopf über etwas zu zerbrechen, das noch gar nicht passiert ist."

Immerhin klang er deutlich weniger panisch. Enrique zog sich ebenfalls an und machte sich im Badezimmer zurecht, um danach hinüber in den Trading Post zu gehen. Zum Glück waren seine Gäste noch nicht runtergekommen. Eilig kochte er Kaffee und stellte Saft, Cornflakes, Obst und Muffins bereit. Da er Nervosität wegen Devon verspürte, deckte er auch ein. Als seine Gäste hinunterkamen, führte er sie zu ihrem Tisch und begab sich dann an die Arbeit.

DEN REST des Vormittags bekam Enrique Devon nicht zu Gesicht. Er war damit beschäftigt, alles vorzubereiten und machte sich immer noch Sorgen um seinen Freund. Er hatte jedoch Arbeit zu erledigen. Das hieß, die Lounge und den Trading Post spiegelblank zu putzen.

„Frühjahrsputz? Ich dachte wir hätten Sommer", sagte der hereinschlendernde Mr. Pett und blieb hinter ihm stehen.

Enrique räumte die Putzsachen zur Seite und drehte sich um. „Wie kann ich Ihnen helfen?"

„Ich will nur an unser letztes Gespräch anknüpfen." Er lächelte aalglatt. Enrique schlussfolgerte, dass er vermutlich neugierig war, ob seine kleine Lieferung den gewünschten Effekt gehabt hatte.

Er beschloss, diesen Ausflug ins Blaue zu ignorieren.

„Die Ergebnisse unserer Tests werden der Umweltbehörde vorgelegt und sobald sie die Genehmigung erteilen ..."

Enrique hätte ihm das arrogante Lächeln am liebsten aus dem Gesicht geschlagen. „Sie wissen ..."

Er schüttelte den Kopf. „An diesem Ort versuchen wir alle im Einklang miteinander zu leben. Nicht alle kommen immer miteinander aus, aber wir kümmern uns umeinander und hintergehen unsere Nachbarn nicht. Ich kann unter keinen Umständen einfach das, woran ich glaube, verleugnen, und auf den Rest der Leute hier trifft das vermutlich ebenfalls zu. Wenn Sie aber mit den Menschen reden und Sie von Ihrer Position überzeugen wollen, ist das Ihre Sache. Jeder hat das Recht auf eine eigene Meinung."

„Enrique?"

Als die vertraute Stimme ertönte, musste er lächeln.

„Ist es okay, wenn wir uns morgen Mittag treffen …?" Devon verstummte, sobald er um die Ecke kam. „Guten Morgen …" Devon lächelte sein falsches Lächeln, doch das wusste Mr. Pett nicht. Nur Enrique bemerkte die unmerklich zusammengepressten Lippen und den leicht aufgerichteten Rücken, die verrieten, dass er auf der Hut war. „Können wir Ihnen helfen?"

Mr. Pett schüttelte den Kopf. „Ich glaube Ihnen beiden ist nicht mehr zu helfen. Sie haben keine Ahnung, was gut für Sie ist." Damit drehte er sich um und verließ die Lounge. Die Eingangstür des Trading Post fiel laut hinter ihm ins Schloss.

„Was wollte er?"

„Einfach nur schauen, ob seine kleinen Spielchen Erfolg hatten. Geht's dir besser?" Enrique wollte nicht über Mr. Pett reden. Im Moment hatte er andere Dinge im Kopf.

„Erst seit ich ihn gesehen habe. Jetzt habe ich ein Gesicht, an das ich meine Wut richten kann." Devons Gesichtsfarbe sah gesünder aus, und er schien nicht mehr so unter Druck zu stehen. „Außerdem habe ich mit meinem Dad geredet."

„Was hat er gesagt?", fragte Enrique.

„Du kennst doch Dad und seine nüchterne Art. Er hat mir erzählt, dass wir alle manchmal Dinge tun müssen, vor denen wir Angst haben oder die wir nicht machen wollen. Dass ich mich wie ein Erwachsener benehmen, zusammenreißen und tun soll, was getan werden muss. Außerdem hat er mir versichert, dass ihr beide an meiner Seite sein werdet." Er schien sich tatsächlich etwas zu entspannen. „Passt morgen Mittag für das Interview hier?"

„Es ist perfekt." Er legte den Arm um Devon und zog ihn für einen Kuss an sich, musste sich beim Eintreffen der ersten Gäste aber wieder von ihm lösen.

12

DA DEVON nachts nicht hatte schlafen können, saß er irgendwann schließlich in seinem Zimmer und fing ein neues Bild an. Zum wiederholten Mal wünschte er sich, er wäre bei Enrique geblieben. Doch sein Freund hatte arbeiten müssen, und dabei wollte Devon ihn nicht stören. Letzten Endes war das vermutlich eine gute Entscheidung gewesen. Er verfügte zwar nur über künstliches Licht, doch sein Kopf lieferte das Bild. Mit schnellen, wütenden Pinselstrichen ließ er die Nervosität und Überspanntheit aus dem Körper in seine Hände fließen.

Zuerst hatte er nicht gewusst, was er erschuf, doch dann wurde es klarer: Es handelte sich um den Berg hinter dem See, die Mutter aller Berge Alaskas. Die Perspektive war allerdings eine andere. Der Berg befand sich dichter am See und wirkte imposanter als in der Realität. Nachdem er den Großteil der Nacht wie wahnsinnig gemalt hatte, krabbelte Devon schließlich irgendwann erschöpft ins Bett und schlief endlich ein.

„Devon", rief sein Vater ins Zimmer. „Du musst aufstehen. Hier sind Leute, die dich sehen wollen …" Als Devon den Kopf vom Kissen hob und seine Augen zwang, sich zu öffnen, verstummte er.

„Dad?" Er drehte den Kopf zu ihm und bemerkte, dass sein Dad das Gemälde betrachtete. Devon konnte sich kaum an die Nacht erinnern, nur an sein zwanghaftes Bedürfnis, zu malen.

„Das ist atemberaubend", meinte sein Vater.

Jetzt richtete auch Devon den Blick auf sein Werk.

„Hattest du geplant, das Gesicht im Berg zu verstecken?"

„Was?" Er setzte sich auf und rieb sich die Augen. „Wovon …? Er trat dichter heran. In den Schattierungen aus Gestein und Schnee zeigte sich in seinem Denali eindeutig ein Gesicht mit einer hinablaufenden Träne. „Dad, ich ..." Er versuchte, sich daran zu erinnern, was er zu dem Zeitpunkt gedacht hatte, doch das lag im Nebel. „Ich habe in schwierigen Lichtverhältnissen gearbeitet, daher ist alles möglich. Außerdem habe ich ziemlich schnell gemalt." Als ihm wieder einfiel, was er heute tun musste, begann es in seinem Kopf zu pochen. „Entschuldige. Du hast gesagt, es wäre jemand hier."

„Ja. Es ist elf Uhr. Im Trading Post warten Leute auf dich. Also wasch dich und zieh dich an. Ich rufe Enrique an und sage ihm, dass du auf dem Weg bist."

Kopfschmerzen hin oder her, Devon sauste ins Badezimmer, schluckte mehrere Schmerztabletten und duschte in weltrekordverdächtiger Zeit. Sein Dad hatte ihm einige Sachen herausgelegt, die er einfach nur anzuziehen brauchte.

„Nimm das mit."

„Es ist noch nicht ganz trocken." Wegen der Schnelligkeit hatte er Acrylfarbe benutzt.

„Dafür ist es trocken genug. Nimm es mit." Sein Dad scheuchte ihn zum Truck und nahm selber für die kurze Fahrt zum Trading Post auf dem Beifahrersitz Platz. Das Bild hielt er wie eine kostbare Fracht fest.

Der Parkplatz war voll, doch neben der Tür gab es noch einen freien Platz, vermutlich für seinen Vater. Sie stiegen aus und gingen hinein. Drinnen herrschte ein reges Treiben, alle Tische waren mit essenden Menschen belegt.

„Du kommst etwas später als erwartet", stellte Enrique fest. Dann sah er, was Charles trug. „Ist das der Grund? Bist du die halbe Nacht wach gewesen?"

„Eher fast die komplette. Ich war nervös, und das ist das Ergebnis." Er zeigte Enrique die Leinwand, der sie vorsichtig in die Lounge trug. Da Devon nicht wusste, wo er erwartet wurde, blieb er stehen, bis Enrique zurückkehrte.

„Komm mit nach hinten. Dort warten Leute auf dich." Er nahm Devons Hand und führte ihn in die Lounge, in der ein Stuhl für ihn reserviert worden war. „Das ist Devon Starr."

„Es ist so schön, Sie kennenzulernen. Ich bin Diana Trumble", begrüßte ihn eine perfekt geschminkte Frau. Selbst in dem schlichten blauen Kleid sah sie unglaublich attraktiv aus. Sie stand vor ihrem Kameramann und einer weiteren Hilfsperson, die sie schnell vorstellte. Beide nickten ihm zu, bevor sie sich wieder ihrer Arbeit widmeten. Devon senkte den Blick, um nicht wie ein Trottel zu wirken. „In meiner Wohnung hängt der Druck eines Ihrer frühen Werke. Ich bin ein echter Fan", erklärte sie mit aufrichtigem Lächeln. Er setzte sich hin, und sie nahm auf dem Stuhl gegenüber Platz. Ihren Leuten, die sich hinter ihm bewegten, schenkte Devon nur wenig Aufmerksamkeit.

„Danke." Er ließ den Blick durch den Raum und dann hinter sich schweifen. Dort nahm *Hatcher Pass* beinahe die gesamte Wand ein. Sein Werk hing an der Stelle, an der sonst einige Bilder der Kinder aus Enriques Kunstkurs ihren Ehrenplatz gehabt hatten. Seine Nerven begannen zu flattern.

„Wir haben vor, über das Bild zu reden und das, was Sie dazu inspiriert hat." Sie legte eine Kopie des Briefes und die vor ein paar Tagen verschickten Fotos vor ihn. „Hat das irgendetwas damit zu tun?"

„Ja und nein", erwiderte Devon. „Ich habe gemalt, was sich in meinem Herzen befand. Da ich davon ausgehe, dass Sie Ihre Hausaufgaben gemacht haben, werde ich Sie nicht mit bereits Bekanntem langweilen. Aber ich bin an diesem Ort aufgewachsen. Wegen des Gesundheitszustands meines Vaters bin ich zurückgekommen, um mich um ihn zu kümmern. Dabei habe ich mein Zuhause wiederentdeckt. Das war die Inspiration für dieses Bild. Sehen Sie, die wahre Aussage des Bildes ist, dass man erst begreift, was man hat, wenn es verschwunden ist. Und dann ist es zu spät."

Sie schenkte ihm ein strahlendes Lächeln und beugte sich vor. „Sie werden das großartig machen. Während des Gesprächs gucken Sie einfach nur mich an und antworten mir. Blenden Sie die Kameras und alles andere aus. Stellen Sie sich einfach vor, dass wir beide uns unterhalten. So einfach ist das."

„Aber was ist mit den anderen und ihren Gefühlen zu der Sache?"

Sie gluckste. „Wir reden auch mit anderen und werden sie so einsetzen, wie wir sie brauchen."

Devon nickte. „Wann wird es ausgestrahlt? Vor mehreren Komitees wurde ein Antrag zur Erteilung einer vollständigen Fördergenehmigung gestellt."

„Sobald wir die Story zusammenhaben." Diese sehr nette, unverbindliche Antwort verriet Devon, dass alles umsonst gewesen sein könnte, wenn sie zu langsam waren. Er begegnete Enriques Blick und fragte sich, was sie tun sollten. Er hatte eine solche Hoffnung verspürt und jetzt konnte es bis zur Ausstrahlung Tage oder sogar eine Woche dauern. Bis dann wäre die Genehmigung längst erteilt und könnte noch schwerer gestoppt werden. Doch er konnte nur sich selbst, nicht andere kontrollieren.

„Hätte jemand gerne etwas zu trinken?", fragte Angie.

Oh Gott. Devon gierte nach einer Flasche Wodka, bat jedoch stattdessen um ein Glas Wasser. Er musste einen klaren Kopf behalten.

„Entschuldigen Sie mich bitte kurz", bat er, verließ die Lounge und holte sein Handy heraus, um seinen Sponsor anzurufen. Er musste unbedingt eine vertraute Stimme hören und jemandem erzählen, was los war. Vielleicht konnte sein Sponsor ihm ja bei der Bewältigung der Situation helfen.

„BIST DU bereit?", wollte Enrique ungefähr eine Stunde später wissen. „Es ist alles vorbereitet."

Devon holte tief Luft. Der Anruf bei seinem Sponsor hatte geholfen. Jetzt konnte er wieder klarer denken. Der Mann hatte ihm geraten, sich auf seine Ziele zu konzentrieren und auf das, was er kontrollieren konnte. Und er hatte recht. Wenn Devon seine Ziele im Kopf behielt, würde das seine Probleme ausblenden. „Ja. Lass es uns angehen." Er ging zurück in die Lounge, die durch die Kameras und Leuchten einem kleinen Studio ähnelte. Nachdem er sich gesetzt hatte, wurde ein Mikrofon an seinem Hemd befestigt und getestet.

„Danke, dass Sie das tun", sagte Diane.

„Ich wollte Ihnen gerade das Gleiche sagen", erwiderte er lächelnd. Ein Mann begann, mit den Fingern herunterzuzählen.

„Ich bin Diane Trumble und bei mir befindet sich der weltberühmte Künstler Devon Star, der gerade ein unglaubliches Werk namens *Hatcher Pass* fertiggestellt hat. Könnten Sie mir bitte von Ihrem Bild erzählen und was Sie dazu inspiriert hat?"

Kurz berichtete Devon, was er schon zuvor gesagt hatte.

„Es ist also eine Lektion in Sachen Verlust."

„Potenzieller Verlust", stellte Devon klar. „Heute sieht der Pass aus wie auf der grünen Seite der Leinwand. Aber wenn wir nicht sorgsam mit dem umgehen, was wir haben, besteht die Gefahr, es zu verlieren. Hier in Alaska entstehen durch Umweltzerstörungen Flächen, die sich Jahrzehnte oder sogar Jahrhunderte lang nicht regenerieren werden. Wenn wir als Gesellschaft unsere natürlichen Ressourcen dem unmittelbaren Gewinn opfern, berauben wir unsere Kinder ihrer Zukunft. Gleich am See, ungefähr eineinhalb Kilometer von hier, befindet sich ein Stück Land, das vor zehn Jahren gebrannt hat. Dort sind immer noch verkohltes Geäst und Baumstümpfe zu sehen. Erst jetzt setzt langsam wieder Wachstum ein. Mutter Natur verfügt hier über ihren ganz eigenen Zeitplan."

„Wie ich gehört habe, soll *Hatcher Pass* bald in New York zum Verkauf angeboten werden."

„Ja, das stimmt. Und der gesamte Erlös aus diesem Verkauf kommt vollständig der Willow Bücherei und dem Gemeindezentrum zugute. Dank der Menschen hier habe ich eine Gabe zurückerhalten, die ich schon verloren geglaubt hatte. Auf diese Art möchte ich mich bei ihnen bedanken." Er griff nach dem Wasserglas.

„Können Sie mir mehr über dieses Bergbauvorhaben erzählen und warum Sie so besorgt darüber sind?" Diane verstand wirklich, wie man problemlos von einem Thema zum Nächsten schwenkt.

„Die Firma …"

„Ja, Hatcher Pass Mining." Sie verlagerte leicht das Körpergewicht. „Wie wir herausgefunden haben, handelt es sich dabei um eine Tochterfirma von Grant Mining and Minerals. Die Mutterfirma wurde schon mehrfach wegen Nichteinhaltung von Umweltauflagen vorgeladen."

„Und die halten sie an diesem Standort ebenfalls nicht ein. Wir haben Fotos, die zeigen, dass sie außerhalb des genehmigten Gebiets abbauen. Im Schutz der Dunkelheit haben sie vorzeitig Wasser aus dem Absetzbecken in den Willow River abgelassen. Beweise dieser Verstöße wurden von Mitgliedern dieser Gemeinde an mehrere Aufsichts- und Genehmigungsausschüsse geschickt. Wir haben nichts von ihnen gehört."

„Wir haben versucht, genau diese Leute zu kontaktieren, haben bisher aber noch keine Stellungnahme erhalten." Mann, sie wusste echt, wie man jemandem Feuer unterm Hintern macht. „Außerdem haben wir versucht, Grant Mining and Minerals zu kontaktieren. Bisher sind unsere Anrufe jedoch unbeantwortet geblieben."

„Warum fragen Sie nicht einfach den Minenleiter?", schlug Devon vor. „Er steht direkt dort drüben an der Tür. Er ist unmittelbar für das Vorhaben und die dort entstandenen Verstöße verantwortlich." Das Timing des gerade in den Trading Post kommenden Mr. Pett war großartig. Dann fiel Devon wieder ihre Begegnung vom Vortag ein, und ihm wurde alles klar.

„Möchten Sie einen Kommentar abgeben?", fragte Diane, als sie mit dem Mikrofon und den ihr folgenden Kameras bei Mr. Pett angekommen war. Leider erhielten sie lediglich ein „Kein Kommentar", bevor Mr. Pett wie ein verängstigter Hase aus der Tür rannte. Allerdings würde sich das im Fernsehen gut machen. Sie brauchten ein paar Minuten, um sich wieder zu setzen und beendeten das Interview.

Als sie das Mikrofon wieder abnahmen, überkam ihn Erleichterung.

Enrique schloss ihn sofort nach dem Aufstehen in die Arme. „Du warst toll. Mr. Pett hätte zu keinem besseren Zeitpunkt vorbeikommen können", meinte er zwinkernd. Devon würde später die ganze Geschichte aus ihm herausbekommen müssen.

„Das war ein großartiges Interview. Es wird so schnell wie möglich bearbeitet und fertiggestellt. Wir werden eine Kopie an die zuständigen Ausschussmitglieder schicken. Machen Sie sich keine Sorgen", sagte Diane. Das Funkeln in ihren Augen verriet, dass bestimmte Teile des Interviews möglicherweise eher früher als später ihren Weg nach Juneau finden würden.

„Vielen Dank." Devon schüttelte ihr die Hand. „Hätten Sie und Ihr Team Lust, etwas zu essen?"

„Wir würden sehr gerne bleiben, müssen aber zurück nach Anchorage, damit ich die Story für die Ausstrahlung fertigstellen kann." Sie gab ihrem Team ein Zeichen, das daraufhin anfing, alles abzubauen und rauszutragen. Innerhalb einer halben Stunde waren sie verschwunden und im Trading Post kehrte wieder Ruhe ein.

„Junge, das hast du toll gemacht. Wir sind so stolz." Devons Vater zog ihn an sich, ebenso wie die meisten anderen Leute. Dann verschwand nach und nach einer nach dem anderen, bis nur noch Enrique und er in der Lobby standen.

„Ich bin froh, dass es vorbei ist", gestand Devon leise. „Und ich bin froh, dass ich es gemacht habe. Aber ich möchte es nicht noch einmal tun."

„Du hast so ruhig gewirkt. Woran hast du gedacht?"

„An Mrs. Fitz, Rita, Dad, an alle, die seit meiner Kindheit hier leben. Ich habe auch an dich gedacht, viel an dich gedacht ... und an Zuhause. Mein Zuhause, denn das ist es. Du und ich und dieser Ort. Das will ich und das ist das, was wirklich zählt." Er wollte noch mehr sagen, doch Enrique küsste ihn. So schmeckte Zuhause.

EPILOG

DEVON WACHTE auf und schob seine Zehen unter der Decke hervor, nur um sie sofort wieder zitternd zurückzuziehen. Oh Mann, war das kalt. War es in seiner Kindheit auch schon so kalt gewesen? Die App auf seinem Handy zeigte fast dreißig Grad minus an. Das bedeutete, dass es ausgesprochen arschkalt war. Unter den dicken Decken erzeugte Enrique jedoch eine Hitze wie ein Schmelzofen und Devon kuschelte sich dichter an ihn. Das fühlte sich besser an.

„Müssen wir bald aufstehen?", fragte Enrique gähnend. Draußen herrschte immer noch Dunkelheit, und jetzt in den kurzen Wintertagen fiel es immer schwerer, aus dem Bett zu kommen.

„Ja. Wir sind ausgebucht, weißt du noch? Zum einen wegen des Festivals und außerdem kommen heute die Hundeschlitten hier durch. Niemanden wird es im Haus halten, und im Trading Post wird die Hölle los sein." Dennoch wünschte er sich nichts sehnlicher, als sich genau dort zu verkriechen, wo er sich gerade befand.

Devon hatte seine Wohnung in New York verkauft, um bei Enrique einzuziehen. Sie planten auf einem bereits gekauften Grundstück am See ein eigenes Haus zu errichten. Die dort noch vorhandene Hütte befand sich in schlechtem Zustand, sodass sie sie abreißen und neu bauen würden. Bis dahin nutzten sie noch ihr kleines Versteck hinten im Trading Post. Außerdem hatten sie weitere Veränderungen in ihrem Leben eingeleitet. Angie war gerade dabei, die Leitung des Trading Post zu übernehmen, damit Enrique und er sich zurückziehen und auf andere Bereiche ihres Lebens konzentrieren konnten. Beide waren sich der Verlockung des Alkohols bewusst, doch das brachte sie nur dazu, noch mehr Abstand davon zu halten.

„Wann rechnest du mit Roz?"

„Irgendwann heute Nachmittag. Sie hat mir geschrieben, dass sie in Anchorage ist und heute noch hier rauffahren will." Das Wetter sollte klar sein und die Highways waren geräumt. Er versuchte, sich vorzustellen, wie Roz auf das Wetter in Alaska reagieren würde. Anderseits war sie New Yorkerin. Ihr würde nichts etwas anhaben können, wenn sie dabei ein Wörtchen mitzureden hatte.

„Gut. Sie kann für den Transport deiner Leinwände sorgen. Nächsten Monat fliegen wir beide dann zur Vernissage nach New York und danach für ein paar Wochen nach Florida, um uns in der Sonne zu vergnügen." Mit einem glücklichen Seufzen schlang er den Arm um Devon. Seine Zustimmung, ihn zu begleiten, hatte bei Devon fast einen Freudensprung ausgelöst. Er freute sich auf eine schöne Zeit alleine mit seinem Freund. „Was?", fragte er, als sich Devon abwandte.

„Werd' jetzt nicht sauer."

Enrique schaute ihn mit zusammengekniffenen Augen an. „Was hast du getan?"

„Ich habe Roz Fotos deiner Schnitzarbeiten geschickt", gestand er, während er dichter zu Enrique rutschte. „Sie möchte sie gerne sehen und mit dir über eine Zusammenarbeit sprechen." Devon konnte nicht einschätzen, wie Enrique reagieren würde. „Denk einfach darüber nach."

Nach kurzem Schweigen lächelte Enrique „Das werde ich."

Devon küsste ihn sanft. Mehr hätte er sich nicht wünschen können. „Ich bin mehr als bereit für ein paar Wochen in der Wärme", wechselte Devon das Thema. Zögernd stieg er aus dem Bett, zog sich seinen Bademantel und warme Hausschuhe an und steuerte das Badezimmer an.

„Ich auch", verkündete Enrique, der ihm hinein folgte. „Ich habe mir überlegt, dass wir beide nach dem Frühstück einen kleinen Ausflug machen könnten."

„Klar." Er drehte das Wasser auf und kletterte in die Dusche, dicht gefolgt von Enrique, der sich dicht an ihn presste. „Ich liebe das."

„Ich auch." Er schlang die Arme um Devon und küsste ihn ausführlich, bevor er nach der Seife griff. Die Dusche war eigentlich nicht groß genug – ein Zustand, den sie im neuen Haus beheben würden. Dennoch stellte das Duschen einen sinnlichen Start in den Tag dar. Devon genoss das morgendliche Säuberungsritual.

Nachdem sie sich angezogen hatten, gingen sie in den Trading Post. Dort angekommen verabschiedete sich Devon mit einem Kuss von seinem Freund und verschwand in seinem kleinen Atelier. Enrique hatte den früheren Vorratsraum für ihn umgebaut und ein Fenster eingesetzt, damit er über gutes Licht verfügte. Obwohl Devon eine Weile herumwerkelte, fiel ihm nichts ein. Er hatte zu viele andere Dinge im Kopf.

„Können wir los?", fragte Enrique ein paar Stunden später. „Angie springt vorne für uns ein." Er reichte Devon seine dicke Jacke und Handschuhe. Die Stiefel standen an der Eingangstür.

„Ja." Nachdem er die Wintersachen und Stiefel angezogen hatte, trat er hinter seinem Freund hinaus in die eisige Kälte. Unter seinen Füßen knirschte der Schnee. Enrique startete das Allradfahrzeug, fuhr langsam aus dem Carport und bog dann auf den Highway ab. „Wohin fahren wir?"

„Sie haben den Pass geräumt", erklärte er, während er auf die ungewöhnlich schneefreie Asphaltstraße abbog. Im Winter war der Pass nur selten frei, doch dank einiger Schönwettertage hatte der Schnee wenigstens teilweise geräumt werden können. Sowohl Enrique als auch er selbst hatten wegen der grellen weißen Landschaft Sonnenbrillen dabei.

„Es ist kaum noch erkennbar, wo die Bergleute gearbeitet haben", stellte Enrique fest, als sie um die Kurve bogen. Lediglich Erdhaufen waren von dem Standort übrig geblieben. Unter dem Schnee sahen sie aus wie kleine Hügel. Das Bergbauvorhaben war paar Wochen nach dem Interview eingestellt worden – nachdem die Behörden einen genaueren Blick auf die Vorgänge geworfen hatten.

Als die Genehmigung verweigert worden war, hatten die Arbeiter das Gebiet in aller Eile verlassen.

„Ja, manchmal gewinnen eben doch die Guten", meinte Devon. Als sie die Nachricht erhalten hatten, hatte es abends eine Feier gegeben. „Einige aus der Gemeinde haben vereinbart, im Frühling hier hochzukommen und zu sehen, wie sich der von den Bergleuten angerichtete Schaden wieder rückgängig machen lässt." Zumindest den Boden glätten und Mutter Natur hoffentlich ermutigen, sich ihr Gebiet zurückzuerobern.

„Wir kommen nur noch ein paar Kilometer weit", stellte Enrique fest, um kurz darauf am vorläufigen Ende der Straße zu halten. Vorsichtig wendete er. „Schau dir das an."

Der gesamte Pass war in eine weiße Decke gehüllt, nur an manchen Stellen durchbohrten Kiefern und nackte Äste den Schnee. „Ich weiß noch, wie wir als Kinder hier hochgekommen sind und manchmal draußen übernachtet und Iglus gebaut haben."

„Ja. Enrique streichelte sanft sein Kinn. „Deshalb habe ich dich aber nicht hier raufgebracht." Er deutete Richtung Süden. Dort verschwanden plötzlich die Schatten des Berges und glänzend hell erschien direkt über dem Gipfel die Sonne. „Unser ganz persönlicher Sonnenaufgang."

An Enrique gelehnt bestaunte Devon, wie das Licht die Landschaft erhellte. Bei seiner Rückkehr war sein Leben sogar mitten im Sommer dunkel gewesen. Jetzt aber war es hell und warm. Selbst mitten im Winter schien für ihn die Sonne. Er beobachtete, wie das Licht Reflexe auf Enriques Haut zauberte, beugte sich zu ihm und küsste ihn. „Lass uns nach Hause gehen."

ANDREW GREY ist der Autor von über 100 zeitgenössischen Gay Romance Geschichten. Nachdem er siebenundzwanzig Jahre lang für große US-Firmen gearbeitet hat, lebt er heute in Central Pennsylvania, zusammen mit seinem Ehemann Dominic und seinem Laptop. Eine interessante Dreiecksbeziehung.

Andrew wuchs in West-Michigan auf mit einem Vater, der es liebte, Geschichten zu erzählen, und einer Mutter, die es liebte, sie zu lesen. Seit damals hat er an verschiedenen Orten in den USA gelebt und ist durch die halbe Welt gereist. Er hat den RWA Centennial Award gewonnen, hat einen Master von der Universität von Wisconsin-Milwaukee und arbeitet heute Vollzeit als Autor.

Andrew sammelt Antiquitäten, liebt Gartenarbeit und lässt mit Vorliebe sein schmutziges Geschirr überall stehen – nur nicht im Spülbecken (ganz besonders, wenn er mit Schreiben beschäftigt ist). Er ist dankbar für seine Familie, die ihn immer akzeptiert hat, für seine fantastischen Freunde und dafür, dass er den liebevollsten Partner der Welt hat, der ihn in allen Lebenslagen unterstützt. Zurzeit lebt er im wunderschönen, historischen Carlisle, Pennsylvania.

Email: andrewgrey@comcast.net
Website: www.andrewgreybooks.com

Alles nur für Dich

Andrew Grey

Der einzige Weg zum Glück ist Freiheit: die Freiheit, im Leben und in der Liebe dem eigenen Herzen zu folgen. Diese Freiheit in Anspruch zu nehmen erfordert allen Mut, den ein junger Mann aufbringen kann … Aber er muss sich der Aufgabe nicht allein stellen.

Im kleinen konservativen Sierra Pines, Kalifornien, ist Pastor Gabriel das Gesetz. Sein Sohn Willy folgt seinen Vorgaben … bis er in Sacramento einen Mann kennenlernt und ihn kurz darauf in seiner Heimatstadt wiedertrifft – genau vor der Nase seines Vaters.

Reggie ist der neu ernannte Sheriff von Sierra Pines. Sein Engagement für den Beruf verlangt, dass er seine Sexualität nicht zur Schau stellt. Aber als er Will wiedertrifft, wird er das Gefühl nicht los, dass sie füreinander bestimmt sind. Er möchte Wills Geheimnis wahren, bis Will bereit ist der Welt zu zeigen, wer er ist. Als wäre es nicht schon genug, sich gegen die Kirche und die Stadtbewohner zu stellen, drohen die Gefahren von Reggies geliebtem Job der Romanze ein Ende zu bereiten, ehe sie noch richtig begonnen hat.

www.dreamspniner-de.com

FEUER UND EIS

ANDREW GREY.

CARLISLE
COPS
2

Buch 2 in der Serie – Carlisle Cops

Carter Schunk ist ein hingebungsvoller Polizist mit einer schwierigen Vergangenheit und einem großen Herzen. Als er zu einer häuslichen Ruhestörung gerufen wird, findet er eine tödlich verletzte Frau und Alex, ein Kind, das dringend Hilfe benötigt. Das Jugendamt wird gerufen und der letzte Mann, den Carter sehen will, tritt durch die Tür. Vor einem Jahr hatte Carter eine kurze Affäre mit Donald und stellte fest, dass dieser kalt wie Eis ist, als sie zu Ende ging.

Donald (Ice) Ickle hatte ein hartes Leben, das er mit niemandem teilt und er hat sein Herz vor allem und jedem verschlossen. Einerseits um sich davor zu bewahren, verletzt zu werden und andererseits, um mit seinem Job, in dem er sehr gut ist, zurechtzukommen, denn er tut, was er tun muss, ohne sich emotional zu involvieren. Als er Carter wiedertrifft, behält er seine übliche Distanz bei, doch Carter geht ihm unter die Haut und entgegen besseren Wissens lässt er sich von Carter dazu überreden, Alex aufzunehmen, als so kurzfristig kein Platz in einer Pflegefamilie zu finden ist. Carter bietet sogar an, ihm bei der Versorgung des Jungen zu helfen.

Donald spricht mit niemandem über seine Vergangenheit, am wenigsten mit Carter, der selbst seine Vergangenheit gern für sich behalten möchte. Doch es sind die Geheimnisse von Alex, die sie zusammenbringen oder auseinanderreißen können – Geheimnisse, die der Junge ihnen nicht erzählen kann, die aber dennoch der Schlüssel zum Glück für sie drei sein könnten.

www.dreamspinner-de.com

Robin , der Empfänger eines neuen Herzens, weiß, dass er es nicht einfach an den Erstbesten verschenken darf …

Robin hat in letzter Zeit viel erlebt, von einer Herztransplantation bis hin zu einer sehr schmerzhaften Trennung. Doch seine Erfahrungen haben ihn gelehrt, dass das Leben kurz ist, und er ist bereit, jeden Tag zu nutzen und einen Neuanfang zu machen. Ein Job bei Euro Pride Tours ist genau die Art von Abenteuer, die er sucht. Dabei lernt er die Welt kennen und kann sein Leben genießen, aber an Liebe denkt er überhaupt nicht. Er ist sich nicht sicher, dass sein Herz das ein weiteres Mal verkraften könnte.

Johan mag seine Familie enttäuscht haben, indem er seinen eigenen Weg geht, aber als er Robin kennenlernt, hat er nicht vor, ihn im Stich zu lassen. Die beiden Männer sind für den anderen genau das, was ihm gefehlt hat, um sich wieder vollständig zu fühlen. Auch ist Johan nicht der Mann, für den Robin ihn ursprünglich gehalten hat, sondern er ist der Richtige, um Robins geborgtes Herz schneller schlagen zu lassen. Während einer Rundreise durch Süddeutschland kommen sie sich näher, aber als Robins Ex sich der Reisegruppe anschließt, könnte er ihrer aufkeimenden Liebe ein jähes Ende bereiten.

www.dreamspinner-de.com

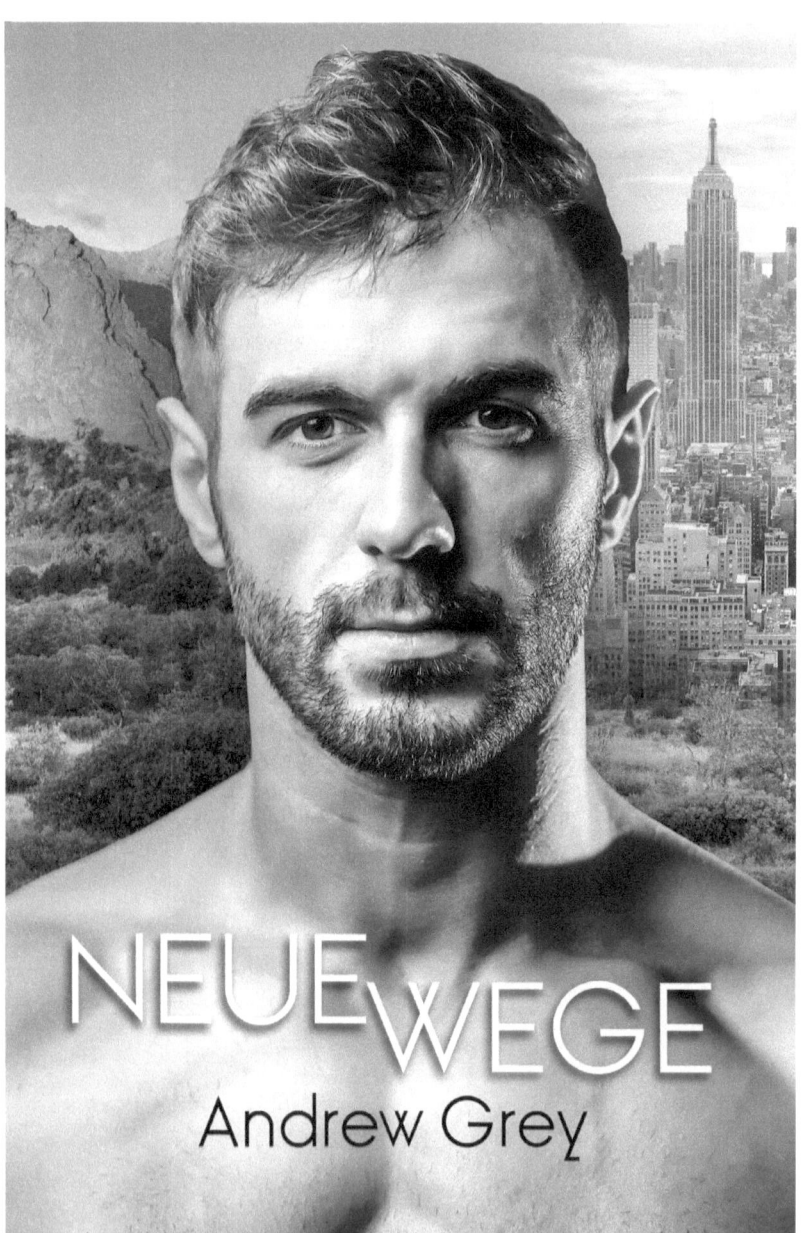

NEUE WEGE

Andrew Grey

Geschäfte kann man planen, Liebe passiert ...

Thomas Stepford hat über Jahre eine sehr erfolgreiche Firma aufgebaut. Jetzt, mit neununddreißig, wünscht er sich ein ruhigeres Leben. Als seine Eltern Hilfe brauchen, kehrt er zurück nach Hause. Weil er seine Geschäfte nicht einfach so an den Nagel hängen kann, wird ein Assistent für ihn eingestellt. Brandon macht sein Leben leichter, aber auch erst richtig kompliziert ...

Brandon Wilson kommt frisch vom College und braucht einen Job. Seine Mutter besorgt ihm eine Stelle – als Assistent bei Mr Stepford. Thomas scheint sich nicht daran zu erinnern, aber Brandon hat schon einmal für den umwerfend attraktiven, älteren Mann gearbeitet: Vor Jahren hat er bei Thomas den Rasen gemäht. Thomas war Brandons Jugendschwarm. Und jetzt ist er Brandons Boss.

Thomas und Brandon sind beide entschlossen, ihre Beziehung rein geschäftlich zu halten. Sie lernen, miteinander zu arbeiten, selbst als das Knistern zwischen ihnen immer stärker wird. Als ihre Leidenschaft füreinander schließlich zum Siedepunkt kommt und sie gerade soweit sind, ihren Gefühlen nachzugeben, wird Thomas von seinem alten Leben eingeholt. Er muss zurück nach New York. Und dann erfüllt sich für Brandon ein Traum: Er bekommt ein Angebot aus Hollywood.

Hat ihre neugefundene Liebe noch eine Chance?

www.dreamspinner-de.com

SEIN GRÖßTER FANG

ANDREW GREY

Es könnte der Fang seines Lebens werden.

Zweimal im Jahr flieht William Westmoreland vor seinem unerfüllten Leben in Rhode Island nach Florida, um sich auf Mike Jansens Fischerboot einzumieten und auf den Golf hinauszufahren. Der Ausblick dort bietet zwar mehr als nur das kristallblaue Wasser und die tropischen Gefilde, aber William hat sich nie weiter vorgewagt. Er ist einfach nicht der Typ für eine Urlaubsromanze.

Mike hat seinen Charterservice in Apalachicola gegründet, um für seine Tochter und seine Mutter sorgen zu können. Ihre Sicherheit ist ihm dabei immer wichtiger als seine eigene. Er will sich nicht eingestehen, dass seine Zuneigung zu William mit jedem seiner Besuche wächst.

An einem wunderschönen Tag beginnt Williams und Mikes letzte Fischfangtour, aber ein unberechenbarer Hurrikan bringt alles ins Wanken und die beiden Männer sitzen plötzlich fest. Mitten in Regen und Sturm werden sie von der Leidenschaft überwältigt, die sie all die Jahre unterdrückt haben. Zurück im Alltag warten allerdings zu viele Verpflichtungen auf William. Werden die beiden es schaffen, die Distanz zwischen ihnen zu überwinden und einen Ort zu finden, an dem sie beide ganz sie selbst sein können? Ihre Reise mag von rauem Seegang geprägt sein, aber die hoffnungsvolle Zukunft, die sie am Ende erwartet, ist die Turbulenzen wert.

www.dreamspinner-de.com

Von ANDREW GREY

Veröffentlicht von DREAMSPINNER PRESS
www.dreamspinner-de.com

Noch mehr Gay
Romanzen mit Stil
finden Sie unter....

www.dreamspinner-de.com

www.ingramcontent.com/pod-product-compliance
Lightning Source LLC
Chambersburg PA
CBHW031027260626
47153CB00017B/2745